长安学人书丛

◎侯雁北 著

侯雁北散文选

陕西师范大学出版总社

图书代号：WX20N1992

图书在版编目(CIP)数据

侯雁北散文选 / 侯雁北著. — 西安 ：陕西师范大学出版总社有限公司，2020.10
ISBN 978－7－5695－1890－0

Ⅰ. ①侯… Ⅱ. ①侯… Ⅲ. ①散文集—中国—当代
Ⅳ. ①I267

中国版本图书馆 CIP 数据核字(2020)第 195932 号

侯雁北散文选
HOUYANBEI SANWEN XUAN
侯雁北 著

责任编辑 冯晓立
责任校对 庄婧卿
装帧设计 李 琳
出版发行 陕西师范大学出版总社
(西安市长安南路 199 号 邮编 710062)
网 址 http://www.snupg.com
印 刷 陕西龙山海天艺术印务有限公司
开 本 720mm×1020mm 1/16
印 张 22.25
插 页 4
字 数 272 千
版 次 2020 年 10 月第 1 版
印 次 2020 年 10 月第 1 次印刷
书 号 ISBN 978－7－5695－1890－0
定 价 68.00 元

读者购书、书店添货或发现印刷装订问题，影响阅读，请与营销部联系、调换。
电话：(029)85307864 85303635 传真：(029)85303879

淡淡的　浓浓的

——侯雁北的散文艺术(代序)

阎　纲

十年前的2008年,举办“侯雁北(阎景翰)先生80华诞暨从事文学创作和教育事业60周年座谈会”,我给叔叔送上贺词:

孔孟兼容老庄　尊鲁又投孙犁

翰叔八十才不老　光前裕后期颐

这是我对景翰叔人品和文品的概括,翰叔人称“陕西的孙犁”。

“文革”前后,孙犁的风格变化很大。前期,深于歌、多于情,“喜欢写欢乐的东西”,阴柔之美盛;后期,衰年得道,大道低回,深于世、多于思,忧患意识强化,“衰病犹怀天下事,老荒未废纸间声”。作《耕堂劫后十种》,深沉悲壮,阳刚之美盛。

多年的饥饿和政治环境让性格软弱的翰叔变得小心谨慎,他是失掉土地的空手农民,又是关过牛棚下放劳动的资产阶级“臭老九”,最底层的“贱民”,笔下的每一个标点都颇费斟酌,孙犁前期讴歌农民和亲人们人性美的作品投合他的创作意向。

我自己想学鲁迅也想学孙犁，学鲁迅的忧愤深广，学孙犁后期到晚年的沉郁悲愤，尤其是实为散文却自命的“芸斋小说”，说什么“时势不利，投寄无门。左砍右削，集内聊存。”指着四人帮和风派人物的鼻子讥讽捎带唾骂。我家翰叔心有余悸，内敛，把恩怨情仇埋在心底，即便倾诉也不过暗示。而我，怒不可遏，大呼小叫，评论腔，失之直露，没修性。地基有多深，楼就有多高。

闹起改革开放，翰叔方才直言不讳，但像孙犁《王婉》和《冯前》这样激烈绝情的文字，他还是忍了。

淡淡的，浓浓的。

气味相投从而投缘。孙犁有《黄鹂》，翰叔也写《黄鹂》，孙犁有《蚕桑之事》，他写了《蚕桑事业及其它》，孙犁散文集《白洋淀纪事》，他的散文集取名《楼谷纪事》。我特别注意到前有孙犁的《亡人逸事》，后有翰叔的《给亡妇》，再有《病人和罪人》《扫墓和探母》《遗物　惊梦》《片土》和《1998年的片土》一连串。

孙犁的《亡人逸事》我常读不懈，绝对不下二十多遍。很短，十多二十分钟可以读完，入题也平淡，读到“她闭上了眼睛，久病的脸上，展现了一丝幸福的笑容。”我任由泪湿双颊，半天平静不下来。

翰叔的《给亡妇》，先说她去世20年后，无数次的在梦中寻找她。然后，告慰她最放心不下的子子孙孙一个个如何有出息如何在国内外工作和发展，一个一个故事，像家史，兴衰有趣。至于他自己呢？也恢复了人的尊严。正是她离世不到一年，他被确认离休，工资提高，子子孙孙也都好了起来，便对着死不瞑目的她说：“你到这个世上来，好像就是专门为了受苦受罪的。”等到那一天到来，“落叶归根，你我合葬在一起。”

在《1998年的片土》的最后写道："我就坐在老伴生前一直躺着的地方，偏着头，从那位置、从那角度向门外张望。起初，我每天清清楚楚地看见了那三种瓜——丝瓜、苦瓜和金瓜，后来，我便泪眼模糊了，连什么也看不见了。"

翰叔的《病人和病妻》从妒意、反常的表现，主动地变怨为爱，三段式的感情折磨与"掰情"何等纯真与高尚！欲哭无泪，一直陪伴她入土直到其后二三十年每每的梦中。梦里匆匆，"再也见不到她了！"掷笔三叹，聊当一哭。

再看看他们读了多少书。孙犁有《书衣文录》为证，篇篇加注评点。1978年9月，我致信孙犁请求指导我如何提高评论水平，他在信中回答我应当怎样读书时，列举了那么多的书名，从俄罗斯到欧洲再到苏联和日本，又从外国转向中国，从《诗经》序和《文选》序，历朝历代一直到金评《西游记》和王国维评《红楼梦》，一大堆，有些书我竟然闻所未闻！

翰叔也是嗜书如命，取法乎上，同世界一流的思想家进行心灵上的交流。外国名著充实了他的审美体验，古文、古诗成全他炼句炼意斐然成诵：

了却心愿　抔土为安

回归太虚　薄棺成殓

——苦海终极

这样的文字，没有深厚的古典文学垫底写不出来。他的散文像散文诗，他自己也写诗，凡二百多首，像泰戈尔，像胡适也像冰心。

虽说翰叔"尊鲁又投孙犁"，篇篇用心，处处自然，但和孙犁合而不同。孙犁精短，翰叔少有孙犁的老辣，却较之细腻。翰叔文章做到陈述时像是刺绣，一针针一线线不能马虎草率，又像鲁迅说萧红："女性作者的细致的观察和越轨的笔致，又增加了不少明丽和新鲜。"

江山代有才人出，现在要说他是"陕西的孙犁"不合时宜了。只有一个孙犁，只有一个侯雁北，同属一个艺术流派。

到了脑梗后带病写作，他便一发而不可收拾，连续出版《华山卵石》《楼谷记事》《静夜的钟声》和《月夜》，这时，腰杆直了，指天划地，诗意盎然，留下一颗性本善的赤子之心。

一言以蔽之：美哉，孙派散文的大家风范！

要问孙派散文的艺术品位和风味，总起来六个字：淡淡的，浓浓的。

第一乐章：淡看人生，淡泊明志，像平常人说话，用亲历的生活场景感悟人生，用典型的细节和鲜活的形象传神，七情六欲、五光十色，铸就一款新结构，自然、明丽、冲淡，淡入。

第二乐章：呈现部，变奏曲浪漫曲，潇洒笔墨，真情记述。有诗、有画、有节奏、有旋律。难怪孙犁多面手，有奇才，小说，散文，杂文，文艺理论，文学批评，十八般武艺样样精通，还作诗，治印，书法也见功力。翰叔博览群书，通古博今，打小写诗，写小说，爱秦腔，学画画，也治印，长期从事写作课教学，出版"写作论"专著两部，出版长篇小说《天命有归》。他写人物，个个小说笔法；他亲情浓郁，笔下的阎姓亲人家族性格格外突出。

淡淡入题，追之忆之，如怨如慕，如泣如诉，越读越有味。一俟情绪的震动深化到了沸点，读者再也出不来了。

第三乐章：最后浓出。精心经营结尾，感叹人性的缺失与人情的美丽，一波三折，一唱三叹，余味曲包，发人深省。曲终人未散，此恨绵绵。

孙犁推崇欧阳修，几句话总结出欧阳散文的写作经验：

> 欧阳修的文章，常常是从平易近人处出发，从入情入理的具体事物出发，从极平凡的道理出发。及至写到中间，或写到最后，其文章所

储蓄的道理，也是惊人不凡的。而留下的印象，比大声喧唱者，尤为深刻。

平易处入，惊人处出，孙犁的真传。

淡淡的，浓浓的，一波三折、一唱三叹！

语言是散文的家，关乎散文的成败。语言在他们笔下实在太神奇了。

平易，隽永，含蓄，明白如话，不把话说尽，难以言说的复杂感情，一句话甚至一个留白就交代了。惟陈言之务去，几乎找不出一处陈词滥调，不卖弄，不作伟语，标题一般不超过五个字。

不但表意而且表声表象；既演述悲欢离合之事又多识于鸟兽草木之名；既是视觉艺术又是听觉艺术，既是案头作品又是口头作品；手则握笔，口却登场，以至于“观听咸宜”。诗中有画，语言美学的高境界。

语言是他们的名牌，一色的白话，融入多种因子：古典的，民间口口相传的，日常的生活用语包括谚语，同时从“红楼”和“笔记”“话本”中拿来，娓娓道来，涓涓细流，像“话本”讲故事，像“红楼”文绉绉地说事。

他们对语言宗教般地崇拜，语言是魔杖，能激活文思，人们读着读着堕入爱网。依我看来，孙犁、汪曾祺、贾平凹等，走的都是这个路子。

“国家不幸诗家幸，赋到沧桑句便工。”散文就是用活生生的景象同自己对话，用真情传神和亲友们谈心，恂恂如也，谦卑逊顺，不摆架子不训人。

美哉，精致的白话文！

侯雁北的散文就是他精致的语言，读侯雁北就是读他的语言。

偶尔，兴之所至，放纵笔墨，叙事状物，铺陈过细，但绝非卖弄。

真难想象，苦了一辈子、坚守一辈子、晚年脑梗山重水复疑无路的病人，竟然在三年内出版四大部散文集，百多万字，了得！《给亡妇》不让《亡人逸事》，《静夜的钟声》（再加上《致夏末秋们》）这样长而好的散文似乎要续成钱钟书《围城》的小妹篇，不容易啊！

马克思说过这样的话：“在科学的道路上没有平坦的大路可走，只有在崎岖小路的攀登上不畏劳苦的人，才有希望到达光辉的顶点。”

对于散文写作，仅仅凭借“不畏劳苦”就“有希望到达光辉的顶点”，我表示怀疑。

我现在明白了，才情不济，无论孙犁还是“陕西的孙犁”，单凭“不畏劳苦”是学不来的。

劳苦加天分成就才俊。翰叔的弟子朱鸿、冯玉雷、张宗涛、阎庆生们一个个脱颖而出，各从某些侧面承接先生“淡淡复浓浓”的艺术风格并且发扬光大，幸甚至哉。

2018 年戊戌秋日北京

2020 年由 4300 字精简到 3200 字

完稿之日，适逢景翰叔九十华诞，赞曰：

一生顿踣　半世跎蹉

何以解忧　长歌当哭

凤兮凤兮　余味曲包

（我真傻劝翰叔加入作协笑而不答）

阎纲　戊戌秋日

目录

第一辑　童年漫忆

第二辑 亲情老友

第三辑　门前流水

第四辑　阅读写作

第五辑　渭北风情

第一辑

童年漫忆

新书

上学了，老师发给我两本新书，一本算术，一本“国文”。那时把语文叫作“国文”。

我有说不出的高兴。我把两本新书，从头到尾翻了一遍，看完了所有的图画。

接着，我便产生了一个念头，我想把这两本书里的图画，全部用颜色涂染一下。我想，这些图画，如果都是有颜色的——花是红的、黄的，叶是绿的，水是蓝的，山是青的，太阳是金色的，小朋友穿着花衣裳……那该多么好呵！

但是，我没有颜色，也没有笔。

我在座位上呆呆地坐了一会，便走出教室。

教室外面，阳光灿烂，小花园里开着各色各样的花，蝴蝶飞来飞去。于是，我越觉得那两本书里的图画，应该要染上颜色的。

但是，我没有颜色，也没有笔。

我就这样低头丧气地想着，低头丧气地在校园里走来走去。突然，我看见一棵丁香树下，有一个小小的墨水瓶，瓶里还插着一枝秃笔。

我捡起这个瓶子，在小花园的水池里盛了水，把落在地上的指甲花泡在水里，自己造出了一瓶红的颜色。

我开始用自制的红色涂染这两本新书上的图画。按我的计划，我打算只把花朵、太阳、公鸡、小朋友的脸颊……涂染一遍，其余的，等将来有了颜色再说。可是，我涂染着，涂染着，却不能制止自己了。我给所有的图画，山呀，水呀，叶呀，都涂上了一层淡红。

就这样，我的心里还是很高兴的。散学的时候，我把这两本新书小心翼翼地装在书包里，回了家。

晚上，我睡在祖母床上，想起白天做的事，心里仍然很高兴。

爸爸回来了，打开我的书包，趁着灯光一页一页地翻看我的新书。他翻着翻着，生气了，对祖母说："这不是胡闹吗？全是一片红，一片红！"

祖母也无可奈何地摇头叹气。

这时，我才知道自己做了一桩蠢事。我悄悄地把头缩在被窝里，静静地闭着眼，假装自己已经睡熟了。

爸爸仍然翻着书页，沙，沙，沙……每一声都使我心里疼痛。

从那以后，很长一段时间，在绚烂多彩的颜色中，我只喜欢淡蓝和水绿，不喜欢淡红，也不喜欢大红。后来，我读了我国著名的长篇小说《红楼梦》，那里边有一个主人公对红的颜色有特别的感情，我才慢慢地、有意识地改变着自己对颜色的兴趣。

皮球

我上县立小学的时候，祖母给我买了一个白色的皮球。我记得那是一个“永”字牌皮球，上边有一个这样的——(永)——商标。

一个星期六的下午，我把这个崭新的皮球带到学校去了。我们学校有一个很大很大的操场，高年级同学正在操场上进行一场激烈的足球赛。

我约了自己班上的几个小同学在操场的一个小角落里，用我的新皮球也展开了竞赛。

我的皮球在这个角落里滚来滚去。同学们都很高兴，我也很高兴。我看见秋天午后明丽的阳光照在我的小皮球上，小皮球闪着光，滚来滚去，同学们头上流着汗，一个个跑得气喘吁吁。

操场中央高年级同学的正式球赛结束了。这时候，不知道谁一脚将我的小皮球踢到了操场中心。这一来，参加我们这场比赛的人更多了，我的小皮球在那个很大很大的操场上，越发滚得快、滚得远了。

直到太阳落山的时候，这场比赛才算结束。这时候，我收起了我的小皮球，但却发现它裂了一个小小的口子，气也不足了。我把它向地上一拍，它跳不起来，只是“啪”的一响。我知道这“永”字牌皮球是不行了，心里有些难过。但是我一想起这天下午我们玩得这么痛快，又立刻变得高兴了。

这个“永”字牌皮球，是我一生中唯一的玩具。现在，我有时还会想起它，想起它，同时也就想起那个秋高气爽、阳光明丽的星期六下午，想起在我们那个县立小学的大操场上尽情奔跑着的同学。

我怀念我的“永”字牌皮球，怀念和我一起度过童年的县立小学的同学……

儿时玩什么、怎么玩

你是不是知道，过去的乡下孩子，玩什么？怎么玩？

20 世纪二三十年代的乡下孩子，谁也没一件像样的玩具。那时生活很苦，爸爸妈妈整天干活，谁会想到孩子玩什么，怎么玩？但孩子总是贪玩的，没玩具就自己制作，自己找寻，想方设法地玩；玩得很痛快，很开心！

土

被春风刮得松软软的黄土，
被夏阳晒得滚烫烫的黄土，
被秋雨淋得湿漉漉的黄土，
被冬雪冻得硬邦邦的黄土，
——都是乡下孩子廉价而珍贵的玩具。

他们在黄土堆上筑墙、挖沟、打洞。那墙，也许就是万里长城；那沟，也许就是一条运河；那洞，也许可以遮风避雨。他们虽说在游戏，但那认真的劲头，并不亚于修筑长城，并不亚于开掘运河，并不亚于凿一孔大窑。

他们还模仿爸爸妈妈在黄土地上耕耘播种，用的虽不是真的犁耙，却唱着一首《犁犁耙耙》的歌。于是一座座美丽的庄园建成了：有房舍，有庄稼，有牛羊。

这时，太阳也许西斜。他们玩累了，一个个赤条条地仰面躺下，把小小的身躯同大车的辙印，牛羊的蹄痕，一齐留在金灿灿的厚土之中。

是谁把希望的种子撒在一块自己认为最肥沃的土中，还三天两头地来观察动静？

是谁在田野里挖下了一个秘密陷阱，企图让一只野兔进入圈套？

是谁的小鸟死了，被掩埋在一个人迹罕至的地方，还在这儿举行了真诚而悲痛的奠祭？

……我国一位著名诗人曾这样写道："孩子/在土里洗澡，/爸爸/在土里流汗，/爷爷/在土里葬埋。"意思是说：农民离不开泥土，世世代代，从生到死。联系乡下孩子在滚滚黄土中嬉戏的情景，我觉得这位诗人，真不愧为泥土的歌手，农民的歌手！

泥

把黄土用水和了，孩子们就以泥为戏。如果是雨天，到处是泥，孩子们哪儿也不能去，于是就在房檐下、门洞里，用黏黏的、软软的泥捏泥人、泥马、泥猪、泥狗……也许很不像吧，但他们说那就是人、马、猪、狗，于是那捏出的，也就成了真的，活的。

最好玩的是"补锅"。用一块泥做成浅于碗、深于碟的东西，帮子要厚,底子要薄,托在手中,高高举起,用力扣甩下去,“啪”的一声,“锅”底便破一个大洞。同玩的便用自己的泥补那大洞,这就谓之“补锅”。

玩“补锅”也有输赢。“锅底”破的洞越大,赢的泥越多;为别人补的洞越多,输的泥越多。孩子们很慷慨,补多少,算多少,赢多少,算多少,只图玩个痛快!——据说输得最多和赢得最多的,从此就和泥土结下了不解之缘。

虫

夏天,乡下孩子玩各种各样的昆虫。

一场雷雨过后,他们从打麦场上捉回龙虱——一种半寸长的紫黑色甲虫,养在陶罐里,和养蛐蛐一样。蛐蛐总“嚯嚯”地叫,龙虱却一声不响,只用长长的触角在陶罐四周试探,总想找个机会逃跑。

他们在草地里捉蚂蚱,黄的、绿的、灰的。捉住了,用狼尾草长长的果茎穿起来,一串串提回家去喂鸡。那黄的、绿的、灰的蚂蚱,都有坚硬和细纱似的两层翅膀,那细纱似的内翅上,又分布均匀的极美的图案。它们在狼尾草长长的果茎上挣扎着,不住地伸着大腿。

他们还蹲在地蜘蛛的窝旁,一声声唱道:

> 地蜘蛛,上楼来,
> 双手儿,开门儿!

地蜘蛛的窝很深,地面上有一页单扇大门。他们叫不出它,就用狼尾草捅它,称这为“钓蜘蛛”。“钓蜘蛛”很费时间,常常大半天,也不一定能

“钓”上来一只。

他们还挑逗蚂蚁打架。本来,两窝蚂蚁相安无事。他们用一条死了的青虫,在它们中制造矛盾,发动战争。于是两窝蚂蚁倾巢而出,互相残杀,死伤不计其数。

就这样,孩子们在夏天和各种各样的昆虫成了“挚友”,他们在喜爱以至恶作剧中摸住了昆虫的“脾气”,认识了各种各样的颜色和图案,爱上了绚丽多姿的大自然。

碗　托　儿

饭碗打碎了,碗托儿就是孩子们的玩具。他们把那大大小小的碗托儿藏在墙角落、门背后、炕洞里。玩时,一个个拿出来,比谁积的碗托儿好,比谁积的碗托儿多。那时候,一个乡下孩子,谁积了又多又好的碗托儿,谁就最富有,谁就最荣幸,和现在城里的孩子比谁的电子玩具最多,谁就越骄傲一样。碗托儿的玩法很多,最普通的是用它拓馍馍。碗托儿是模子,半干的黄土是面粉。孩子们把“面粉”一掬掬积起来,堆成一座小山,然后坐在高高的土台上,一边拓,一边唱:

太阳光,晒娃娃;
面面土,拓馍馍。

那用黄土拓出的馍馍,像饼干,像桃酥,经风一吹,很快便干了。他们把又黄又干的馍馍,整整齐齐地垒在土台上,像食品店把饼干、桃酥整整齐齐地陈设在玻璃橱里一样。

这时候，村子很安静。爸爸下地去了，妈妈在厨房做饭。缸里的米面快完了，妈妈很犯愁，只好给锅里多添一些水。

屋顶上飘着炊烟。炊烟被轻风吹散了，像一丝丝愁云，从屋顶飘到村道，从村道飘到土台。土台上，孩子们还在玩碗托儿拓馍。

民以食为天。孩子们玩碗托儿拓馍的游戏，是不是也在宣传这种思想，或受了这种思想的影响？

“王屋蛋”

当爷爷被孙儿缠着不能下地时，爷爷常用这个法儿脱身：“乖孩子，别闹，爷爷回来，给你挖个‘王屋蛋’！”孩子相信了，焦急地等在村外。天黑了，爷爷劳动归来，果真从怀里掏出一个光光的、圆圆的土球，还带着体温。这土球叫“王屋蛋”，和小皮球一般大，托在手心，光溜溜、沉甸甸的。

第二天，这孩子便有了在同伴中引以为荣的玩具。他给“王屋蛋”上凿一个小洞，把里面镂空了，塞进一团棉絮，燃着，用嘴轻轻地吹。棉絮先冒出浓烟，接着变成一团火。最后，这土球变热了，成了一个小巧玲珑的手炉。

三五个孩子紧紧地挤在墙角，他们不怕风，不怕雨，把这小巧玲珑的手炉传来传去。他们玩得很开心，谁也不会想这光光圆圆的东西，为什么有这样一个奇怪的名字？谁也不会想这小巧玲珑的土球，是怎样深藏在地下的？而爷爷却怎么会挖到这小巧的玩意儿？……

一个土壤学家告诉我：这种土球是土壤中的“动物填充”，生成在地球的远古年代。他说，那时这儿是无边无际的森林，无边无际的原野，有一种甲虫为了繁殖后代，把卵产在土中，又来来回回、往往复复地滚动，越滚越圆，越滚越大，终于滚到自己认为最安全、最理想的地方，便把土球深深地埋下了。接着，天行地转，万古千秋，时光流逝，这土球深埋在土层中，默默地度过了地老天荒的年代，这才成了现在的“王屋蛋”！

乡下孩子是从何时开始玩这种土球的？从爷爷的时代？从老老爷爷的时代？他们一代一代地玩着，玩着，如果他们听说过土壤学家关于“动物填充”的故事，不知心里该多么激动！

斗 草

斗草也叫“斗鸡”。“鸡”并不是真的鸡，而是一种茅草穗子。茅草种类很多，穗子如小谷子的称狼尾草，家乡孩子叫它“咪咪猫”。“咪咪猫”未成熟前，半青半黄的，采了来可以编成“小猫”，有头有尾有爪，毛茸茸的，很是好看。不过这多是女孩的玩意儿，她们将编好的“小猫”举在手中，反复唱：“咪咪猫，上高窑；金蹄蹄，银爪爪；上树树，逮雀雀（qiǎo qiǎo）……”细声细气的，引不起男孩的兴趣。男孩喜欢“斗鸡”。那种能做“鸡”的茅草穗子像笤帚，采下来，两边分开，两人先在地上钉两颗钉，一颗距一颗二三尺远，拴上细线，绷紧，让分开的茅草穗子骑在线上，用手里的碎瓦片摩擦钉盖。钉因摩擦而震动细线，“鸡”就在线上缓缓前进，在线的中间相遇时，必有一“鸡”落下线来，其情景犹如武士落马，显得悲壮而惨烈。不落线的一方为赢方，将落“鸡”捡去，再做第二次比试。

这样一次接一次地玩，不知不觉间，太阳升高了，大半天时间就要过去。现在想起来，我觉得“斗鸡”原是一种极单调的游戏，玩起来，无须多少技术，用碎瓦片摩擦钉盖，虽不花费多大力气，但是紧张时刻，也就是两“鸡”相撞的时刻，几颗小脑袋上都会冒出汗来。童年的兴致，孩子的认真，有时真让人不解，莫非旷野的小鸟飞蝶，路旁的杂草野花，那时都曾为他们加过油，鼓过劲呢！

灌黄鼠

黄鼠也叫地松鼠，有的地方称“大眼贼”。黄鼠毛色淡黄，形似老鼠而头大尾短，不像老鼠那么丑陋污秽，令人讨厌。

黄鼠性情温顺，愿与人亲近，可以家养。养熟了，项间套一小布圈，圈下系一小铃，放在地上，你在前边走，它就跟在后面，近处虽有洞穴、沟道，它也不愿逃走。

黄鼠会站立行走，很是好玩。平时，它在地上爬行，你喊一声“爪”！它便立即站起，两只前爪垂于胸前，两眼静静地睁着，像很听话的中层领导站在首长面前，虚心而恭顺。

黄鼠因有以上好处，我们小时都很喜欢养。但是要从田野逮只黄鼠，却很不容易。有一种用绳子套的办法，因绾套的技术相当复杂，小孩子大多不能掌握。最简单的办法是用水浇灌。发现一个鼠窝，便邀同伴抬一桶水去，猛地灌进窝里，黄鼠怕被淹死，就顶着泥水蹿出窝来。这时你要蹲在窝旁，伸出右手，张开拇指和食指，见鼠头一露水面，猛然捏合，就逮住了。这种方法也有一定的危险性，因为有时候，你明明发现那是一个黄鼠窝，谁知里边却住着蛇！所以这一捏，有时捏住的竟是一只蛇头。蛇头和黄鼠头十分相似，捏住了，猛一站起，长长地却扯出一条大蛇，好不惊险！

黄鼠养一年便老了，老了便发呆，任你怎样喊"爪"，它也不愿站起。我们把隔年的黄鼠叫"老呆"，因之便把它放回田野，另灌一个小的。灌黄鼠越惊险越有趣，孩子们都喜欢冒这个险。可是现在想起来，我却不记得那时有谁曾被蛇咬过。

攻　城

玩攻城多在月夜。

月很明，夜很静。我们约了十多个伙伴，去打麦场上攻城。

十多个人分为两组。两组的人手拉着手，各站在打麦场的一端，这就是两座城了。一座城上的人齐声喊："月光明，攻老城！"这是宣布攻城开始。另座城上的人接着应声："老城开，叫哪倌？"意思是说你们要点哪个人的名呢？要谁去攻你们的城呢？那边立即答道："叫你'猫蛋'上城来！"叫"猫蛋"的听到自己名字，很兴奋，很激动，大喊一声："来了！"喊声落时，拔腿就向对方的城堡奔去，用很大的力量去冲由人的手臂连起的城墙，冲断了，说明城已攻破，便抓个俘虏回来，加固自己的城堡。冲不破，便被人家拘留，做了俘虏。

玩攻城很容易激起人的感情。月很明，夜很静，但我们却群情激昂。深深地感到每次冲或被冲，都关系重大，决定着城堡的安危，因之每个人都有一股与城共存亡的精神，竭力地呐喊，拼命地奔跑，直到夜深了，仍不断地重复攻城的号令：

"月亮明，攻老城！"

"老城开，叫哪倌？"

“叫你哪××上城来!”

……

打 电 话

我和小伙伴玩打电话的时候,还从来没见过电话,更不要说打过真正的电话。

但是我们却在村道上玩过打电话。电话机是用硬纸卷起的两个小筒,筒的一面糊一层薄纸,然后从母亲的缠线板上揪一条长线,连接纸筒,电话便成了。打电话时,两人站在村道上,将线拉直,将纸筒套在嘴上或捂在耳上,就开始了。

“你是××吧?”

“我是××。你是谁呀?”

“我是××。你吃饭了吗?”

“没哩!家里好些天没粮了……你吃饭了吗?”

“没哩!家里也好些天没粮了。”

底下便无话了。村道上刮着冷风,电话筒里“嗞嗞”响。沉默好久之后,改了话题,重新问:

“这几天,你见××没有?”

“没有。”

“听说他去仓房巷小学念书了。”

“听说仓房巷学校可大呢!”

“是很大。就是很大!”

“你不去吗?”

“不去。爸说去不起……”

底下又无话了。村道上的冷风继续着，电话筒里嗞嗞地响。又是长时间的沉默。后来，还是××机灵，再次改变话题，重新说：

“××，你这会儿在哪里?”

“在外婆家。”

“外婆家在哪里?”

“省城!”

我明知他说谎。便问：

“省城啥样子?”

“街道好宽好长，钟鼓楼18层，插在云里头……你来省城吗?”

“咋来?”

“搭车呀!”

“多少钱?”

“一百五十万!”

好家伙，一百五十万！我也骗他：

“好，明天我来。你等我吧!”

底下又无话了。再后来，我们都感到这样打电话毫无意思，反而会将人的心情弄坏，便不再打电话了。

呼叫崖娃娃

村外有一道山崖。听老人说，山崖里住着一位崖娃娃。崖娃娃是个孤儿，父母死了，他逃进山里躲债，一个人过着孤寂的生活。不愿再走出山崖。我们把自制、自找的各种玩具、游戏玩腻了，便到山崖前呼叫崖娃娃。我们想唤回他，让他住在村子里。

山崖被烟雾笼罩着，苍苍茫茫的。我们排着一字队，双手在口边拢成喇叭，齐声喊：

“崖——娃——娃，你——回——来！”

崖娃娃应道：

“……回——来！”

我们又喊：

“崖——娃——娃，你——回——来！”

崖娃娃仍然答应回来，但是我们喊着喊着，声嘶力竭了，却看不见他的身影。山崖上的烟雾更浓了，我们心里感到很悲哀，不由得想：崖娃娃的父母为什么要死呢？他家欠着别人多少债？他什么时候才能还完这些债？什么时候才能走下山崖，回到我们村子？

姑家

我和弟弟到姑姑家去。

姑姑常常不在家。姑父死了，她没有孩子，庄稼没人做，她常常下地，不是去锄草，就是去浇水。

姑家只有一口破窑洞。院子空荡荡的，长着半人高的蒿草。院子中央，有一棵高大的枣树，每年都结一树红枣。

姑姑不在家，门上挂着大铁锁。

我和弟弟坐在姑家那孔破窑背上，等着姑姑回家。

我们坐在窑背上，望着姑家那个空空荡荡的院落。我们看见蒿草中间的道路窄窄的，像一条灰色的带子。这条窄路，一头通到大门口，一头通到窑门口，还有一小段通到墙根下；墙根下堆着一个小小的麦草垛。这就是姑姑一个人在这院子踏出的路……

我们看见姑姑在枣树下，放了一根吆麻雀的长竹竿。姑姑家麻雀很多，一群一群地在蒿草丛飞来飞去。

我们看见姑家的枣子又红了。

突然，我心里感到了难过。从我记事起，姑姑就一个人住在这个院子里。我记得有一次,姑姑提着满满一篮红枣到了我家。她流着眼泪对祖母说:枣子红了,也没人吃!我记得那时候,姑姑流着泪,祖母也流着泪,而我和弟弟,只是吃着枣……现在,我看见姑家的枣子又红了,心里很难过。

故事

那年冬天，我家的草棚里住进了一个奇怪的房客。他说他是做小本生意的。但是我们却见他并不卖出什么，也不买进什么。他常常待在家里，坐在草棚的小窗户下，映着冬天的阳光，默默地读一本厚书。

祖母说他是读书人，他连忙否定自己并不是在读书，而是在翻看账本。

我不管他是什么人，我只缠着他讲故事。

他先给我讲吝啬财主的故事，穷秀才的故事，傻女婿的故事；接着，我记得是那年落头一场雪的时候，他便开始给我讲鬼和狐狸的故事。

有一天傍晚，我到外婆家去。突然，落雪了，雪路很不好走。慢慢地，天黑了，雪越来越大。这时候，月色朦胧、四野茫茫，我突然想起那些鬼和狐狸的故事……

我好像看见一个年轻女子，穿着大红的衣裙，站在银白的雪野尽头。裹着雪花的刺骨的风，刮着她的衣裙。衣裙飘舞着，像一团火。火焰摇摆着，飘动着……

我好像看见一个面色苍白的大姐，白衣白裤，只在胸前别着一朵红花，低着头，从我身边匆匆地走过。她腋下夹着一个小包裹，好像也是要到外婆家去……

我好像看见还有一个女孩子，正踏着雪，迈着细碎的步子。积雪“咯吱咯吱”的，她那衣裙上的小铃铛，也轻轻地发出清脆的金属的声响。

一路上，月色朦胧，四野茫茫。我不感到寂寞，也不感到可怕。我只觉得有几个姐姐一路上总是和我相伴着。后来，我终于到了外婆家。当我坐在外婆暖烘烘的炕上的时候，仍然想着她们：

她们还在那茫茫的雪野里赶路吗？她们不觉得疲劳吗？不觉得寒冷吗？也和我一样不觉得寂寞可怕吗？

如果她们能够和我一起来到外婆家，也坐在这暖烘烘的炕上，那该多好啊！

后来，当我第一次阅读蒲松龄老先生倾注一生心血写的那部奇书的时候，我总要想起那年落头场雪的情景，总要想起我在去外婆家的路上所看见的那样美丽的雪景。

我的蚕桑事业

以往,我的蚕总比别人的出得晚。后来,总结出一个窍门:求奶奶把蚕卵纸揣在贴身的衣袋里。果然,在同伴中,我的蚕出得特别早。

我因此而骄傲。可是,桑叶却没有绽芽。刚出壳的小蚕,黑麻麻的,一个个仰起小脑袋,等着吃食。怎么养活它们呢?我不得不犯起愁来。

奶奶说,小蚕也吃榆叶。我到村外去摘榆叶,谁知榆树也没有绽芽!

眼看着小蚕就要饿死了,我很焦急,奶奶也只得摇头:"蚕儿和桑叶,原是天造地设的。蚕来得早了,便养不活。不过,你去采些蒲公英叶子吧!蚕饿急了,也吃那种叶子。"

从小河边,我采回一大把蒲公英叶。

蒲公英叶,又嫩又鲜,只是蚕不爱吃。没几天,饿死了一大片,活下来的,又瘦又乏,数一数,只有十几条了。

我把饿死的小蚕,装在一个小火柴盒里,在院子里掩埋。我心里很难过。可是奶奶见了,却微微地发笑。我不明白,死了这么多蚕,奶奶为什么会笑?

我们家乡,桑树很少。奶奶说,"桑"就是"丧",谁也不肯在家里种这种树。

蚕儿很快长大了。于是,桑叶争夺战在我和同伴中展开了。

村外的破庙里有一棵老桑树。这是一棵叫人见了就感到难过的饱经沧桑的树。它个儿不高,歪歪扭扭地显出一副老态,几根长满节疤的枝干上,零落地挂着几片小叶。

望着那几片小叶,我不知多少次在这棵老桑树下徘徊。手里的竹竿够不着了,于是掷瓦片,打弹弓。这些都无济于事。我只有恋恋不舍地离去。

蚕儿终于在饥饿中长到吐丝的时期。它们瘦小的身子黄亮亮的。它们懒洋洋地抬起头,艰难地吐起丝来。

就这样,我仍然十分高兴。这是艰难的收获,是朝朝暮暮盼望的日子。

我在饭碗上蒙起一张纸,要我的蚕织出一张丝绵。我写字的墨盒是用棉花铺垫的,这在同伴中是一件不大光彩的事。我盼望自己的蚕能织出一张丝绵,把我的墨盒加以改观。这是我养蚕能够取得奶奶同意的唯一正当理由。但是这几条瘦小的蚕却似乎不理解我的心情,它们总要偷偷地爬到碗底与桌面接触的角落去结茧。奶奶说:蚕要给自己造一个窝,这是它们终生的愿望。于是我可怜起我的蚕儿来,让它们结了茧。结果,我的墨盒终究没得到改变。

我想在院子种一棵桑树。但是奶奶不同意:"'桑'就是'丧',这可不是闹着玩的!"

我失望了,然而却天天做着有关桑树的梦。一次,我梦见在我家院子长起了一棵高大的桑树,我让许多蚕儿爬在树上,吃完一片叶,又吃一片叶,我的蚕儿长得又大又肥……

后来,我长大了。随着童年的逝去,种一棵桑树的梦终于破灭了,我的蚕桑事业也彻底结束了。

地蜘蛛

在一棵野地黄的宽大的叶子下面，我发现了一只地蜘蛛的小小的窝。地蜘蛛把它的窝筑在这棵野地黄宽大的叶子下面，用它自制的丝绸十分精细地裱糊了洞壁，裱糊了它的窝巢的单扇大门。我不知道这只地蜘蛛是特地找到了这棵野地黄，然后才在它的叶子下筑起窝来的；还是这棵野地黄无意中长在了这只地蜘蛛的窝旁。我觉得这是非常复杂的很难弄清楚的问题，因此我不得不在这儿久久地遐想。

我不知道地蜘蛛的窝有多么深，那里边是不是有客厅、有卧室、有贮藏室、有灶房，而这些地方是不是也用那种漂亮的丝绸做了裱糊。我不知道地蜘蛛的窝里是不是还有一个妻子，或者一位丈夫。它们有儿女吗？它们的生活是不是快活？它们有烦恼吗？有争吵吗？儿女淘气吗？哭吗？闹吗？我觉得这是更复杂的问题，因此我不得不在这儿久久地遐想。

我觉得我们人类对地蜘蛛的关心从很早很早就开始了。我记得自己小时候，就曾约了同伴，常常用整整一个早晨或一个下午的时间，蹲在地蜘蛛的窝旁，反反复复地述说着这么一段乞求的词句：

地蜘蛛，

上楼来！

雨过了，

天晴了，

双手儿，

开门儿……

我们这样乞求是为了什么呢？为了让它打开门儿，透一透沉闷的空气？为了要它带着儿女，在这明丽的阳光下，做一场游戏？……我想，那时候，我们总是有十分正当的理由的，要不，我们为什么常常用一个早晨或一个下午的时间，这样反反复复地述说这种乞求的词句呢？

端阳节

早晨醒来，突然发现自己的肚脐窝上、耳朵轮里、鼻孔下面，都涂了那种黄黄的、红红的颜色。我问妈妈，为什么要涂这种东西呢？妈妈说：今天是端阳节，涂了黄黄红红的东西，可以防蝎子蜇，蚊子咬，虫虫也不会钻进肚子、耳朵、鼻孔去。

我很高兴。我知道这是妈妈在我还没有醒来以前就这么做了的，因为那时端阳节就要到了，她必须在此之前就把这些做好。我还发现我的脚腕上、手腕上，都系上了用彩线做的“镯儿”。

这一天我没有睡懒觉。我急忙穿好衣服，高高兴兴地走出了家门。我发现同伴们都是这样打扮的。他们和我同样高兴。于是我们便一起在村道上玩，后来又走出村子，一块爬上我们村外的那段长堤。

在这儿，我看见大片大片的麦子一下子黄熟了，杏树上一串一串的杏子黄熟了；阳光十分明丽，田野一片金黄。这时候，我又突然想起，今天是端阳节了。同时认为这个令人快乐的节日，就是从大片大片黄熟了的麦田里，从一串一串黄熟了的杏树下，跨过这段长堤来到我们村子的。

此后不知有多少次,我都站在这段长堤上,望着无边无际的麦田,望着一棵棵杏树,一年一度地等待着端阳节。

黄鹂

爸爸不知从哪里弄到了一只鸟，他把这只鸟放在一个不大的纸盒子里，交给祖母和我，要我和祖母养着。

我把纸盒子放在窗台上。祖母每天都给纸盒里撒进一些米。于是，我听见这只鸟在纸盒里啄着，纸盒里发出“咚咚……”的声响。

十多天过去了，我和祖母都没见过这鸟是什么模样。一天，祖母说，我们把它放走吧，要不，它就会死在里面呢。

我同意了。于是，祖母站在屋檐下，仰起头，望望高远的天空。天蓝蓝的，飘着白色的云朵。祖母打开纸盒，只听“扑啦”一声，一只鸟箭也似的飞走了。

我没看清楚它是什么模样。我没有看清楚它是什么颜色。我只得怅怅地看着这只鸟住过的纸盒，里面只剩几粒黄米，还有几片绒绒的淡黄色的羽毛，并且散发着一种鸟儿的气味。

后来，我和祖母在一次出远门的路上，碰见一只鸟站在路边。我们快走近它了，它并不惊慌，也不飞走。我看见它全身的羽毛是淡黄的，有一双圆圆的小眼睛。

祖母说那是一只小黄鹂。这时,我才认识了黄鹂。我问祖母,它莫不就是我们养过的那只?祖母不回答我。但是我却总是觉得它就是我们养过的那只小黄鹂。

驼崽

驼队常从我家门前经过，也常常停在我家门前。它们排着长长的队伍，总是那么一步一步地走来，又一步一步地走去。我不知道它们从哪儿来，到哪儿去，只见它们风尘仆仆，好像很疲惫，又像很沉着。

有一次，我看见在一长串驼队中，在一匹高大的母驼背上，有一匹小骆驼正屈着腿，蹲在高高的货架上。随着驼队的铃铛声，随着母驼稳健的步子，它的小脑袋一晃一晃，惊异的眼光似乎望着前方。

赶骆驼的人说这个小骆驼是在驼队长途跋涉的半道上出生的。于是我便十分敬佩起这匹小骆驼来。后来当我知道我们的家乡原是古老的丝绸之路必经的一个村镇的时候，我对这匹小骆驼，更进一步产生了深深的怀念。多少年来，只要有人提起丝绸之路，只要想起丝绸之路，我眼前便会出现那长长的驼队，和那匹蹲在高高的母驼背上的刚出生的驼崽。

清明

去年今日此门中，
人面桃花相映红。
人面不知何处去，
桃花依旧笑春风。

小时候，不知在什么情况下读过这首唐诗。那时，我并不理解这首诗的意义。后来，也许是某年的暑期吧，一个极其偶然的机缘，我在一个同学的家乡，看到了一出叫作《借水》的皮影戏。这样，我才知道这首诗的作者，而这出戏也正描写着他和一个农村姑娘的爱情故事。我看见那位诗人是把这首诗写在那个农村姑娘家的“柴门”上的。我看见那个姑娘读了这首诗，就悲悲啼啼地断了气。当时正是桃花盛开的清明节，地点在古长安郊外。这种皮影戏的音乐唱腔，如泣如诉、缠绵悱恻，给我留下了很深的哀婉凄凉的印象。后来由于什么缘故，我便在古长安的郊区住下来了，而且一住就是四五十年。于是每当到了清明节，只要走出家门，只要看见一扉农家的“柴门”，只要看见满树桃花，就不由得想起那出《借水》，而且觉得清明原来就是这么一个如泣如诉、缠绵悱恻，开着桃花和充满着爱的节日。

七夕

姐姐们在院子排着队，拍着手，绕着巧娘娘转圈儿，一遍又一遍唱着一支歌：

巧娘娘，巧娘娘，
我们来乞巧！
尺子裁，
剪子铰，
铰个花花袄！
……

夜凉似水。上弦月淡淡地照着。巧娘娘端坐在院子里，不知穿着哪个姐姐的大红裙、淡青袄。黄昏前，姐姐们就将她扎绑好了，打扮好了。天一黑，她突然从很远很远的地方来了，一来，便端坐在这宽敞的院子里，望着桌上的西瓜、葡萄、梨和枣，在红蜡烛闪耀的光焰下，轻轻地，默默地，笑着。

姐姐们不知绕了多少个圈，把那乞巧的歌唱了多少遍。于是停下来，围着供桌，从自己抚养了整整半个多月的“巧芽芽”上，摘下最水灵的一段枝叶，轻轻地投在水盆里，端详那枝叶的影子。“是绣花针！”“是织布梭！”她们辨识着，争论着，完了，又排好队，拍着手，绕着巧娘娘，一遍又一遍地唱起那首歌。

巧娘娘是天上的织女星下凡。每年，只在这个清凉似水的夜晚，她才来到人间，给姐姐们一年一度地带来欢乐，带来勤劳灵巧的手。她们从半个多月以前，就在自己的小屋里，把麦子、豆子，泡在一个清水碗里，用姑娘家虔诚的心，养育着“巧芽芽”。这半个多月，“巧芽芽”不出那小屋，一丛丛长得黄灿灿、水灵灵。只等巧娘娘来了，姐姐们才将它们用红纸条束了腰儿，供奉在巧娘娘面前。

听祖母说，今夜，在很远很远的天河边，巧娘娘和牛郎哥哥会面。他们在天河边的绿草地上说着悄悄话。说一阵，笑了；再说一阵，哭了。祖母说，这一夜，谁若蹲在水井边，谁就能听见他们说些什么。

姐姐们的乞巧队伍不让男孩子参加。我在院子旁边站着，听着那歌，望着巧娘娘，心里很羡慕，忽然想起祖母的话，悄悄地走近井旁。

天河倒映在井水里，渺渺的，闪闪的。姐姐们还在院子反反复复地唱着那支歌。我似乎真的听见巧娘娘和牛郎哥哥在那很远很远的天河边，轻声地说着什么，一阵儿笑了，一阵儿哭了……

小白鸽

我在一年一度的隆冬古会的鸽市上徜徉，望着一笼一笼白的、灰的、尾巴上带着哨子的鸽子，无心去看正在演出的社火，无心去看正在演出的马戏。我想买一对鸽子，但是我没有钱，只得为此而暗暗地难过。

冬天黄黄的太阳快落山了，鸽市上的人越来越少。卖鸽子的人要回家去，又不愿背着鸽笼赶路，便将卖剩的鸽子从笼里放出来，让它们飞回家去。这时，古会上空，升腾着尘土，喧嚣着各种各样的声音。那群盘旋着的白的、灰的鸽子，响着悠悠的哨音。冬天惨淡的阳光照射在群鸽闪动着的翅膀上。听着悦耳的声音，望着鸽群飞远了，消失了，我才恋恋不舍地离开了这个鸽市。

一路上，我总是想：它们能回到各自的家里吗？它们的家远吗？假若天黑了——一会儿天就会黑，它们在哪儿歇息？……我这么想着，便不知不觉地进了家门。

可就在这时，我发现我家的屋顶上，正歇着一只小小的白鸽！

我在院子撒下一把黄米。我想把这小白鸽引到院子里来。假若我捉住它，把它养起来，从此它就成为我的小白鸽，那该多好？可是这只小白鸽却一动也不动。它不会不乐意和我交朋友吧？它是不是病了，是不是忘了回家的路？我在我家的院子里张望着，来回不安地踱步。

天黑了，月亮升起来。在淡淡的月光下，我仍看见这只小白鸽，一动不动地歇在屋顶。

这一夜，我久久不能入睡。

第二天一早醒来，便急忙到屋外张望。小白鸽不见了！她为什么不愿留在我家呢？是牵念家中的爹娘，牵念家中的兄妹吗？我想她总是有原因的，因而心里十分高兴，同时也庆幸她在我家的屋顶歇了一夜，现在正迎着朝阳，趁着晓风，平安地回到自己的家去了。

吃草的猫和狗

我时常想起我家的猫和狗,想起它们吃草的艰难情景。

那是灾荒年代。人饿着肚子,谁还有吃食养猫喂狗呢。有的猫狗死了,有的另找了主家。可我家的老花猫和小白狗,硬是死守着,大有和主人同生共死的精神!

人常说:贫狗富猫,狗是忠臣,不趋炎附势。而我家的老花猫和狗一样,并不因主家穷而另找依靠。

猫和狗都喜欢吃肉。它们不像牛羊,只要有草吃就行了,但猫和狗饿急了,也用草填塞肚子。

那年月,连草也长得又黄又矮。可我家的南墙下,却有"狼尾巴""鸡爪芽""马耳子"。一天,我看见老花猫和小白狗,一齐蹲在草丛中(它们向来是很友好的),偏着头,好像艰难地嚼着什么。

我站在房门口观看,发现它们都在吃草。那尖利不齐的、生来食肉的牙齿,使它们嚼草时不得不闭着眼,偏起头,下颚和脖颈用力地一下一下收缩,比吃肉或啃骨头,还要艰难,还要费劲。

看着这情景,我心里十分难过。从此我才知道猫和狗本来就不吃草,它们的吃草，是由于饥饿难忍，为了活命。后来，每当我想起灾荒年代家乡人民的生活，眼前便浮现出我家的猫和狗偏着头艰难吃草的情景。而这时候，我不知为什么总感到悲愤，血管里好像奔流着一种奋进和抗争的力量。

小灯

上小学时，我是通宿通膳学生。由于通膳，可以吃到热腾腾的饭菜，饭菜虽平常，却比其他同学优越得多了。那些同学，从家里背来一周的干粮，夏天发霉、冬天结冰，只能在开水里泡着吃。通宿也可以睡得暖和些，只是不如同学们住在集体宿舍里，热热闹闹的好。何况每晚下了自习，还要走从学校到家里一段夜路。

那段路，过柴市，穿劳巷，约莫二华里。柴市有一姓张的富户人家，门前有几棵合抱的古槐，树身早空洞了，但却郁郁葱葱。早年间这家人压迫剥削当地穷人，曾有人气愤不过，吊死在槐树上。听说每到夜间，常有冤鬼怨魂号啕哭闹。柴市的尽头，有一座破烂古庙，庙门整年深锁着，据说神殿里殡着几副棺尸，是官府里处死的几位绿林头目。劳巷中段，有一座石牌坊，不知是为哪个节妇建造的，高高的一块大石上刻着“冰清玉洁”四字。那层层累累的石块上都有精细的龙蛇花纹，一条一条，夜来就像活了一样十分吓人。因此，每晚走这段路，经过这些地方，我心里便不由得发怵。

那时候，偏僻小县，人们的文化生活很简单，常常把谈鬼说怪，当成一种娱乐。从小，我听大人们讲过许多恐怖的神怪故事。现在上学了，每晚走在这段路上，这些故事中的情节，就活生生地呈现出来，更增加了这儿的恐怖气氛，使这段路真成了幽深黑暗的“鬼的世界”。

为了减少恐惧，我曾经想过一些办法，如手里提一根棍棒，口袋里装一盒火柴，等等，但都未能见效。劳巷南端和正街相接的地方是城隍庙，庙内的戏楼上，终年由国光社、晓钟社和任老六的班子轮番演出。因此每当晚自习后，我从城隍店门口经过，见收扦子（一种门票）的已经撤去，就不由得走进戏园，把什么《八件衣》《大劈棺》的后半本看到闭幕。一方面，那“咚咚呛呛”的锣鼓吸引着我；一方面，我希望在戏散以后，能遇到一个两个看客，伴我走完这段夜路。可是我的希望还是落空了，我们的街巷全住着些穷人，谁也没有晚上花钱看戏的雅兴。所以，出了城隍庙门，走着，走着，到了柴市和劳巷，往往又只剩下我一人了。这时候，《八件衣》《大破棺》里的阴森场面，反而一齐出现，使我更加恐惧。

那时上晚自习，学生们用的灯，最讲究的莫过于那种高脚铁灯——也许就是古人所说的“檠”了。另外，也有用一盏破碗盛了油当灯的，也有把墨水瓶自制成灯的。后来，我见到一种玻璃罩子灯，心里十分羡慕。这种灯约呈方形，四围有铁片做的骨架，括着四片玻璃，上有小盖和铁丝扣子扭成的灯系，提着既亮堂，又避风雨。我很想得到这种灯，以为有了这种灯，走这段夜路就能胆壮了。可是这种灯很值些钱，家里不给买，我有什么办法呢。

一个偶然的机缘，我在外婆家的一口破窑里，发现了这样一盏玻璃罩灯。它可能是世界上最小巧玲珑的玻璃罩子灯了，可惜四围的铁架早脱了焊，不到巴掌大的玻璃片也破碎了。我将尘土油污擦去，用纸把破了的玻璃片粘连起来，用小铁丝把脱了焊的铁架扎了又扎。这玻璃小灯终于亮堂堂的了，只因铁架是用铁丝扎的，提着，总咣当咣当地响。

提着这盏灯从柴市、劳巷经过时，情况突然发生了变化。一个黄黄红红的光圈跟着我，照亮了我脚下的道路，照亮了整个街巷的景物。我不再感到古槐的阴森，破庙的可怖，牌坊的冷清了。小灯为我带来了光明，带来了勇气，带来了欢乐。慢慢地，我把从小听来的神怪故事淡忘了，提着小灯，想着白天发生在学校的趣事，想着新学过的功课，再不觉得这段夜路漫长和恐怖，直到念完小学，升入中学，成了一名不通宿通膳的学生。

但是我总忘不了我所走过的那段夜路，尤其不能忘记我的小灯。我是多么爱我的小灯呵！我总觉得它对我有着某种启示和感召。

小鸡、石牛和老道

——家乡传说

秋夜，在灯下翻着一部破旧的《礼泉县志》，不禁想起家乡的两处“名胜”。

我把这两个去处叫作“名胜”，其实连县志里所载的“十二景”也没有包括它们。但我觉得这两个去处，即使够不上“名胜”的格，却也比什么“十二景”来得实际。

我所想起的两处“名胜”，一处在礼泉县北城门——永定门和一座砖拱桥——仲桥之间，一处却是和仲桥相隔不远的志公泉。永定门和仲桥之间，有一道陡坡，名叫鸡娃岭。传说岭上埋着一窝鸡娃。假若你赶着一辆铁轮车，或者推着一辆木轮车从岭上经过，应着车轮辚辚的响声，就喧闹起了一阵鸡娃“啾啾”的鸣啭，好像就在你的身边，你的脚下。假若你是第一次从这岭上经过，你不禁担心会把它们惊着，踩着，以至于要停止脚步，前后左右地找寻，但是你停下来了，却什么也找不见。假若你是经常从这儿来往的，你自然明白那声音是从那里发出的。有人就专门到这里来，站在岭上，拍着手、顿着足，或者拿一块小石头碰击一块大石头，故意逗引小鸡

“啾啾”地叫，欣赏这捉摸不住的鸣唱。

到这岭上听鸡娃叫，是我们家乡小孩儿极好的游戏。但是30年代以前，我小时却不常到这里来玩。因为祖母曾经讲过这样一个故事，那群小鸡，只要它们脱掉绒毛，换上坚硬的羽毛，就会一只一只，扑棱棱地飞出。它们一飞出来，我们每家每户便都有了鸡。那时候，红的、花的，各色各样的大公鸡，站在家家的墙头、房顶、麦草垛子上，把脖子伸起，朝着大红的太阳喔喔啼，我们就有好日子过了。老母鸡呢，肥得走起路来也有些吃劲，它们每年都生几百颗蛋，每年都孵一窝小鸡。到那时，哪个馋嘴孩子还愁没蛋吃呢。是，就在鸡娃岭这群小鸡快要换齐了坚硬的羽毛的时候，一个可恶的老道，听见了那羽毛“噌噌”地长着的声音，他赶了来，把它们身上的羽毛拔得精光。那羽毛是珍贵的宝贝。从此，这群小鸡便被深深地埋在岭石下，永远也飞不出来了。

这个故事，使我非常同情那群小鸡，每每听到它们的叫声，就很难受，为它们着急。我觉得它们是在痛苦地哀鸣，焦急地呼唤，求人帮它们冲出地皮。然而事实上，任凭你怎样拍手，怎样顿足，怎样狠劲地拿小石头碰击大石头，小鸡却总是不能飞出来。于是，我便以为这些动作都是恶作剧，都是把小鸡的痛苦当作娱乐和儿戏，都是在欺骗小鸡，也是在欺骗自己。可不是么，我家曾想养一只鸡，但却就是没有养下来。我记得，一天妈妈从外婆家抱回一只麻母鸡，可是它很快就被我们的房东发现了。他一会儿说：“你们可小心它屙在院子里！”一会又说：“它啄了我的竹子是不行的！”我们这房东是个布行经理，算得上个文雅之士，颇有不少的闲情逸趣。他在院子里种了几丛毛竹，看得比什么都珍贵，麻母鸡当然是不许养的。祖母受不了他的再三“叮咛”，对妈妈说：“这是什么年月，我们怎么就忘了老道已经盗去了鸡娃岭下的宝贝？”

因此，在我的记忆里，那些年，这鸡娃岭上似乎整年都笼罩着灰蒙蒙的一片烟雾，没有哪一天消散过。再加上约有五六丈高的永定城楼，耸立在鸡娃岭上，遮着阳光，把高大的身影正好投下来，印在这鸡蛙岭上，越发使人觉得阴森。岭的北边就是仲桥。仲桥两边丛生着一带芦苇，墨绿的叶子被风一刮，“唰唰”地响，也使人不由得要想起那个魔法不浅的老道来。

我自然非常痛恨这老道。他好像是以盗窃宝贝、破坏美好的事物为职业的。他不仅拔去了小鸡们的羽毛，而且还给志公泉造成了一幕悲剧。这志公泉只是个直径约四尺光景的极普通的泉，但泉水却十分清莹。泉的岸是用几块青石砌成的。我不知共有几块了，只记得在西南角上的一块，有一个小小的凹痕。祖母告诉我：那个凹痕，是一个牛蹄窝，是离志公泉不远的一只石牛踩的。祖母说，这石牛每天夜里等到满天星斗出齐了，便要到志公泉去喝水，时间久了，就在泉边的石条上，踩出了一个蹄窝。志公泉是神泉，水是神水，石牛喝这泉水到一定时期，就会和人们家里养的牛一模一样，帮助人们耕种大片的土地。但是那可恶的老道，在石牛去喝最后一次水时，将它的一只角打掉了，盗去了宝贝，于是这石牛没有喝到最后一次水，也永远卧在那里，不能动了。

这被老道盗去宝贝的石牛，面朝着志公泉，半撑着两只前腿，很想猛地一下站起来，但是却不能。它的两只后腿深陷在泥土里，被一丛荒草盖着。小时候，我常常一个人走到这石牛身旁，望着它呆呆地默想。我家没有牛，隔壁的郭大伯家也没有牛，对门的王三叔家也没有牛。我们这些养不起牛的人家，总是把庄稼种不好。因此，我每次站在这石牛身旁，总盼它能够站起来，像一条活牛一样，帮助没有牛的人家耕地。我想，我的这个愿望假若能够实现的话，我和锦才（郭大伯的儿子）、林喜（王三叔的儿子），就再也不必弯着腰、喘着气拉犁了。那时候，我们一定割最嫩最香的草给它吃，它喜欢喝志公泉的水，我们就天天从泉里给它提水回来。但是这石牛却总是那样仰着头，半撑着前腿，无论如何也站不起……

于是我便极想找到那个可恶的老道，而且和锦才、林喜商量：找到他一定狠狠地揍他一顿，把那群小鸡的羽毛，把石牛的宝贝夺回来，交给小鸡和石牛。可是谁知道这可恶的家伙，他到底藏在哪里呢！

有一年，姐姐病了，祖母领我到关帝庙为她去求药。这关帝庙里有一个蓄着满头乱发、穿着一件用破布缀起的大袍子的老人，模样儿很有一些可怕。从关帝庙回来，我听说这人叫作何老道，于是断定拔去小鸡羽毛的是他，盗去石牛宝贝的也是他。因而便把满腔的愤怒都倾注在他的身上，并告诉祖母说，我和我的伙伴一定要给鸡娃岭的小鸡和志公泉的石牛报仇。谁知祖母却说何老道是个好人。他年轻时爱着一个很漂亮的姑娘，后来这姑娘被一个有钱有势的地主夺去了，他气愤不过，才横了心入了"空门"，孤孤单单地住在破烂的关帝庙内。我们都有些不相信祖母的话，便暗中注意这何老道，果然见他种着几亩薄田，饥了自己做饭，冷了自己缝衣，并不吃斋念经，过着孤苦寂寞的生活。

于是我们便继续找寻，一心一意要为小鸡和石牛报仇。可是后来我却发现关于小鸡、石牛和老道的故事，只流传在我们一些穷孩子中间，一些富户人家的公子哥儿，根本不知道这个故事。这是为什么呢？我弄不懂。也许鸡娃岭下就没有什么小鸡，也许那石牛就不曾到志公泉喝水，也许人间就没有那样一个可恶的老道。但是，那一窝鸡娃明明在痛苦地哀鸣，焦急地呼唤；那石牛明明要猛地一下站起来，还有那个谁也抹不掉的蹄窝！这些问题都使我非常痛苦，想打消为小鸡、石牛报仇的念头而又不能。

接着我便慢慢长大了，而且生活要求于我的，也都是些非常实在、具体的事。比如家里灶下要有柴烧，因此我就只管在鸡娃岭上，志公泉边，割那黄的或者半黄的野草,每天几乎连喘气的空儿都没有,当然就再也顾不到找寻什么和尚道士的事了。

直到1950年春天,我们家乡斗争地主袁大谷的时候,我不知为什么又猛然想起了那个可恶的老道。那天,关帝庙里的何老道颤巍巍地走进会场,他大放悲声地向人们讲着一个叫罗米珠的姑娘的往事。罗米珠,一个多么钟情、善良的女子,她被袁大谷抢去的第一天晚上,就用剪刀断送了自己的生命。袁大谷家一个好心的女佣人按照罗米珠临死时的嘱托,把一绺头发和一件血衣转送给何老道,何老道收藏着这两件是爱情也是仇恨的纪念品,直到这个报仇雪恨的年月。这天,他把那绺乌黑的,一个年轻姑娘的头发,紧紧地贴在自己的胸口;把那件染满血迹的,一个年轻姑娘的内衣,高高地举在半空,愤怒地呼喊:“报仇!报仇!”当时我听着这喊声,望着那头发和血衣,便十分坚定地认为:垂头站在台角的地主袁大谷,就是我寻找了多少年的可恶的老道。

今年我回到了家乡。刚一踏进自己的巷口,我首先看见的便是一大群小鸡。它们由几只老母鸡领着,互相追逐、嬉戏,把一条街巷几乎装满了,挡着我的去路。我从这鸡的群中走过,它们也不惊飞,只给我让出一条小道。这情景立刻使我想起了鸡娃岭上的小鸡,接着也想起了志公泉边的石牛。住在家乡的日子里,我又去了一次这两个去处。这天,风和日丽、天高气爽,一辆拖拉机正好在那条石牛躺着的地里耕地。拖拉机发出突突的响声,把一团团乳白色的轻烟抛向高空。也有几个孩子在鸡娃岭上拍手、顿足,引得鸡娃“吱吱”地欢叫。这时我再望望那石牛,却见它并不像急着要猛地一下站起来。我问那几个站在鸡娃岭上的孩子,听说过那个老道的故事没有,他们只是不住地摇头,齐声说:“你骗人!你骗人!”听着他们的话,想起已往的岁月,想起自己苦难而又天真的童年来,我不禁笑出了声。……我想：在我们还是孩子的时候，老人讲着这样的故事，是发抒他们的愤慨，向往着一个美好的未来。如今我将这样的故事讲给生活在幸福的家乡的下一代，他们怎么会听得懂呢？……

押了一回车

押了一回车,记忆里增加了一份悲伤、一份悔恨。

表姐出嫁那天,按照家乡风习,外婆不等天亮,就将一盏纸糊的红灯,和一叠方方正正的小红纸片交给了我,一再叮咛,路上要将灯举高,不能被风吹灭;逢树、逢桥,就撒一片红纸:"为了姐姐,你可要千万认真,千万小心!"那是一个冬天的早晨,天灰蒙蒙的,就要落雪。按照外婆的叮咛,我一手挑着红灯,一手捏着那叠一寸见方的纸片,坐在迎亲车的辕头。表姐在车厢里坐着,穿一身又肥又大的大红衣裤。她放声哭诉:"娘呀,娘呀,你把你……可怜的……娃呀!"一遍又一遍,这哭声随着北风,传向远方。

车出了村,四野笼罩着茫茫大雾。车前的唢呐声,咿咿哇哇的高叫声,像歌唱,也像哭泣。这像歌唱也像哭泣的曲调,大舅父死时我曾听过。

我手里的红灯,照亮了车辕下高高低低的山路。在这条路上,我知道哪儿有桥,哪儿有树,但我依然尽力地大睁着眼,不放过一棵小树,不放过一座小桥。我虔诚地把一张张红纸顺着车辕撒出去,那纸片在红色灯光的照耀下,在冬雾茫茫的山路上飘摇,像一只只红色的蝴蝶。

表姐仍然放声哭泣:"娘呀,娘呀,你把你……可怜的……娃呀!"听表姐这样哭诉着，我越把手里的小红灯举高了，越把纸片撒得认真仔细了。按照外婆的嘱托，为了表姐，我在心里祝她幸福。

迎亲车终于到了表姐婆家，唢呐声既像歌唱又像哭泣地继续吹奏。我从车辕上跳下来，松了松因虔诚而过分紧张的心，感到了双臂的微痛。

一年后，表姐突然暴亡！噩耗传来，大舅母、外婆、母亲和我，一起去表姐家哭吊。我们走在一年前那辆迎亲车碾过的山路上，北风呼啸着，太阳躲在黄黄的冬云里，我耳边似乎还响着那既是歌唱又是哭泣的唢呐声，照旧认真仔细地计算着路旁的树木、桥梁。一路上，母亲、大舅母和外婆都不作声，他们不知道表姐是怎样死去的，他们也忘了一年前是我为表姐押车的。但是我却不由得把表姐的死和自己的押车联系在一起，反复地责问自己：是你少撒了一张红纸吗？是你没有把那红灯举高吧？……我这样问着自己，似乎又听到了表姐那反反复复的哭诉："娘呀，娘呀，你把你……可怜的……娃呀！"

没有人回答我的问题，没有人减轻我内心的痛苦。从此，沉痛的记忆，深深地埋在心里；沉痛的内疚，深深地埋在心里。

表姐长我七岁，那年，表姐刚满十八。

第二辑

亲情老友

祖父的印章

祖父的印章是梨木刻的，年代久远了，黑红黑红的。印面二指宽，一寸长，竖起来，高约寸许。印文工工整整，是三个十分清秀的楷体字。那时候，我还不认识那是三个什么字，但我知道那是祖父的印章，刻的是祖父的名讳。字凹里，积着黑红黑红的印泥，擦，狠擦——擦不下来。

我是在祖母房里的一个抽屉里发现这枚印章的。祖母房里有一张很粗糙的条桌，桌面裂了缝，油漆早已脱落。桌面下有三个抽屉。抽屉里满满地、乱七八糟地全放着一些破破烂烂的东西：大大小小的铁钉、钳子、改锥、剪刀、公母螺丝、钥匙、锁子、缠线板、废电池、橡皮筋、麻绳头……有时，父亲要收拾一件旧家具了，朝我喊："在那抽屉里，找几个铁钉！"或："在那抽屉里，找几个螺帽！"我就拉开抽屉，上下翻腾，结果就找见了那几样东西。也可能就在某一次找这些东西时，我发现了祖父的印章；它不知从哪儿"嘣"地"跳"了出来！后来，我听说祖父在清朝末年，曾做过我们县的里民局局长。里民局长是多大的官？我不知道，反正祖父是个官，这枚印章，可能是他做官时用的。那时，我们家是个大家族，祖父兄弟四人，他行二。兄弟四人中，唯有他从小读书，后来做了官。我还听说，我们县于 1902 年开始设邮局，通电讯，祖父率领里民局里的人和民工，在境内曾一次栽了不少电杆。这事据说在县志里是有记载的。

祖母房里有一个尖顶圆帽盒。打开那尖顶盒盖，里边有一顶清朝官员戴的红缨帽。这红缨帽和这枚印章，是祖父留在祖母房中仅有的遗物。祖母只看中那红缨帽，把那帽盒整年放在显眼处。她不懂那印章的用途，就一直让它“浪迹”在那装着杂物的抽屉里。

平时，祖母和父亲都很少提祖父的事。父亲是暮生子，没见过他的父亲，对他的父亲很可能没有多少感情。但我不知从哪里听说，祖父幼年曾和后来在山东做过监察御史的宋伯鲁是同窗学友，且有金兰之谊。宋伯鲁为清光绪年间进士，工书善画，在清末民初，闻名遐迩。据说祖父曾藏有宋伯鲁及其他名人不少书画作品，但他英年早逝，祖母因年少又无文化，不懂那些藏品的价值，所有祖父的收藏之物，都被几个本家兄弟和侄辈拿走了；只剩下那顶无人再戴的红缨帽，那枚无人再用的印章被祖母保存着，为我提供了一些邈远的信息。

其实祖母对祖父的印章是漠不关心的，好像她根本就不记得祖父还有这么一枚印章。祖母出身农家，她把自己的一生命运与祖父的官位从未做过任何联系，她更不知道祖父的早逝，是不是与他的官职有关系。父亲也是如此，他只知道那几个抽屉里的铁钉、螺帽对他是有用的……

祖父的印章，就这样在那个抽屉里，被各种各样的杂物碰撞着，忽上忽下地翻腾，有时“蹦跳”出来，有时又没了踪影。岁月一天天地逝去，祖母老了，八十多岁了，父亲嘴边也茸茸地长满了胡须。祖父的印章经过岁月的磕碰，早已无棱无角、遍体鳞伤。祖父短暂的一生，对我越发显得遥远，显得陌生，我只能从他那颗印章上，体会到一种人世的坎坷，官场的浮沉！除此之外，还有什么呢？还有什么呢！

后来祖母去世了,父亲去世了,现在我已无法知道祖母房中那张粗糙的条桌的下落,更无法知道祖父那枚印章的下落……

祖母与观音

祖母有一尊观音菩萨，高尺许，双手合十，闭目浅笑，神态娴静，盘腿居于莲花座上。这女神为景德镇出品，全身洁白，质地细腻，服饰上偶有大红和浅蓝。

从我记事起，这观音就在祖母房中。祖母一生，清静好洁，供奉这观音的几案，总是干干净净的。她不许我们把任何不干不净的东西放在菩萨面前。她每天清晨的第一件事，就是用新汲的井水把几案洗擦一遍，把落在菩萨身上的谁也看不见的灰尘，用一方白帕子轻轻拂去。这时，阳光透过小窗，照在洁白如玉的菩萨身上，照在黑红黑红的核桃木几案上，她才开始操持一天的家务。

祖母先扫除院里的落叶，然后洗衣、做饭。那时，我家院里有一棵大槐树，一棵大椿树，每天清晨都落一层大大小小的树叶。祖母把一片一片落叶扫集起来，院子清清爽爽，留下了一丝丝有条不紊的扫帚纹印，那纹印疏密有致，引起人许多遐思。

祖母忙着这些的时候，她的观音端坐在屋里，好像认真地看着她做这做那。她心平气和，不慌不忙，不紧不慢，和她的观音同样安详、沉静。

祖母做完了这一切，就坐在床上用五颜六色的纸糊扎那种为亡灵烧化的衣物用具。祖母手巧，年轻时曾为人做过嫁妆。现在眼力不济了，便做纸扎维持生活。她糊扎的衣裙、鞋袜、车马、茶具、果品，和真的一模一样。她做这些的时候，神情专注，从容不迫，手里的刀剪咔嚓咔嚓，像一只小鸟儿正在枝头啼叫。这时候，那观音坐在几案上，微微含笑，和善的眼光投过来，品评、欣赏着她的手艺。衣裙、鞋袜一沓沓放在床沿上，茶具、果品、车马一件件放在窗台上、板架上。屋里五光十色，无异于一个手工艺品展览屋。

祖母并不给这尊瓷佛烧香叩头，因此几案上并无香炉、蜡烛一类的摆设，仅仅只在一口青花瓷盆里盛满了水。每天，祖母用新汲的井水擦洗几案时，倒掉昨天的陈水，换上新汲的井水。盈盈的、凉凉的清水在盆里打闪，像她和她的菩萨的平静的心。这时，我问祖母："菩萨是什么人呢?"祖母不回答我的问题，只是自言自语说："菩萨是好人。好人自古多灾难!菩萨也是受过苦的，这才要普度世人。可这世界太大了，受苦受难的人太多，她的佛光也有照不到的地方……"听着祖母的诉说，我似懂非懂，以为她既在说菩萨，也在说自己——祖母和菩萨，都是受过苦的好人!

后来，祖母老了，眼力越发不济，便停止了纸扎活计。她用一生积攒下来的零碎纸片，为她的观音糊扎了一个小小的神龛。这神龛构造十分复杂，青砖围墙，石条铺地，檐角高翘，屋顶上盖着黄色的琉璃瓦，四周围着大红的栏杆、廊柱。瓷佛坐在神龛里，黄色的帐幔半卷着，似有隐隐的木鱼声一阵阵传了出来。

祖母总不给这瓷佛烧香叩头，她说她对瓷佛是很冷淡的。祖母二十四岁开始寡居。在那个有百十口人的大家庭里，为了养大儿子，他们孤儿寡母，生活十分艰苦。从多灾多难的生活经历中，她认定菩萨的佛光，不会照亮她的生活，她的小屋。因此她不给这尊菩萨焚香叩头，也不朝山赶会，信仰任何神灵。她只凭自己一双手做人，这瓷佛只是她精神的依仗，心灵的寄托。她认定菩萨是好人，有一颗慈爱的心；尽管她的光照不亮她的生活，她的小屋，她还是爱她敬她的。后来，祖母老了，便筹划着如何妥善地安置她这位心里的爱神。

我家前院，住着一位郭四婶，是一位虔诚的佛教徒。她不识字，但却念会了几本劝人从善的经书。她学念《黄氏女对金刚经》的时候，我正上小学，她就常常向我问字。那里边有好些字我也不认识，因而脸上感到很不光彩。祖母怕自己百年之后，我家无人再"供奉"她的瓷佛，便决定将瓷佛交给这位郭四婶。

一个天朗气清的日子，祖母要郭四婶把瓷佛迎接到她家去。那天，郭四婶换了一身新衣服，她先打扫了房间，安置了几案，然后便来祖母房中迎佛。祖母喃喃地对她的观音说："我的心，菩萨知道。我不修今生，也不修来世。无论今生，无论来世，我还能再苦到什么地步！……菩萨，几十年来，我只用清水供奉您，这水的清，也就是我心的诚：我只愿您搭救比我更苦的人。……在这人世，我的日子并不多了，以后就让您的这个女儿替我补过吧！"说罢，满脸泪珠，双手轻轻地从神龛里端出瓷佛，恭恭敬敬地交给了郭四婶。郭四婶跪在地上，双手接了，祖母又把那神龛轻轻抱在怀里。她们的动作凝重，表情严肃，俨然在举行一次庄严隆重的交接仪式。接着她们便一前一后地向郭四婶房中走去，那脚步既缓慢，又稳重。院子里的空气肃穆而又沉寂。

此后不久，祖母便离开了人世。

我从小就和祖母、祖母的观音菩萨同住在一间屋里。在这间屋里，我从祖母的糊扎劳动中，早早地认识了各种各样的颜色，认识了各种衣物、器皿的样式和用途。这也是一种艺术的熏陶吧,因此我从小就喜欢绘画和劳作。在这间屋子里,我在祖母和她的观音菩萨的慈善的眼神下长大,从小养成了文静和温良谦让的性格;我常常同情人而容易被人欺负,我缺乏斗志而有一种委曲求全的精神。这既是受了祖母的影响,也是受了祖母的观音菩萨的影响。现在,当我审视自己性格中这些缺点和优点的时候,我是多么怀念我的祖母和祖母的观音菩萨呀!

外婆的叹息

在我的脑海里,只有外婆纺线的记忆,而不知道她老人家还曾经是一位织布能手。但是多少年来,人们谈论起外婆,说的总是她的布织得如何如何好,如何如何远近闻名。当然,布要织得好,必先线要纺得好;线纺得粗而又疙疙瘩瘩,松不拉几,那就根本织不出好布!但织布和纺线,究竟是两码事。纺线是纺线,织布是织布;纺线有纺线的技法技巧和要求,织布有织布的技法技巧和要求,二者互有影响,互有关系,但却不能互相代替,混为一谈。

二姨妈、三姨妈的石榴裙,都是用外婆织的布做的。那哪是布料,那简直就是用真的石榴颗儿堆成的,一颗挨一颗,一粒靠一粒,全都通明透亮,好像就要滴出石榴汁来。

大舅爷、二舅爷的寿衣,也是用外婆织的布做的。那宝石蓝的大马褂,前胸后背都闪烁着牡丹团花,那哪是织出来的团花,那简直就是活着的牡丹初绽,一朵挨一朵,一朵靠一朵,全都散发着花香,能将蜂蝶引来。

我们家乡的四乡八镇,谁不赞扬外婆的布织得好!平展、细密、轻柔,花色鲜艳。谁家的姑娘要出嫁了,不向外婆求一条石榴裙布料呢。谁家的老人下世时,不期盼着穿一件用外婆织的宝石蓝布料做的大马褂呢!

外婆的纺织事业远近闻名。那时,西洋的纺织机还没有传进中国,外婆的布是用我们几千年传下来的织布机织出来的。外婆家的织布机和各家各户的织布机是一模一样的,但外婆织出的布就是不同一般。有人来外婆家看外婆那架织布机,看了“老鹰架”,再看脚踏板;看了卷轴,再看扳手;看了桎,再看缯……全是一模一样的;全一模一样,但是外婆织出的布,就是与众不同!

不同在于质地!

不同在于口面!

不同在于花色!

……

但是后来,外婆不能织布了!

外婆不能织布的事也远近闻名。人们谈论起这件事,都十分悲伤,十分惋惜,十分气愤。人们说这是一个损失,一种命运,一幕悲剧。

悲剧演出的时间,我还年幼,不能记事。所以在我的脑海里,只有外婆纺线的记忆,却不知道她老人家也曾是一位织布能手。那一年,外婆突然患了风湿性关节炎。医药发达的话,这种病是可以治好的。但是外婆却被一个游方郎中治坏了。那游方郎中说他有一种祖传秘方,几针下去,就可针到病除。他向外婆要做一件宝石蓝马褂的布料。外婆将布料给了他,他几针下去,外婆的病却没有治好,反倒更加重了,后来便慢慢地不能走动了,不能站立起来了,不能织布了。

于是在我的记忆里,我的外婆一直是以膝代步的。她老人家在双膝上绑了两块布垫,两手着地,只能在自己的炕上和自家的院子,艰难地缓慢地挪动。她曾多次挪动到那架织布机旁,双手摸摸织机的腿,织机的坐板,织机的卷轴……她想扒着织机站起来，但是她用尽了全身的力气，几次几次地站，几次几次地用力，却没有站得起来！外婆把眼泪洒在织布机上，向织布机说了告别的话……

外婆的织布历史结束了，她织的布，成为历史遗存。

但是外婆闲不住。她只得坐在纺车怀里纺线。夏天，纺车在院子里，她就在院子里纺；冬天，纺车在炕上，她就坐在炕上纺。累了，就在纺车怀里睡一会儿。她不纺线，便会想起织布，便会想起自己的过去，想起自己织的布，想起穿着自己织的布的男男女女、老老少少，想起这些人对自己的称赞，想起自己的快乐、自己的骄傲，以及自己现在的悲伤和寂寞。

想起这些，外婆就急急忙忙坐在纺车怀里去纺线。她转动着车轮，便以为自己正在为自己要织的布纺线，只要什么时候，够织一机子布了，她就会重又坐在织机上去。

但是外婆的线总纺不够，她便纺着纺着，以为自己要织的那布很长很长，还需要她不停地纺下去，纺下去。她总寄希望于未来，她总觉得自己有重坐到织布机上的一天！

外婆纺的线仍保持着以前的特点：细，匀，筋道，白净。这四大特点是外婆过去能织出那么好的布的主要原因。

细，细到怎样的程度才算细？很难界定。说细若游丝、细得像头发丝儿，都有些夸张！说很细很细，说了等于没说！此处试举例以明之，看能否说得清楚。比如有人用一两棉花，只能纺 70 米长的线，外婆却能纺出 100 米长的线，你说她那线细不细呢？长出了 30 米，细！真是细！

匀，却无法举例，抽象地说就是匀称、匀溜、匀净，绝不一会儿粗，一会儿细，疙疙瘩瘩的，不匀乎，不匀和。

筋道就是结实而有韧性，像缝衣服用的细白线，很难揪得断。

白净,线是用洁白的棉花纺的,怎能不白净呢?但有些粗心人纺的线,就是不白净,究其原因有二:一是那时一般家庭,还没有通上电,纺线必须点灯;而灯里又烧的是煤(柴)油、煤(柴)油,都有很大的油烟。在一个小房子里纺线,满房子都是煤(柴)油烟,煤(柴)油烟就被拧在线里;二是再干净的棉花,偶尔间也会夹杂些细小的棉花叶片。这些细小的叶片,对棉花总恋恋不舍,经过轧花、弹花等工序,这些细碎的棉花叶片,还会裹在棉条里,不细心的人也会把它们裹在线里。外婆眼尖,她一看见那小黑点儿,就会用手指将它们捋掉!外婆纺线,有个习惯性的动作,就是每纺一出线,都要用手指捋一下。这一捋,就会将附着在线上的所有的杂物都捋掉!

据我知道,外婆常常在月光下纺线。别人问她为什么纺线不点灯?她说她嫌那煤(柴)油烟气大,烟气大会将线熏黑!

外婆觉得自己纺的线够织一机子布了,就将穗子透成一轮一轮,准备着浆线。浆线是将线轮儿浸泡在糨糊里,然后一轮一轮地挂在浆线椽上,用石头锤子将线轮儿吊起来,一会儿左拧,一会儿右扭,不停地将糨糊揉搓,使糨糊渗透在每一条线里。线虽然很细,但也有表有里。渗透在线里,就是渗透在每根线的表层,也渗透在每条线的骨头缝里。这是织布的一个重要环节,也是一种力气活。现在外婆已经站不起来了,已经干不成这种活了。她把浆线的这个重要环节想了想,像一个小学生温习了一遍自己的功课,便叹息了一声,知道自己干不动这种活了,只盼望着有人把自己纺的线织成布!

但是大舅母不会织布,二舅母也不会织布,外婆纺的线只好拐成轮儿摆起来,静静地待在屋里。

为了安慰外婆,两个舅母只好在村子为外婆揽了一种纺线的差事。

事情是这样的:主家当着外婆的面,把弹过的、已经搓成了的棉条带来，用秤称了，要外婆为她纺成线，工价每一斤×元×角，时间不限，当然越快越好。线纺完了，再称称，当面付线。外婆不能再织布了，觉得这样也好。不是为了挣钱，而是为了打发寂寞的生活、难熬的时日。外婆想，人不可一日无事，自己现在不能织布了，纺那么多线毫无用处，不如为别人纺线，别人织成布，也等于自己织了布。

这是外婆纺织事业的一个转折点。时在老人家接近古稀之年。至此之后，她便只能替人纺线了，而且接连不断地纺了好几年。有时，她要那织布的人将织好的布让她看一看，她看了有时很高兴，有时却不住地摇头说：你扳桎框要再使些劲，别图织得快！我的线细，不使劲布便织不细密！

外婆这样为别人纺线，果然仍保持着原有的习惯，纺出的线还是那么细、匀、筋道、白净。她以为替别人纺线，更应该如此，不能马马虎虎、敷敷衍衍。同时她也不会将自己从小养成的习惯轻易地丢弃。就像人的风格即人的性格，她不会没有自己的性格，纺出的线也不能没有自己的特点和优点。

但是外婆不知道外面的世界却在悄悄地、不知不觉地发生着变化。外国的织布机已经进入我国，外国的洋布也占领了市场。本地人已经不喜欢自家织的布了。自家织的布口面越来越窄，一匹五丈二尺，叫“五二布”，由布店收购了，远销甘肃、宁夏、青海、新疆等地。

这一来，外婆纺线的特点不再是优点，反倒成了缺点。因为快手织这种“五二布”，只需一天一夜便卸机。一天一夜卸机，也就是一天一夜织成一匹“五二布”。为了达到这个目的，人歇机不歇：姐姐下机，妹妹上去，嫂嫂下机，小姑子上去！总之是机子不能停歇！无人接替的人家，一个织手，连吃饭也不下机子。男人做好饭，端给织手，织手就在坐板上把饭三口两口吃完，然后接着织。“啪啪”“啪啪”，全村一片织布声。这声音传在外婆耳里，她听了像听到一章乐曲，先兴奋，后激动，接着便流泪。外婆又回到自己能织布的岁月！

人们就这样将一匹五丈二尺长的布织完了。织完了就卖给花布店。你要现钱，他们便付现钱；你要棉花，他们便按价折成棉花，付你棉花。全村会织布的人都这样抢时间，那布织得越粗越好，越糟越好，越快越好。要粗、糟、快，织布的线就要越粗越好，越糟越好，谁纺的线越细越匀越筋道越白净，织出的布越细密，越柔韧，越不好出手，越卖不上好价钱。

有一天，王大婶到外婆家来谈生意。她说：

你那线能不能纺粗些，纺糟些？粗了糟了就好了，布就织得快了，价就卖得好了。你把线纺得那么细，织的布又不是自己穿、自己用，何苦呢？

外婆说：

那不是骗人吗？那不是以坏充好吗？以假乱真吗？

世事变了，你还老脑筋！现在卖出的布是越粗越好，越糟越好，粗了糟了烂得快，旧的去得快，新的也来得快，花布店的生意赚得多，赚得快！你还老脑筋。你这脑筋得换一换，要能赶得上时局！

我的毛病是慢，赶不上时代。我的线纺得太细，劲儿上得太紧，这毛病我改不过来！

你的脑子怎么不开化呢？时代变了，你就得变。这叫识时务者为俊杰。你得赶上时代……这一次，你把线纺粗纺糟了，每斤多给你五角钱！

我不多要那五角钱！我纺线不是为了挣钱。那种线，我纺不出来！这活我干不了！干不了！干不了！那样的线，我纺不出来！

王大婶和外婆把生意谈崩了。

这事传出去，全村的人都知道了，但说法不一。有人说外婆傻，外婆笨，人太老实，脑筋太死，不识时务！有人说外婆就是那样的人：实在、诚恳，不会弄虚作假，不会骗人。这样的人只能织出她以前织的那种布！她以前织的那种布，现在已经没有了，成了极少的、极宝贵的历史遗存。那是外婆的过去！

唧唧复唧唧，全村都在织“五二布”。有的人家甚至将铺了盖了多少年的被子、褥子拆了，纺成又粗又黑的线，织成像麻袋片子的布，卖到苦寒边远的地方去。

唯独纺了一辈子线、织了大半辈子布的外婆，现在既不能织布了，又不愿纺线了。她纺的那种线，不合时宜，没有市场，无人问津。

外婆的织布机已经闲置多年了，外婆的纺车已经不再转动，还被两个舅母架到厦房的二梁上去了。外婆只有默默地望着她的纺车和她的织布机，悄悄地流泪，有时还轻声叹息：这世事怎么变了呢？这世事是变好了，还是变坏了呢？

唉！外婆叹息。

2016 年 8 月 8 日

椿树

老屋后院的东墙根下,不声不响地突然蹿出一棵椿芽,拇指般粗,紫红紫红的,蕴藏着无穷的生命力。过了一个春天和夏天,这椿芽一忽儿长过了我的头。那年,我整十岁。

第二年,父亲见它是棵材料,便浇水、松土、掰叉,想尽法子护理。它一年蹿出半人高,到第三个年头,竟然冒过了高高的院墙。这时,父亲觉得它生长在墙根下,天地太窄小了,便小心地把它移栽到老屋对面的空园里去。空园有一口古井,井水汪汪的,椿树被移栽在井旁,如龙归海,枝叶更加茂盛。不几年树身便碗口粗了。

后来我去外地谋生。一天收到父亲的信,说他"年事已高,喜欢清静,不愿住在老屋;现在空园建成小屋两间,不日即可搬入。"读了这封信,我的心里好些天不痛快。父亲年岁大了,一人住在空园,岂不太寂寞呢?因之回信劝告父亲,还是不搬为好。

这年暑假,我回到家里,才知父亲并未听我的劝告,早已搬到空园里了。这时的空园和往日截然不同。古井旁的椿树,绿荫如盖,整个院子显得幽静凉爽。清风过时,树影摇曳,阳光散碎,偶尔落下一片两片黄叶,像蝴蝶般飞舞。树枝浓密处,不知从何时起,一对喜鹊筑了巢,现已孵出一巢小鹊,终日“哑哑”索食,催促着老鹊忙不停地飞来飞去。见了这情景,我不再觉得父亲一人住在这里孤寂了。椿树给这园子里带来了生气,带来了欢乐,同时也为父亲带来了欣慰。

从此我离家多年,再没有为父亲一人住在空园而伤脑筋。一方面,人事繁杂,我没有空暇多想家里的事;另一方面,前次回家,那园子、那椿树,都给我留下了极好的印象,以为自己不必再为父亲担心了。

谁知一天,家里突然来电说父亲病危,要我赶快返回。我赶到家时,父亲已饮食难进,我赶忙请医生诊了脉,开了汤剂。父亲早年在中药铺做过学徒,略知药性,看了处方,坚持不用,说他知道自己的病不能好了,要我早做准备。

那时家乡三年大旱,家家都吃食堂,私人屋里几乎没有一粒粮食。为了准备父亲的后事,我决定先和生产队交涉,申请队上能补助一点粮食。结果队上只给了三十斤小麦,至于其他费用,自然要由我筹措。那时我手里拮据,几个相好的朋友也都不在本地,真是告借无门,于是便决定把院子那棵椿树卖掉。

先一天和一家木匠铺谈了,第二天便来看树论价。木匠铺的人把树身量了粗细、高低,谈妥了价,他们便搭梯上房,动手砍伐这椿树。

一时,斧锯之声大作。父亲在屋里听见了,挣扎着起身,下了床,扶着门框,叮咛伐树的人务必小心。他是舍不得这棵树呢,还是担心因伐树而弄坏了屋瓦和院内的家什?他叮咛完了,颤悠悠地回到床上,闭着眼睛,满头冒汗,一时便昏迷了。

午后,椿树被伐倒了,父亲也去了,永远地去了。父亲去了,平静地躺在床上,永远地闭上了眼。椿树伐倒了,横卧在院里,枝叶零乱。

这真是巧合！那时那刻，我只忙乱着料理丧事，尚未痛定思痛，也不知道木匠铺的人是怎样把那么大一棵树弄走了的。办完丧事以后，我猛然发现这院子里没了椿树，一片空荡，一片沉寂，几只喜鹊在空中盘旋，无巢可归，心里更加伤悲。

仔细想来，这椿树自那年突然蹿出地面，活到父亲去世时，恰恰二十年了。父亲养育了我，也务养了这棵椿树，然而它已成为有用之材，已为父亲尽了养育之恩。人非草木，可是我怎么比得上这棵椿树呢？二十年来，它以一种只争朝夕的精神，先是拼命地向高处蹿去，后又一年年增粗，从未虚度过一分一秒光阴。《庄子·逍遥游》说："上古有大椿者，以八千岁为春，以八千岁为秋。"可见椿树的寿命自古以来就是很长很长的，而这棵椿树为什么却要急急忙忙地长高长粗呢？那年月，粮食比什么都金贵，"大炼钢铁"把漫山遍野的树木砍伐了，木材的价钱仅仅次于粮食。赶在这时候父亲去了，一切费用开支，多亏这棵椿树卖了好价钱。所以我很感激这棵椿树，感激它在这个关键时刻，贡献了它的生命，它的躯体……

这是我办完父亲丧事之后的一些想法。这些想法在我心里埋藏着，直到现在。

母亲给了我什么

不知为什么,这些天总想:母亲给了我什么?

母亲在我们家毫无地位。祖母在世时,家里的一切大情小事,全由祖母做主,她说怎么办,就得怎么办。那年月,穷家小户,穿衣不讲究,吃饭很简单,就这,一家人的每日吃喝,母亲还得请示祖母:“妈,今天吃什么呢?”祖母一生省吃俭用,年轻时就饿出了胃病,吃什么呢?不是“连锅面”就是“糊汤面”。就这,母亲还得顿顿请示祖母。家乡把这规矩叫“问饭”。母亲把这规矩遵守了一辈子,直到我结婚,妻子向母亲“问饭”,母亲还要说:“你问婆去。”妻子去问婆,婆说:“你问妈去。她问了我一辈子,现在你来了,让她也学着动动脑子,拿点主意!”

在我们家有祖母的日子,母亲每日只是默默地纺线。她纺的线又匀又细,只宜织“穿布”,不宜织“卖布”。“穿布”就是自家穿的布。织“穿布”,棉花要洁白干净,棉绒要长而柔韧。这样织出的布才能平整细密,口面宽,和纺织厂出的“洋布”不差上下。“卖布”口面窄,一匹五丈二,也叫“五二布”,线粗且疙疙瘩瘩,不干净,是由布商收购了再转运卖到甘肃、宁夏、青海去的。母亲织的“穿布”,供我们一家人穿用。那时,我们姐弟都已上学。当时学生穿的那种“制服”(即中山服),都是母亲用自织的布做的。母亲心灵手巧,她将那种由缝纫铺用缝纫机“踏”(那时把缝纫机叫“脚踏机”)出来的“制服”只翻来倒去看一看,就会裁会剪,然后慢工出细活地一针一线缝出来,我们穿了,谁也看不出不是缝纫铺用缝纫机“踏”出的。

在我的记忆中,我家那时整年吃的醋都是母亲酿的。酿醋是细致活,也是技术活,并非谁都会。在我们街巷,我记得会酿醋的没有几人,因为我见许多家的孩子,经常提个醋罐子,去街上的醋坊打醋。从醋坊打的醋吃着总是涩酸涩酸的,还有一股醋糟味。母亲酿的醋芳香而兼有甜味,我不知她从何时就掌握了这种技术。

酿醋也很吃力。记得母亲总在白天或晚上,精光着胳膊搅拌醋坯。醋坯是用谷糠、麦麸和醋曲搅拌而成的。要搅拌均匀就很费力气。匀了要装在瓷缸里,捂上被子,使之发酵。有时还要给坯“做饭”“吃饭”。饭多是面糊或米粥。把做好的饭浇灌在醋坯里,再搅拌均匀,一两日后醋便成了,也叫熟了。醋成熟了便要及时地“淋醋”。淋迟了,醋就变老了;老了吃起来有股苦味。淋醋是将发酵成熟了的醋坯,装在一个下端有一个小孔洞的陶瓮里,浇上水,慢慢过滤。酿醋与温度、湿度、密度等关系密切。我不知道在科技不发达的年代,母亲是怎样掌握了那些微妙的窍门的,比如说温度,那个年代没有温度计,母亲怎么把手向醋坯里一伸,就知道那温度恰到好处?

我对我国古代计时的漏壶,毫无所知,但我总觉得“淋醋”很有意思,有些接近漏壶的道理,尤其是在更深人静的夜里。一滴滴醋液从陶瓮里滴在接盆里,“滴滴答答”地响,使人听着听着就入了睡。而母亲这时却不能睡,她要及时地把头茬醋收起来,还要及时地向陶瓮里再添水;她要把二茬醋再返回去,使二茬醋成为回茬醋。据说回茬醋最香醇,酸酸甜甜的,是醋之上品。

陶瓮下端那个小孔洞，必须插一个两三寸长的小竹筒；小竹筒里又必须插一个细细的小小的小竹签儿。这竹签儿不能插得太松，也不能太紧。太紧了就堵死了小竹筒，醋流不出来；太松了，醋便"哗哗"地流了。那不叫"淋"，而叫"淌"或"泻"。"淋"是慢慢悠悠地向下滴落。为什么要这样呢？因为只有这样，醋味才能慢慢地浸渗在水里，水也才能变成醋。

我总觉得母亲如果上学读书，如果在某个艺术学院攻读几年，一定会成为一位造型艺术家。记得那时逢年过节，母亲会蒸各式各样的花馍：祥云、莲花、寿桃、枣山……母亲蒸的小白兔、小老鼠、小猪、小鸭子，总让人舍不得吃，过罢年节，一直放着放着，风干了，就成了艺术品。

母亲是祖母做纸扎活的得力助手。祖母一生除了为人做嫁妆外，还为逝去的人做冥衣冥具，如长袍、马褂、裙服、鞋袜和茶壶、烟袋、拐杖等等。有时候，祖母接的活太多了，一人做不来，就请母亲帮忙。母亲帮祖母剪花叶，染花瓣，祖母总夸母亲染的、剪的花瓣和花叶有生气，有水色，跟活的一样。母亲还会剪窗花。那时我们家虽很少贴窗花，但每年正月却是要贴"疳媳妇"的。母亲说"疳"是小孩容易患的病，病了就面黄肌瘦、腹部膨大。防"疳"的办法是用黄纸剪一幅"疳媳妇"，贴在大门楣上，"疳"就不敢来了。这时候，母亲找一张约一尺见方的黄纸，折成三折或四折，几剪刀下去，再展开，就会有三排或四排穿着衣裙的"疳媳妇"，有鼻子有眼地手拉手"站"出来。母亲找一个大个儿小伙，把这"疳媳妇"贴在大门楣上，"疳媳妇"就在大门楣上随风飘摇，一直飘到正月二十九或三十，才在"燎荒荒"时被烧掉。"燎荒荒"是正月二十九或三十天刚黑，先在大门外堆一堆柴草，然后将一把谷草点燃了，从家里的后院燎起，一直燎到前院，最后将大门外的柴草点燃，将贴在门楣上的"疳媳妇"撕下来，投在熊熊燃烧的火里。这叫烧“痄媳妇”。“痄媳妇”被烧了,“痄”病也就被防住了。

但是小时候,我和母亲总不很亲近,甚至以为自己不是母亲的孩子,而是祖母的孩子。祖母二十四岁时寡居,我的父亲是暮生子,他没有见过他的父亲,我又是祖母的长孙。小时,我晚上睡在祖母怀抱里,白天,她到哪里,我到哪里,须臾不离。祖母是很爱干净整洁的人,她总把她那小屋收拾得清清爽爽。我总以为祖母那小屋,是人世间最舒适的屋子,我和祖母睡的那被窝,是人世间最温暖的被窝。后来我才发现我和祖母睡的那张土炕,每到冬天,都是由母亲烧的。那时,我们家乡把烧炕叫点炕,也叫“经营炕”。现在我觉得这“经营”二字,极为恰当,因为那时的农村土炕,要点热或烧热,要从傍晚温温地、暖暖地一直热到次日清晨,没有高超的技术是不行的(这方面的学问和技术,只有写一篇不短的文章,才能说清楚),而后来,也许当我到了五六岁的时候,这才发现祖母的炕,每晚每晚,都是由母亲“经营”的。

这“发现”对我来说,不亚于哥伦布发现了新大陆。它使我知道,我是祖母的孩子,也是母亲的孩子。

外婆家距我们家不远。我小时,母亲不常去外婆家。后来外婆老了,不能自己洗衣、洗头、洗脚了,母亲便每隔几日必去一次。我对外婆的体验,和对母亲一样,也有一个不算很短的过程。记得我还很小的时候,我去外婆家,外婆总说她有好吃的给我藏着,但十回有八回都没找到,都说是被老鼠偷吃了。于是我便认为外婆总在骗我。后来,我才发现外婆家果然老鼠很多,而她又不知因为什么缘故,从中年以后就双腿不能直立,不能走路。她在自己屋里的活动范围只能是从炕沿到炕里,从炕里到炕沿。她把好吃的为我藏着的地方,无非是那小小的窗台上,或是炕墙上的小窑洞里,而这些地方也正是她“养”老鼠的地方。于是我相信了外婆的话,也就感受到了外婆的可亲可爱。

外婆育有两男两女，而我却没见过一个舅舅，只知道有一个大舅母，一个三舅母（二舅可能是外婆的本家侄子）和一个姨妈。大舅、三舅是怎么死的，谁也没有向我述说过。我也不知道我那很像母亲的姨妈，因何缘故被嫁到了很远的唐王陵背后。唐王陵即唐太宗李世民的陵墓。家乡人说唐王陵背后，总给人以荒凉、贫穷、恐怖、偏僻的感觉。因此姨妈很少回娘家，也很少来我们家（好像只来过一次）。记得那是一个初春的晚上，姨妈和母亲整夜整夜地说话，一会儿说牛被冻死了，一会儿说狼把羊叼走了，一会儿说来了土匪，就把人活活地烧死了。姨妈只来过我们家一次，我不知她有没有儿女，也不知她后来是何年何月离开人世的。

大舅母只有一个儿子，20世纪的二三十年代曾在西安做事，却于某年猝然病逝。表兄去世以后，表嫂带着只有三四岁的儿子便回了老家，把表兄生前读过的书凌乱地堆满了院子。姐姐当时读书已经到了小学高年级，她为自己找了一套三卷本的《红楼梦》，一册冰心的《冬儿姑娘》，一册苏曼殊的诗词集……那时我可能虽已上学，但还不知道这些书的可贵，只在表兄的遗物中找寻没有写着字或还有空白纸页的笔记簿，对那笔记簿很有兴趣。那时，母亲也为自己带回了一本厚厚的装裱得十分精美的字帖。母亲用这字帖夹鞋样、裹肚样、枕头样和各种剪纸。至今我不知道表兄那本碑帖是什么碑石的拓本，只记得每页都有残缺不全的字，每页都有破损的痕迹。后来母亲去世了，我也不知道这本碑帖的下落了，只从表兄读过的书中，看见过许多圈圈点点，许多眉批旁批，并由此猜想表兄活着时，肯定是一位年轻的文学爱好者。

外婆唯一的孙儿猝亡之后，三舅母的两个女儿在出嫁后不久也死去了。我不知道我的这两位表姐为什么年纪轻轻的就会死去，也不知道外婆为什么那么命苦。我只记得几年之间,表兄、表姐走后,外婆在她的小屋,无论白天黑夜,无论晴天雨天,都那么有气无力地哭泣:老天爷啊,老天爷啊,你怎么不让我死呢?你怎么把我的孙儿孙女都夺走了呢?不睁眼的老天爷啊!老天爷啊!……外婆这哭声,外婆这啜泣的身影,在我心里、耳里、眼里,终生终世都不会消失,不会消失……

和母亲相似,大舅母是个沉默寡言的人,也是一个坚韧刚健的人。表兄死后,我很少见她像外婆那样哭泣过。她默默地生活,默默地做事,领着年轻的儿媳和年幼的孙子,在她的娘家村子打墙盖房,永远地离开了外婆家的老屋。大舅母承受丧子之痛的内心,对我永远是个不解的谜。

三舅母和大舅母的性格恰恰相反。她没有男孩而又接连死了两个女儿,她的悲痛不次于外婆。她痛痛快快地、撕心裂肺地号啕了几次之后,便不再哭了,便好像永远忘了这些事似的。她很少来我家。她仍然忙里忙外地支撑着外婆家的门户,支撑着外婆家那两口破窑和一间破房。有一年的清明节,我和母亲去外婆和两位表姐的坟地烧纸,恰巧遇见了三舅母。她也是来烧纸的。我见她把一沓冥纸点燃了,烟火袅袅地随风飘扬,她却倏地站起来,仰着头,伸开双臂,望着高远的蓝天红日,大声呐喊:“冯家的鬼,冯家的老少爷们,冯家的男鬼女鬼,都来领钱了!领钱了!”

三舅母这喊声使我战栗,使我终生终世不能忘记!

小时,我跟着母亲走进的外婆家,就是这样一个家。这是一个浸泡在苦海里的家,这是一个苦难深重的家,这是一个房前屋后全都种着黄连的家。在这家里,母亲先让我认识了外婆,又认识了大舅母、三舅母,和一位表兄、两位表姐。母亲给了我什么呢?在我们家里,她给我做的鞋袜,一双一双地变小了,穿破了;她给我做的学生制服,一件一件地穿旧了,穿破了;她给我做的饭,我狼吞虎咽地吃过了,身子长高长大了;她给祖母和我“经营”的炕随着祖母的老去冰凉了……

母亲给了我什么呢？她好像什么也没给我！在外婆家，她让我耳边永远响着外婆的哭声，永远响着三舅母的呐喊，永远读着表兄没有读完的书。母亲给了我什么呢？她好像没有给我什么，又给了我很多很多，包括她的脾气禀性、天资天分。母亲一生沉默寡言、多愁善感，从不大声说话，恶语伤人；她多愁善感、菩萨心肠，家里的小鸡小猫死了也流泪；邻家的张奶奶、郭姐姐病了，她愁得几日几夜吃不下饭，睡不稳觉。她每年酿的醋，多一半都送了亲戚邻里。她影响我言语木讷，悲天悯人，马瘦毛长，人穷志短。我从小和祖母生活在一起，祖母的精明果断，我学了一辈子一点也没学来。母亲给了我什么呢？母亲的爱是无穷无尽的，母亲的优点和缺点，影响了我一生一世。

母亲于 1972 年去世，享年八旬有二，埋葬于家乡的火石寨公墓。父亲在世的时候，曾以很高的价格在皇甫村买了一块墓地。祖母是葬在那里的，父亲是葬在那里的。但 1958 年“大跃进”时，那里的坟都被平掉了。现在祖母和父亲在火石寨的坟，只是一个象征性的衣冠墓。

前些日，我的小儿子对我说，今年他将在火石寨为我修墓。我说：急什么呢？我还想活哩！他说那里墓穴很紧，要先占个位子！我想，这样也好，因为将来，我总要躺在母亲身边。

2015 年 2 月 4 日于师大楼谷

母亲的辉煌

在写怀念母亲的文章中，很自然地写到了母亲的纺线、织布、缝衣、酿醋和“经营炕”。这都是母亲平凡一生中的辉煌，尤其是“经营炕”，给我留的印象很深很深，终生不能忘记。那篇文章里自然也写到了，但只是略略地提了几句，未能尽意，下边想仔细些再说一说。

“经营炕”一般叫点炕、烧炕、煨炕。

“经营炕”有技术、有计划、有管理等的意思，总之是要费些心思的，要认真对待的，不是随随便便就行了。

过去，在我国北方，烧炕、点炕的目的是为了御寒。北国冬日，昼短夜长，北风呼啸、大雪纷飞，人们把经历一个冬天，叫“过冬”！冬天很不好过！有一种说法：冬天冷，冷的是穷人；夏天热，热的是大众。这说法虽不一定科学、准确，好像冬天对穷人最苛刻，最和穷人过不去，而夏天对穷人、富人则不分薄厚，同等看待。其实细想起来，穷人在夏天，的确可以在河边、树下随便纳凉，而冬天冷起来，房无一间、炕无一张，露宿风餐，那真是饥寒交迫！

但是有一张炕，却要会经营。只知道把柴草塞得多多的，将火烧得旺旺的，那炕只能燥热燥热地热一会儿，不到后半夜便冰凉了。这样烧炕、点炕，不叫“经营炕”。会“经营炕”，天刚黑给炕里煨了“衣子”，填了柴草，然后点燃，轻轻扇一扇，塞住炕门洞，炕便慢慢温起来，热起来，一直温热到一个对时，即整整二十四小时。

先说煨“衣子”。煨“衣子”前先要根据炕里的情况，决定是不是要掏灰。因为用柴草烧炕，时间长了，炕下不免积灰。灰积得多了，几乎要挨住炕坯了，柴草就填塞不进去，或只能填塞一点点儿！柴草填塞不够，当然火势不大，不足以把炕烧热，更谈不上热得久长了。这道理很简单，就和给机动车没有加够油、给老牛没有喂够草一样。所以“经营炕”也是一个勤快活。懒人可以一月半月不掏一次灰，灰把炕底下堆得满满的，柴草塞不进去，硬塞进去一点儿，死实死实的，总点不着火。划一根火柴，再划一根火柴，火还是点不着，或者着个表皮，一会儿又灭了，用扇子扇，也不顶用！这是由于灰积得太多了，炕下不通风透气，烟囱也失了作用！

人们不乐于掏灰，不勤于掏灰，因为掏灰是个脏活。草木灰，细若粉尘、轻于鸿毛，墨黑墨黑的，掏一次灰，头上、脸上、衣袖上，都会弄黑，爱干净的年轻妇女，“经营炕”，最怕的是掏灰！由于怕而不掏，炕自然烧不热，这道理前边已经说过。

及时掏灰，自然也有个度。怕掏灰的人，常常是不掏则已，要掏就干脆掏个干净，把炕底下掏得空空洞洞，这就过了度了！过了度有两个坏处：一是填塞柴草容易过量。于是大火燃烧，把炕烧得像火山即将爆发，甚至褥子、被子都着了！这在北国农村，每年因此而闹火灾的，并非少有；二是炕底下没了灰，便无法埋藏“衣子”。而“经营炕”的技术，百分之七八十是埋藏“衣子”的技术。“经营炕”的“衣子”，种类很多，一般有麦衣子、谷衣子。麦衣子、谷衣子，也就是麦子、谷子的外皮，叫麦糠、谷糠。最好的是荞麦皮。荞麦皮可以装枕头，人们舍不得拿它“经营炕”，但盛产荞麦的地方，荞麦皮多得很，也拿来当煨炕的“衣子”。另一种“衣子”，是从不生长粮食的坟地里、崖畔上、沟岸上、山坡上扫积起来杂草的残枝败叶和种子。每年深秋，这些地方的茅草、蒿草、蒺藜、牛蒡、苍耳子……长高了、老黄了，被割柴草的人割去了高大、粗壮的，剩下的就被扫“衣子”的人——十来岁的孩子扫积起来。孩子们先用一根长竹竿将那还在冷风中抖索的枝柯磕倒，然后便用老扫帚一下一下地扫。老扫帚是用得时间长了的扫帚，老得几乎掉完了羽毛似的梢子和叶子，光秃秃的只剩下一些硬硬的扫帚杆儿，就像有些老人，老得没头发了，没胡子了，没牙齿了。这样的老扫帚，是扫积“衣子”的最好工具。这时，你远远望去，只见尘土飞扬，犹如古战场上滚滚狼烟四起。这样扫积起来的“衣子”，内容丰富，有杂草的叶梗、节疤、断碎了的枝柯和种子。尤其是各种杂草已经成熟了的种子。这些种子有淀粉，有油质，有硬壳，有多种化学元素，营养丰富，受火、耐烧，点燃了，延续时间极为长久。

小时候，我曾和几个伙伴，扫积过这样的“衣子”，用筐篓装了拖回家去。那时身体瘦小，扛不起、背不起那沉重的装满了“衣子”的筐子，只好用绳栓了筐篓，向回拖去。母亲见了就很高兴，说这是最好最好的“经营炕”的“衣子”，多扫些，一个冬天就不受冻了！

其实母亲只用我扫的“衣子”为祖母煨炕。而其他的“衣子”如麦衣子、谷衣子则只能煨其他的炕。麦衣子、谷衣子的优缺点是易燃而不耐久。有人“经营炕”，前半夜热，后半夜凉，就因为煨的是麦衣子、谷衣子，而不是从野地里扫积的杂草衣子。

除了“衣子”的不同而外，与煨“衣子”的技术也有很大关系。母亲“经营炕”，是先用灰耙把灰拨平，再耙出一道道深不深、浅不浅的沟来，将“衣子”填埋进去。不能太深，太深了燃不着；不能太浅，太浅了一忽儿燃尽了，炕下就没了热度。母亲“经营炕”最拿手的一招就是煨“衣子”不深不浅，像条播麦子，恰到好处。炕点着了，柴草燃尽了，“衣子”恰好也着了，然后面积慢慢扩大，热度慢慢升高，一整夜一整夜地热着，持续再持续，长久再长久。这样煨炕，才叫“经营炕”。这样经营出的炕，才能暖暖地保持一个对时。

“经营炕”的柴草不同，也与炕的热度与耐久性有关。麦秸易燃而不长久，谷草秆、苞谷秆、棉花秆，要一截一截地折断了，既麻烦又不好燃，要用一把麦秸做引火。尤其是棉花秆，火势太大，火性太硬，但不耐久。最好的是荞麦秸。荞麦秸柔软，细长而纠缠不断，好填而不至于把煨埋的“衣子”搅混搅乱！除此优点之外，母亲还说，荞麦秸会“笑”！小时候，我不懂这个“笑”字，常常想：荞麦秸就是荞麦秸，怎么会“笑”呢？后来才知道荞麦秸的灰烬，黑黑的一堆，过一会儿便会闪电似的发出一点火星或一缕火光，火星和火光在灰烬中蹿动、游走，像电光在夜空中打闪！母亲把荞麦秸出现的这种现象叫“笑”。“笑”是个令人喜欢、愉快的字眼。荞麦秸会“笑”，就是荞麦秸会死灰复燃。而且能将这种现象重复多次，一会儿“笑”一阵，一会儿“笑”一阵！这种现象单就“经营炕”来说，自然最好不过！但为什么荞麦秸会“笑”呢？母亲不曾读书识字，没学过物理，没学过化学，也不知道荞麦这种一年生草本植物本身就有一种叫作“硝”的东西。而“硝”却有易燃、易爆炸的特点，常常用来制作炸药。这是不是荞麦秸会“笑”的根本原因。母亲不知道这种原因，但她知道荞麦秸会“笑”，家里只要有荞麦秸，她都要好好地保管着，专为祖母“经营炕”用。我是祖母的长孙，自小和她老人家吃在一起，住在一起。深知“经营炕”是一件苦事，既要舍得力气，又要不怕脏，不怕累；既要有耐心，又要动脑筋，找窍门；既要有孝心，又要有爱心。我自小就沾了祖母的光，在母亲经营的家乡土炕上享受着母爱，体验到了一点点“经营炕”的苦心和技艺，现在如实记出，甚为悲痛和愧疚。此前写的那篇怀念母亲的文章，题为《母亲给了我什么》现在想把这篇文章命题为《我回报了母亲什么》又觉得文不对题，很不妥帖。我回报了母亲什么呢？我对母亲毫无回报，只有愧疚和伤痛！现在，我们家乡已很少再有土炕了，已很少有人像母亲那样“经营炕”了；母亲的经验，已不能为世所用，写出来，只剩下母爱的纯真、伟大和无价！我现年88岁，距母亲辞世已四十多年了。四十多年来，我无论在哪儿，都觉得仍被母爱温暖着……

母爱无价，母爱不朽！

2015年8月9日于陕西师范大学

娟姐

我有四个堂姐。她们的名字,依次为绵、苞、娟、欢(喜)。祖母还硬朗的年代,总唤他们为绵子、苞子、娟子、欢子,很像四个日本国的女子的名讳。大姐、二姐和四姐,性格温柔,连说话也低声细气,真有些日本国女子的风度。唯有我的三堂姐,也许是从小娇惯的缘故,说话嗓门高,走路脚步快,办起事来,干脆利落,说一不二,一点也不像她的两个姐姐和那位叫欢喜的妹妹。

这娟姐很喜欢我。她常说我最像伯(即她的亲爹),也最像爷,无论长相、脾气、神态,以至说话的声调,走路的步态,样样都达到十分相像的地步。对于伯父,我的印象很模糊。至于我们的祖父,别说娟姐不曾见过,连我的父亲也不能记忆。因此我不相信娟姐的说法有什么可靠性。但是娟姐对她的说法却坚信不疑,一再肯定我像伯,也像爷。因而对我很器重,很疼爱,好像唯有我才继承着先辈的遗传和根基。伯父中年曾在省城干事,带着伯母和娟姐,住在省城的会馆。我的祖父是读书人,晚清时任县衙里民局局长职务。娟姐对我们的父辈和祖辈,特别崇拜,特别钦佩,常为自己有这样的祖先感到光荣和骄傲,感到做人有意义。

但是我究竟不是娟姐的胞弟。伯父没有男孩,这对家族血统观念严重的娟姐来说,无疑是一种恨事。受着这种心情的支配,她每次回娘家,都要坐在二门内那块空地上,悲悲切切地哭泣:哭伯没有子嗣,哭她们姊妹都是女身。那时我尚年小,不知她为什么总哭得这么伤心,尤其是每次为什么都要坐在那块空地上。后来,听祖母说,二门内那块空地,原是娟姐的生身之地,是她爹娘年轻时居住过的房间。后来,房子拆除了,只留下地面上一层青砖。

娟姐哭着哭着,泪水洒在了光溜溜的砖块上。那块砖地,被人们长期用脚摩擦着,显出一条条细腻的砖纹。娟姐好像对这一条条砖纹都很熟悉,都很有情感,她把泪洒在那块砖地上,犹如洒在爹娘的肌肤上、胸脯上,因而便越哭越悲痛,越哭越伤心。

遇到这时候,我们家里的人,谁也不愿再说话,不愿大出一口气,他们都掩了房门静静地坐在屋子里。有时候,娟姐哭得上气不接下气了,只有祖母忍着泪走出房门,挨到孙女身边,拉一把她的衣袖,说:"娟子,你也得想开些,几十年过去了,你老这样,亡人怎么转世呢?"祖母虽这样劝慰,但自己也哭了。于是两人便相偎着,哭成一团。

一次,我见祖母和娟姐哭得伤心,自己也流着泪去解劝她们。娟姐被我这行动感动了,抱着我说:"伯若有你这儿子,那该多好呢?"她这样说,使我突然认识到,我并不是伯的亲儿,并不是她的亲弟,这中间的差别,我以前是不知道的。

但是娟姐对我的疼爱,却没有任何改变,也不夹杂任何不好的动机。她只是幻想着自己真能有一个弟弟,她只是希望着伯真能有一个儿子,她只是期盼伯和爷的声名能有人发扬,能有人承继。她的这种心情,在出嫁后表现得更明显。记得有一年的暑期,娟姐请求祖母同意,要将我领到她家去。祖母同意了，她很高兴，忙帮着母亲替我洗净了脸，梳光了头，换了新衣新鞋。三姐丈家是个大户，妯娌多，儿女多，娟姐当天就领我一一去见她们。她让我在人群中穿来穿去，有很明显地夸耀、显示之意，使我感到很不好意思。

这一天，娟姐很高兴，很得意，好像我为她争了体面，长了志气；好像我为我们的家庭、我们的家族，争了体面，长了志气。当时，我不能完全理解她的这种心理，只是腼腆地在娟姐家，过了两天被显示、被夸耀的日子。

后来，三姐丈便死了。娟姐年约四十多岁。再后来，娟姐便老了，我也到外地去读书。有时回家，听祖母说，娟姐仍常常回到娘家来。来了，照旧坐在那块空地上哭泣，还打问过我什么时候回家，求祖母让我无论如何抽空再到她家去，而且增加了一条理由："让那个村子的人知道，我是有兄弟的，有娘家的；兄弟越来越像伯，越来越像爷。"

我被这些话深深地感动了，决心一旦有空，必定去看我的娟姐。我觉得她是一个要强的女人，她对我们家族的感情，不亚于一个英雄人物对自己的民族的热爱。我再去时，必定为她带一些礼物，我能想象得出，她得了礼物，一定会对人们说：我的弟弟来看我了，我的弟弟，真和我们的伯，我们的爷，是一模一样的人……

但因种种缘故，我没有实现这个愿望。这使我心里很难过，很内疚。"文革"后期，我恢复了身份，有了自由，首先想到的便是立即赶回家去见我的娟姐。但不幸的是，当我回到家里，却听说娟姐已不在人世了。

给亡妇

小时读朱自清的《给亡妇》，半懂不懂。没想到自己现在也要写这个题目了，在书架上找朱先生文集，没找到，那就按着个人的想法写吧！

再过一年零十多日，你离开我们就整20年了。20年来，我只在无数次的梦中见到过你。我知道，你已离开了我们，我只能在梦里寻你，也只能在梦中见你。有时候，你还是未病以前的样子，仍然麻麻利利、快快活活、忙来忙去。但大多次，你是躺在病床上的，那痛苦的样子，让我醒后不愿再想。有时，我见到了你，你不理我，好像不认识我，好像不是你，又是你。梦是朦朦胧胧的，模模糊糊的；你是朦朦胧胧的，模模糊糊的；你距我很远又很近。我想和你说几句话，但是没有哪一次我们能把话顺顺利利说成或说完；不是我刚开口就醒了，就是不等我开口你却没了踪影。我又翻身睡去，想把这样的梦再继续下去，但这样的梦总不再来。在梦里我想问你在那个世界过得怎样？仍然像我们以前那样，艰艰难难，缺吃少穿，忍饥挨饿？仍然分多聚少，牵肠挂肚？仍然受人欺侮，胆战心惊？……多少次，我在一座废墟中走来走去，那里只有弯曲的小路，只有一片一片瓦砾。我只知道自己是要找自己的家，又不知道自己的家在哪里。我在那小路和瓦砾中反复地走，整夜地走不出来，整夜地没有找到家，整夜地也没有见到你……尤其是近几年，我不知道自己为什么常做这样的梦！

你刚离开我们的那几年，我写过几段记梦的文字。那是真实的记述。后来，这样的梦仍然在重复，但是归结起来，就是上边说的那些情景。

20 年来，我很少到你的墓地里去，因为我把对你的思念，总是藏在心里的。记得你走后的第一个春节，我恰好在王尚村那个家里过年。大年初一，天降大雪，我一人冒着雪到那公墓去了。我是走出家门，不知不觉地到了那里的。一路上我没有碰见一个人（人们都躲在家里等着吃年饭）。雪轻轻飘着，落在你的坟堆上，落在冬天的枯草上，落在那个死寂的公墓里。我绕着你的坟，转了几个圈子；一句话也没有说，只转了几个圈子。接着我又回到那个家里，只在门外，把满身的雪抖落下去。谁也不知道那大约一小时，我到哪里去了，我也没有向任何人说我去了哪里。去之前，我原以为我在那里，一定会遇到什么，但是我什么也没有遇到，我只一人绕着那土堆转了几个圈子。从那之后，我才知道你走后，我无论怎样找你，都是找不见的。于是我便改变了想法：我只能将你默默地藏在心里，用心对话，用心怀念。我以为这是最好的纪念。所以多少年来，我很少到你的墓地里去，而只是在每年的清明和旧历的十月一，在这儿的小东门外给你烧一些纸钱。我给你烧的纸钱，是和我亡故的所有亲人混在一起的。每次，我在心里都说：如果这是有效应的，你们——我的祖母，我的父亲，我的母亲，我的姐姐和你，都拿一些去吧！每次，我这样说时，便觉得好笑。因为在理性上，我是不信这一套的。但是每次我不这样说和这样做，便觉得内心不安。另外，每年春节，我从初一到初五以及元宵节，都将你的遗像和祖母、父亲、母亲、姐姐的遗像摆在一起。遗像前献一盘水果，一盘点心，每日晨昏烧几炷香，燃一会儿蜡烛。这是一种简单的祭祀。这样的祭祀，你是不是领受到了？

20 年来，我们家已发生了一些变化。这些变化主要是我们的儿女及孙儿孙女生活、学习、工作方面的变化。下边我以你最为放心不下和最为牵念者为序，将他们自你走后直至现在的情况，扼要地说给你听：

咱们的二女儿和孩子，在你走后不久就去了南京。女儿和那边一位年轻院士结婚，并在那学校的出版社任编辑。孩子先在金陵中学上高中，后在南大上本科，在新加坡读研，在美国读博士和博士后，不久将回国在某大学任教。女儿和那院士先生相处尚好，主要是侍候人非常周到。那先生身体不是很好，但对咱们的女儿却也不错。这几年女儿跟他去过台湾，去过日本，去过美国，去过欧洲几个国家。在咱们的儿女中，能在国内国外跑来跑去的，只有她了。看来他们母子，你我都不用操心了。在你离开这个世界之前，他们的生活里还没有这样的重大变化。所以我估计，这是你心上最放心不下的，因而写在前边，请你放心。

王青回宁夏后又读了很短一段时间书，然后便被厂里招工，后与一姓杨的年轻人结婚。这年轻人个儿高，看来性格也可以。王青的儿子叫杨子昂，这名字是她姨妈给起的。这孩子性格温和、胆小、较软弱，去年考入兰州西北师范大学，学化学专业，将来或有不差的前途。咱们的大女儿仍然不是腰疼就是腿疼，曾几次来西安治腰腿。这几年在银川陪王辉的儿子读书。最近听说王辉的儿子已考上银川一所较好的中学。王俭结婚后有一女孩。王震好像也有一女孩。王青她爸仍然那脾气。这人一生就这样了。可怜咱们的大女儿回到农村，下苦不少，吃苦不少。怪谁呢？怪你我也怪她自己。最终还是怪时代，怪命运……

龙龙先在英国上学，后在英国结婚。现有一女孩，三岁多了。康康在成都工作，在成都娶了媳妇。咱们的老大做教授后已从那个学校退休，身体不是很好。他说他将你身上的病都继承了:甲状腺,心脏病,血压偏高,前两年心脏搭桥。他总是很忙,但却不像以前那样常回我这儿来,也不像以前那样回来了停一会儿就走。他身体不是很好,有时时间长了,或电话联系不上,令人不免操心。愿你在天之灵,为他祈求健康、平安。不少人对我说,你们的老大把学问做得不错。他出版了好几本书,是咱们的骄傲,也是他外爷外婆和几个舅舅的骄傲。小龙外奶已病逝。这是位好大姐,她算是寿终正寝,骨灰撒在了渭河。

咱们的小儿子和媳妇仍住在舅家村子。20 年来,这村子变化很大,虽没有江南水乡家家清泉、户户垂杨的景观,却也街道变得宽敞多了,并且栽上了柿树。每到秋天,柿子成熟,一片火红。小儿子一边在学校上课,一边同媳妇务养着近十亩果树,有红富士苹果,有欧洲黑李子和酥梨、桃、杏、柿子。桃、杏、柿子只有一两棵,是供自己吃的;苹果、李子、梨,前几年一直卖价不错。小儿子和媳妇都很勤快,能下得力,吃得苦。他们在田边地头种的南瓜、萝卜,每年都给我这里拿。那萝卜一个一尺长,五六斤重;那南瓜像筐篓,干甜干甜的,去年带来的就有几十颗。这说明他们两口并不像有人造谣说的:懒得早上不起床,饭时便端着麦子、玉米换甑糕吃。小儿子把不少精力投在农业劳动上,在学校上课可能也有备课不太扎实的情况,但决不至于被学生赶出了教室;而这些说法以前却是有的,使我不知道造谣者是何用心?小儿子现不到退休年龄,但因那学校年轻人多,他已不上课了,评了中学一级职称,每月可领退休金近四千元,加上务养果树的收入,又没了供养儿子上学的负担,日子是过得满不错了,你我都可以放心。

从小生活在农村的那两个孙子也都大了。大的叫森森,这名字你是知道的,后来他自己将名字改为浩森。西安理工大毕业,现在市烟草公司上班。烟草公司招聘他时,他二姑是帮过忙的。烟草公司是个福利较好的单位。他在韦曲买了房并已娶了媳妇。媳妇在师大附小做教师。在咱们的几个孙儿孙女中,你知道只有这个孙子小时候曾替你做过一些力所能及的事,比如说搅动那张床,涮洗你那总不离手的吐痰缸子……有一次我曾对他说起这些事,他说他不记得了。因为那时他还年小。淼淼的弟弟叫浩浪,原来叫浪浪,后来叫成了浪子,也娶了媳妇。这两个孙子媳妇都好,性格和顺,敬业、聪明、懂事,不是那种爱穿着打扮的年轻人。

除了儿女和孙儿孙女,你在心里肯定还牵挂着我。这些年,托老天的福,托儿女的福,也托几个学生的福,总的来说我还活得安然、幸福。我的四季衣物多是女儿从南京带回或捎回来的。现在我不愁吃、不愁穿,还要怎么样呢? 十多年来,我住了三次医院,动了两次手术。第一次手术,是由于文史馆组织去安康旅游出了车祸,颅脑瘀血 40 毫升,不能不打洞将瘀血引流出来。第二次手术是摘除胆囊,因前些年查出有胆囊息肉。胆囊息肉有转变为癌的可能。第三次住院是 2011 年元月 4 日夜突患脑梗。住院半月,服药打针,没有留下明显的后遗症;只是左腿乏力,走路不稳,耳聋,口犟,听说不便。这三次住院,都有儿女、家人和学生陪伴,算是有惊无险。第三次住院,使我对一个人卧床不起的痛苦,有了更深一层的体验和理解,从而对自己以前在经管你时的不耐心,不细心,甚至有时不由得发脾气,深深地感到了极大的后悔和愧疚。

我的最为要好的几个同学都已去世。你熟悉的新昌,晚年最为不幸,先是死了老伴,后又死了唯一的儿子。他多年患带状疱疹,骨瘦如柴,呼吸困难,终成不治之疾。伯庸于前年也走了。可能是脑出血,走得十分突然。那个家在县北乡滚村高家的小个子高居谦,先被打成右派在村子劳动改造,“文革”时在县上参加“伪三青团”对号入座会。新昌出于同学关系,对他多有照顾。新昌走后他也走了。王崖底的巩振英,三年困难时期对咱们有关照，这个老巩走得比新昌还早……

你所牵挂的自然还有父母和几个弟弟、妹妹。父亲老时你是知道的，好像也曾奔丧回去。你离世前母亲还在。我记得母亲死后，是大寒村姨妹抱着你的遗像为老人送葬的。前些年振海、振汉弟相继去世。振海弟因高血压猝死。振汉弟是个乐观的人，但却患了不治之疾。层娃妹晚景凄凉。振湘害过一次大病，但恢复尚好，仍和那不明事理的女人生活在一起，振洲、振江、振淮、振泾，也都勤勤快快地过着日子。他们对你都很怀念，有时也来看我。振泾的儿子、女儿，读书颇有成绩。振洲的那个叫飞飞的儿子有艺术天分，会搞装修设计，无师自通，令人高兴。振淮将我的几本书读得认真仔细，能说出那篇结尾好，开头好。我听了感到欣慰。

你在县上家里，总共住了不满十年，但却吃了不少苦，受了不少气。这十年，我在外上学、教书、当兵，共四五年。其他时间都留你一人在家吃苦受气。现在想来，县上家里的几位老人，都是时代的牺牲者，命运的受害者，人间的弱小者。祖母二十四岁守寡，父亲一出世就没见过他的父亲。他们孤儿寡母，逃兵灾，度荒年，在一个封建的、钩心斗角的大家庭相依为命，养成了刻苦自己也苛求别人的生活习惯，并用这种习惯训练和培养了母亲。母亲一生在这家里什么都做不了主，整日不声不响地干家务，有空了还要帮祖母做纸扎活。我的外婆家虽在县城外的冯家巷，进县城只需走半里路，但母亲不知道县城隍庙在哪里，县上一年一度的“十月古会”在哪里。你未来这个家以前，她仍整年整月地头门不出，二门不迈，是这个家里最没地位的人。你刚到这个家，祖母和母亲便一齐这样要求你，约束你。当时父亲的事业正处于底谷，经济上也很困难，一家人都没个好心情。你在娘家娇生惯养，一下子换了环境，这不会，那不会，哪里受得了这些约束？但你咬着牙必须忍受！你是个聪明好强的人，虽很快地学会了一切，但有时候，在他们看来，你不免把这浪费了，把那糟蹋了，比如饭做多了少了。而那时，我除了用少吃或多吃的办法为你解围之外，有什么能力呢？你为我吃苦，我只能忍气吞声地为你分苦。后来，我们先后住在了史德村、八里村、瓦胡同村，你又为我吃苦和分苦。我们在苦海中挣扎了多少年，直到你离开人世！

1994 年秋你去世之后，我们家的生活才慢慢有了好转。我是这一年离休的。离休后工资有所提高。二女儿去了南京，生活也不像以前那样窘迫；大儿子读研毕业留校，工资自然增加了。前些年，小儿子务的苹果也有了效益。但这些变化你都只差一步而没有赶上！你到这个世界上来，好像就是专门为了受苦受罪的。你患病期间，把一种叫"华佗再造丸"的药由 6 元钱一盒吃到 9 元钱一盒，再从 9 元钱一盒吃到 12 元钱一盒。后来因我们总是经济困难，那药好像也无大作用，你便没有再吃。那些年，你全身瘫痪，大便秘结，有人说要多吃水果，但那时我们家乡还没有成为水果之乡，你何曾吃过几个苹果！有一次我回家，来西安时路经振泾弟的苹果地，在那地里为你"偷摘"了几个"秦冠"。带到西安，你咬一口，涩酸涩酸的，没有吃成！现在有时候，尤其是逢年过节，我的几个学生常送来一大堆吃的，我总觉得你若能看一眼，那该多好！

最近，因西平（西安到平凉）铁路即将通车，上边要征收王尚村五队公墓的土地。振江弟打电话说，村上准备将五队的坟统统迁到王尚村西北方向的"西北洼"公墓，我将来下世，叶落归根，自然要回到西北关公墓。我以前曾想，我谢世后，可将你的什么遗物（你还有什么遗物呢？除了一把小剪刀、一只常州的梳头篦子、一个破旧的木梳匣子之外，你还有什么遗物？）放入我的墓中，然后立一合葬墓碑，现在又觉得那样做也无大意义。因为我以为人对人的思念是心和心的思念，心和心的对话，并非一定要葬在一起。

有人说一个人的寿命短了,另一个人的寿命就会长些。不知这说法有何根据。但愿这说法多少有些道理。现在我已改变了过去晚睡迟起的坏习惯。我想活到九十岁,能九十出头更好,把你留给我的年月通通支付。我能做到与人无争,保持平静的心态。平静的心态很重要。但愿你为我祈祷!

据我所知,王尚村的“西北洼”,是个可安灵魂的所在。听说应家大嫂还有一些和你相好的人的坟,都会迁到那里去。……愿你在那里安息!

2013 年 8 月 29 日

哭新昌

356XX880

这是老同学、老朋友刘新昌先生家的电话号码。多少年来，我们常常通过这号码，嘘寒问暖，互通音信。有时候，我从西安把电话打到他家里，有时候，他从礼泉把电话打到我这儿。电话通了，我们一聊就是大半天！

去年冬天的一个早晨，我又将电话打了过去。接电话的是他的小女儿。那边说："我伯正在门外晒太阳。阎伯，你有什么重要事？我去叫他回来听电话！"我说："没有什么重要事，只问他最近好吗？"那边说："还好！还好！"我说："那就别叫了，让他好好晒着吧！"

谁知不出几天，还是一个有着好太阳的早晨，我的电话响了。是新昌的小女儿的声音："阎伯，我伯于昨晚不在了！"我一时惊得发呆，不相信，不相信，绝不相信！但冷静下来，眼里便涌出了泪水……

新昌家在礼泉县城内的劳动路。六十多年以前，老城墙还没有被拆除，这劳动路叫南背巷。南背巷只住着十多户人家，路面只有两米宽，连一辆大车也难通过。高耸的南城墙，终年将浓重的阴影投下来，使这十多户人家，整年生活在阴影之下。那时的礼泉县城墙，据说只有九里三。四围城墙之内，只有南背巷是一条短短的单面街，其他的城墙根下，有的叫后马道，有的叫东城壕，北城壕……全都凹凸不平，长满着草，常有狐兔出没。

小时候，我对这南背巷总感到异样，对那阴森朦胧的城墙倒影，总感到好奇，很喜欢去新昌家玩。去了，我总见刘大伯（新昌的父亲）坐在院子里，不说话；总见刘大妈（新昌的母亲）手脚不停地忙这忙那。小孩子摸不透老年人的内心世界，也不知道、不懂得该和老人说些什么话。老人们似乎也不在乎我来了，去了，只让我们尽兴地玩儿。

……

现在，新昌的电话号码还清清楚楚地写在我的电话簿里。我记得他的电话机是放在一张小小的床头柜上的。我总感到他还坐在那床头柜边，还守在那电话机边，于是有时候，我就不由得拨动了几个数字。拨着拨着，我猛地想起新昌已不在这人世了，他已去了人们谁也不愿去却又不能不去的那个地方；那个世界是不通电话的，人世间的电话，那世界是接不到的！……我只有放下话筒，呆呆地坐着，伤感着，回想着往事。

从小学到中学，新昌都和我同在一个学校，一个班级。我们初中三五级甲班，有十二个同学曾自发地组织了一个“新生读书会”，他是读书会里的积极分子。他学业优秀，英语学得最突出，初中只读了两年，便提前考入当时的全省名牌高中——省立兴国中学，使我们的读书会失去了一位好会员，犹如一个影剧团，失去了一位名角或明星。

新昌从兴国中学毕业后，在陕西宝鸡地区教书多年，后又在西北大学师范学院中文系进修。毕业后回县工作，做过县一中、二中校长，县文教局教研室主任。他为礼泉县的教育工作奉献了一生，他的学生很多，他是礼泉县教育界一位令人敬仰的长者！

我和新昌两地分隔时间最长的是在国家最困难、最动乱不安的年代。

1960年冬,我的一家大小“被响应”城市压缩人口号召,回到饥寒交迫的家乡。一开始,一家人只能住在外爷家。后来大家想方设法地要盖两间小房,但那破旧的椽子却太短。一天,孩子们的妈妈听说县木材厂来了一批四尺长、二寸宽的方木条,可以做椽子的“飞檐”,便骑着自行车到了县上。她在木材厂打问了价钱,但身上带的钱不够,便到县中去找新昌。新昌这天好像预感到有人有极紧急的需要,衣袋里恰有40元钱,便将40元钱全给了她,她用40多元钱买了40根木条,终于赶春节前将两间小房盖起来,使一家人有了避风躲雨的处所。

我们好像将儿女们的上学之事全托给了他们的刘伯伯,他们的刘伯伯也好像将这样的重担全一副一副挑起来,使孩子们艰难困苦地从小学、中学毕了业。去冬,当我的小女儿在南京知道了她的刘伯不幸谢世的消息,悲痛交加,立即托人为她的刘伯送去了挽幛。挽幛上写着“刘伯对我关爱备至,视如己出”一类话。我想,这话是发自肺腑的,是满含着热泪的。

1977、1978两年,我的老伴积劳成疾,先后患乙型脑炎和脑出血。为了抢救一个多灾多难、危在旦夕的生命,新昌在县医院和地区医院,帮我们跑前跑后,想尽了一切办法,终于将病人从死神手里夺了回来。为了康复,病人需要在院外做超声波治疗。县医院在新昌家对门(南城墙早已拆除,南城壕早已填平,县医院可能就建在南城壕旧址),于是他就在他家隔壁,找到一间旧房,让病人住了下来。那时,刘大妈还健在,老人家每日都要来这小屋陪伴病人,鼓励她安心治疗。

超声波治疗,要病人将满头的发都剃光。等病人的头发长到两三寸长的时候,我们计划着来西安,便请新昌设法联系一辆车。那时一个平头百姓要坐一辆小车到西安,其难度是今天的人想象不来的!但新昌和他的好友梁治英先生经过研究将这难题解决了。第二天一早,用一辆旧吉普车将病人送到了西安。小车开动时,梁治英先生和新昌,还一再叮咛司机将车开慢点,开稳点,直到车启动了,他俩这才忧心忡忡地离去。

新昌是位很重视友情的人,也是一位最懂得友谊之道的人。他不是那种需要朋友时便热得像火的人,更不是那种受了朋友的帮助之后便冷若冰霜的人。他的浑身都散发着磷光,当四周漆黑之际,这磷光才显得最有光彩!“文革”时期,我的一位老同学正在他做校长的学校,参加“对号入座”会。“对号入座”者都是“阶级敌人”。那时人们对“阶级敌人”避之唯恐不及,但新昌却每天傍晚都要想方设法地去看望他,宽慰他,鼓励他。他没有将这位老同学当作阶级敌人看,没有将这位十六七岁的“历史反革命”当作反革命。这故事是我的那位参加过“对号入座会”的老同学讲的。他讲时我很感动,他也很感动。

1977 年至 1978 年间,我头上还有两顶“帽子”被“群众”拿在手中。一次,我和新昌偶然相遇,但他没有冷淡我,歧视我,怀疑我,而是热情地欢迎了我。他十分关心地询问了我的“案情”,我十分真实地告诉了我的“案情”。我们的谈话是在他的南背巷老宅子里进行的,我们的谈话使我想起一位西方哲人曾说:“当你的朋友向你倾吐胸臆的时候,你不要怕说出心中的‘否’,也不要瞒住心中的‘可’。”但是在生活中,我却遇到过对自家的事或对别人的事守口如瓶、从不加“可否”的人。我觉得这样的人是不愿把自己作为别人的“朋友”的人,我也不愿将这样的人作为自己的“朋友”!

仔细想来,前些年在礼泉县城之内,我似乎只有刘新昌这唯一的一位老同学、老朋友了,所以这些年来,我每次回到礼泉,都以他家为家,吃在他那里,住在他那里。我们常常谈话至深夜。他告诉我某某去世了,某某患了不治之病,某某现在的日子过得很艰苦……他把一些老同学、老朋友都装在自己心里,好像是他们的活档案。

1991年,新昌的老伴去世了,2003年新昌患带状疱疹,2008年新昌唯一的儿子猝然而逝。疾病夺去了他的健康,亲人的离去使他的心灵破碎。他再不能骑自行车了,他再不能去老年活动场打门球了,他再不能来西安了。在这些灾难还不曾降临在他身上之前,他每年必来一次西安。他来时总带着家乡的土特产:十斤烙面、十个菜油包子、十个清油饦饦……那包子、饦饦馅儿又多面又白!我真怀疑他是怎样将这么重的礼物带到西安的。我的家人多次说:"你这老同学心实,你看他带的这些礼物多么实惠!"

新昌对妻子是个忠诚的丈夫,对父母是个大孝子。有一年的冬至节前,我去了他家,他正在床上糊制为亡人焚烧的寒衣。我见他将棉絮摊在床上,将各种颜色的纸已剪成长袍、马褂、鞋袜、衣裙……他一片片地絮棉花,一点点地粘糨糊,我不知他心里想着什么?他说他必须赶冬至前把这些衣物糊制好,然后在冬至这天去焚化!他于每年春节,必须供奉父母和妻子的遗像,在遗像前献上各种供品。他说他从除夕点燃了香蜡,然后这香火便要一直点燃到元宵节,一时也不让熄灭!新昌就是这样一位有着深厚的传统文化修养的中国知识分子!他的灵魂是高尚的,他的感情是丰富的,他的心地是无比善良的……

但是新昌去了,永远地去了,永远地离开了他的几个女儿,永远地离开了他的朋友!新昌,你这一去,让我回到县城在哪儿歇脚呢?让我和谁说话呢?……有时候,我为你泪眼婆娑;有时候,我拨了356××880这个电话,但电话那边没有一点声息……

2011年3月12日

忆伯庸

1940年以前,伯庸(那时叫曹伯容)在礼泉县健行小学上学,我在礼泉县仓房巷小学上学。健行小学是私立的,只有1至4低年级班,没有5至6高年级班。仓房巷小学是县立的,有初年级,有高年级,是个完全小学;在昭陵初级中学未成立前,是全县的最高学府。伯庸未上健行小学以前,可能在家里早已受到祖父和父亲的启蒙教育。如今在健行上完初小,要上高年级了,只好于1940年春,转学到仓房巷小学。我们被编在一个班,坐在一个教室里,这便成了同学,成了伙伴,成了终生的挚友。对我们一生的友谊来说,我以为1940,是个很重要的年份。

1942年我们从仓小毕业,同时上了昭中,又被编在一班,直到1946年毕业。此后伯庸上的是省立兴国中学,我上的是省立西安师范学校。兴国中学在长安兴国寺。伯庸有时进城,还多次来西安师范看我。我在西安师范只上了三个学期,于1948年在长安韦曲教书,伯庸从兴国进城,仍来过韦曲那个小学看我。我也去过兴国中学看他。那几年间,我们虽分居两地,但思想感情上并没有分离!

仓小春三一级(1942年春毕业),办有一张墙报,由同学选出一个编委会。伯庸为缮写，我为绘画，主编可能由老师兼任。事实上每期出报，最忙的只有伯庸一人，因为他从小毛笔字就写得很好。我们那张墙报相当于现在的一张对开报，书写任务很大，我们只能在周日加班。

周日，全校静悄悄的，我们的教室，也只有我们二人。我们将两张课桌并在一起，将我们的墙报摊在桌上，由伯庸一笔一笔地将十多篇文章，按一开始设计好的版面，书写在上面。绘画没有多少事，只是敲敲边鼓，比如说，那篇文章完了，却留有一个小空白，伯庸说，这儿需要一个"尾花"，我就凑合一个小"尾花"上去。但从分工上说，"绘画"必须陪伴"缮写"，所以，当时我就认识到自己的任务就是陪伴伯庸：不要让他在这空空荡荡的教室，感到太寂寞、太孤单。

在昭中三五级甲班，由同学高居谦发起组成了一个"新生读书会"，伯庸、新昌和我都参加了，而且是该会的中坚分子、积极分子。这个读书会每周召开一次读书心得汇报会，每两周出刊一期名叫《新生》的墙报，仍由伯庸做缮写，由我做绘画。那时伯庸的毛笔字写得更好了，而我的绘画却仍然停留在原有的写几个美术字、描几个小"尾花"的水平上。但"绘画"陪伴"缮写"的规矩却好像是天定的，所以在那几年里，我仍敲着边鼓，仍陪伴着伯庸，不使他太寂寞、太孤单。

我们的《新生》墙报，不但在昭中师生中有了一定影响，而且还引起了县民众教育馆（相当于现在的县文化馆）馆长甯品三先生的注意。一天，这位馆长托人给我们的读书会会长捎话，要居谦、伯庸和我一起去见他。我们见了馆长，他首先对我们墙报上的毛笔字大加赞扬，然后问我们墙报上那几首"小诗"是谁写的？居谦将伯庸和我向馆长作了介绍，馆长问伯庸写欧阳询有多少年了？问我读没读过泰戈尔？伯庸说他从四岁开始写毛笔字，我说我连泰戈尔这名字也没听过。甯馆长是个有学问的人，他鼓励伯庸一定要将毛笔字坚持下去，对我说泰戈尔是“小诗”的鼻祖，不能只读冰心的《春水》和《繁星》，而一定要读泰戈尔的《新月集》《飞鸟集》。居谦问甯馆长：“你觉得我们的美编怎么样？”馆长先生说：“美术字和那些小尾花、小刊头，只是一种小工艺，不是艺术，只要有耐心，谁也会，不像我们的传统书法，既要靠毅力，又要靠天分！”

离开了县民众教育馆，我便与我的“绘画”彻底告了别，而终于找到了泰戈尔的《新月集》《飞鸟集》。但此后多少年，伯庸成了颇有名声的书法大家，而我却一直没有将泰戈尔读明白。

伯庸从小就有写日记的习惯，而且坚持着，一直坚持了很长时间。他的日记名为“拙生日记”。我见过的几册，都是时过境迁之后，自己画了封面，亲手装订的。他的日记的内容，除私人生活、校内活动、友朋交游之外，多为学习心得与读书札记。像我前边说的，我们的读书会活动，我们为出墙报而忙碌的情景，在他的日记里，肯定都是有反映的。所以读他的日记，对回忆往事，加深友情，大有好处。

长期以来，伯庸喜欢修补、装订图书，对用过的书甚至各种作业、记事本，都要加上封面，题以名称，写段按语，长期保存。比如我们在昭陵中学毕业前夕，每人都购置或自制了一个笔记本，称作留念册，请同学在上边题写毕业赠言，并留下照片和通讯地址，供以后联系。伯庸的留念册，于1946年的孟夏之月，写有如下序言：

……回忆当年艳阳时节，诸君负笈来斯，济济一堂，切磋琢磨，曾日月之几何？匆匆又唱阳关之曲矣！……今届卒业之期，或系知交，或为莫逆，忽焉将别，欲言而无语可宣，欲舍而情有不忍，吾可受可敬之同学，不我留矣！

……呻吟非英雄本色，奋斗是青年要图，况今日之毕业乃初中之毕业,不过略具浅近之知识耳。望他年各擅所长,各精所学,天假我缘,后会有期。所谓蝉联鹊起,同济时艰,骥展鹏飞,共维国是,则今日之小别,更何足计哉?苏东坡诗云:事如春梦了无痕;苟不记之笔墨,未免可惜!故愿效颦古人,订兹留念小册,聊取雪泥指爪之意焉!是为序。(标点为重抄时所加)

这种留念册在同学中流传,等最后回到自己手里,已写满了各种激励的、希望的、真挚的话语。妥善保存起来,确有价值。如伯庸的这两段序言,我不知现在的初中毕业生,能不能写得出来?但这种浅近的文言文,尽管不乏当时的一些套语,却是那时的不少同学大多会写的。由此我以为那时的语文教学和学生的写作水平是并不错的。

前些年,有个刊物要我写一篇回忆中学生活的文章,我想起我们那时,已有一种朦胧的爱国主义思想,如我们班有位叫曹培豪的同学于某年投笔从戎,报效祖国去了。记得他奔赴抗战第一线时,曾在某位同学的留念册里,留下了一段豪言壮语。我想以他的豪言壮语为例,说明我们那时的思想感情,但一时竟想不起一句原话。无奈中我想起了伯庸,想起了他的留念册。终于,他从自己的珍藏中找到了那个册子,培豪君的豪言壮语,竟然纸墨如新地保留在册内。现在我愿将这段话重抄下来,用以说明当时的一个十来岁的孩子(包括我和伯庸以及全班同学),对时代、对国家、对民族,已经有了怎样的思想感情:

当知居现今之时,处建国之前,非超明之识,则不足以充务,反为天演淘汰!吾人皆年丰力强,皆有以诚挚纯洁之精神,应具披布腹心之大志,为造前途无限之光明,以树亿万世中华民族之固基。希共勉之!(标点也是重抄时加的)

以小见大，上边这个例子是不是可以说明伯庸的良好习惯，对以后的治学和写作，是具有重要作用的。

作为书法家，伯庸对家乡的文物尤其是与书法有关的碑碣、墓志，从小就很关注。那时，我和我们的不少同学，总觉得那些碑石，只不过是些死板冰冷的石块，不懂得它们的价值，对它们毫无情感，既不知道它们多高多大多厚，又不知其原在何处，现在何处，何人书丹，何人刊石。可是伯庸谈起这些碑石却头头是道，对每通碑都会说出一段故事。他说据《文献通考》载：在我们家乡有一块德阳公梁君碑，是"大隋一上柱国德阳公之碑"，"此碑存字无多而书法精整，实隋刻之佳者。"可惜现已失毁。说到这些情况，他就流露出一种惋惜之情，口里不断地说："可惜！可惜！"

以时间为顺序，我记得他接下来还说到过两通唐碑：一为乙速孤神庆碑，一为乙速孤行俨碑。这两通碑都在礼泉县叱干村。对乙速孤神庆、行俨，我们毫无了解，以为是两个少数民族的什么英雄人物。可是伯庸却说他们是父子关系，神庆为父，行俨为子，本姓王，原为山西太原人，因他们的一位老爷爷，对当时的统治者有功，遂赐姓乙速孤，并世世代代成为我们礼泉县人。

至于宋、元、明、清的石碑，他说到过的还有好些，可惜我们当时都心不在焉，记忆模糊，印象不深。现在，我能记得的好像宋有新修唐太宗庙碑、昭陵图碑、六骏碑，元有妙觉禅院碑记碑，明有灵善寺碑、望乾桥碑、苟好善书王谷神道碑等等。他说苟好善是我们家乡的骄傲，字若诚，号海来，少聪敏好学，十四岁即应童子试，明万历四十一年（1613 年）中乡围副卷，明天启五年（1625 年）中进士，是一位了不起的人物。他不但写得一手好字，还在山西上党县做县令时，很偶然地得到过一件宝物："定武兰亭"石刻，后将这宝物由上党带回礼泉仪门寺家中保存，世称"苟氏兰亭"。再后来，因苟氏家道中落，后代有人将“苟氏兰亭”以600金卖给咸阳县令程杏枚。同治元年（1862年），陕西回民起义，“苟氏兰亭”毁于战火，其拓本传到后世的没有几件；苟好善的手迹在礼泉也几乎无存，只有这块王谷神道碑是他留在家乡的唯一真迹，因而十分珍贵。

伯庸还说，对“苟氏兰亭”，山东道监察御史、礼泉书画名家宋伯鲁是很看重的。因为他根据明代大书家董其昌所说：“……上党为唐雄镇，去定武不远……斯刻之出，有自来矣”等语，断定流传到咸阳的《兰亭》法帖，应为“苟氏兰亭”之真迹。

在伯庸所说的这碑那碑中，我只对民国时期的一块抗日阵亡将士纪念碑有印象。我记得此碑位于县城东南约一华里处的原西兰公路左侧，高约四尺，上边刻着“抗日阵亡将士纪念碑”九个大字，立于1940年前后。那时人们对抗日阵亡将士十分敬仰，我记得自己去老舅爷家，从这块碑前经过，内心总很激动和崇敬。可是后来我从外地返回家乡，却见不到这块碑了，据说大约是1958年前后，不知什么原因被毁坏了。关于这原因，伯庸也说不清，但感情和我却是相同的。

说到宋伯鲁，因是我们家乡的一位名人，伯庸对其了解更为透彻，介绍也更为仔细。他认为宋的书法特点是俊逸圆润、柔中见刚。对其微型书法最感兴趣，说宋氏常在瓜子仁上写七言或五言诗，目的是为了测试目力，练习眼功。七十高龄时曾在数十枚小酒盅上精心书绘了极其精致工整的诗画，让南方一家瓷厂烧制，一时成为藏家的关注对象。对这位近现代书法史上著名人物的书法刻石，如重修礼泉县城碑、重修仲桥碑、重修城隍庙碑等等，伯庸能一口气说出数十种，好像曾经亲眼见过实物或拓片。

以上文字，是我根据伯庸生前的述说写出来的。可以说，没有他的述说，藏于我们家乡的这些与书法有关的刻石，在我眼里将永远是一些冰冷死板的石块，我不会认识到它们的文物价值和艺术价值，也不会写出上边的文字。

1987年元月，伯庸被正式调入陕西师大中文系。其实，这次调动早在十年前就开始了。当时，刚刚恢复高考后的七七届大学生即将入学。一天，李绵校长建议校图书馆办一次珍善本藏书展览，让新生开开眼界。图书馆负责人说，咱们这方面的藏书确实不少，可惜多少年来没有懂得版本学的专家，这些书一直积压着没有分类编目。说着，突然想起我在一次闲谈中曾向他提说过伯庸，只是一时把姓名忘了，我便向李绵校长说，有个搞目录版本的人，现在某中学教书，咱们能不能设法把这人调来？

那晚，李校长要我去他家，问我是否有这么一位同学，并要我写了简单的情况介绍。第二天师大即开始调人了。但调来调去，人没调成，伯庸反被市教育局看得更紧，师大这边毫无办法。这是第一次。第二次是师大中文系无人给研究生上目录版本课，学生在历史系听课，被那老师赶出教室，气得中文系领导发誓：非请一位会上目录版本课的老师不可！

生气归生气，发誓归发誓，但要请人必先心中有人。这时，管教学、科研的系副主任突然想起有一年我领他去城里西劳巷闲逛，见到过伯庸，知道伯庸有此业务专长，只因时间长了，也将姓名忘了，于是跑来问我。我说，师大办事无力，犟不过市教育局，你要调人，先得想个高招儿。

这位副主任只得和系办公室主任商量办法。这位办公室主任以前做过学生科科长，她说，今年我们控制两名业务好的毕业生，用二换一，不信堂堂师大，调不动一个中学老师！

就这样，伯庸在十年之后，终于调入陕西师大。他是用两个毕业生换的，他是来教目录版本学的。人刚到就上课，刚上课就评了教授。

伯庸很快地以书法出名。这些年凡书画家都是明星似的人物。伯庸的书法作品，在书画市场上是有价格的。但从他的书房里带出去的，大多只有艺术价值、友谊价值。他常说，字是写在宣纸上的，不是写在货币上的；工人农民一月能挣多少钱，我不同意书画家要价太高！他常为自己的书法作品，能为人们带来艺术享受而骄傲，而快乐。他常说，人家登门求字，就是喜欢你的字，你又能干什么呢，有何理由拒人门外，咋好意思向人伸手要钱呢？

伯庸一到师大就和我住在同一幢楼里，我是一单元二室，他是二单元一室，我们这两个住室只隔着一道墙。我们从小生活在一个小县城里，学习在一个小教室里，玩乐在一个大操场上，老了老了，又只隔着一堵墙住着。有时候，我以为这是老天的安排。这安排，在茫茫人海，恐怕并不多有！

前些年，也许就因了这一点，西安一家报社的记者，曾来我们的住处，采访了我们。记者的眼光锐敏、文笔细腻。我记得他在文章中写过这样一个细节：西边屋檐的藤蔓向东边爬去，东边屋檐的藤蔓向西边爬去，两家的藤蔓缠绕纠结在一起，象征着主人的友谊（根据记忆，大意如此）。

但是，2011 年 4 月 20 日，伯庸却走了。噩耗传来，我不相信。拄着拐杖，我来到他刚搬进住了不久的高层楼下。满院子的花圈证明我不相信是一种错误。宽大的客厅已变为灵堂，四围挂着丧联挽幛。伯庸的肖像已成为遗像。遗像前的白烛已烧掉三分之一，香炉里的香火，一炷一炷、高高低低。他知道我来晚了，便对着我默默地笑。他好似在说，我先走了，请原谅我不能陪伴你了！他还记着我们小时候，我以一个不称职的“绘画”陪伴他书写墙报的那些年月，他有责任再陪伴我几年，但死神夺走了他！我知道他微笑着，对我正说着这样的话。我只能原谅了他，但我却不能原谅不公的天道。我质问伯庸的儿女说：这是怎么回事呢？你们说，你爸怎么说走就走了？我老泪涟涟，泣下如雨。因为这几年，居谦走了，新昌走了，你也跟着走了；你们都走了，你们只将我留下来，你们让我怎么办呢？

伯庸走后的这几年，我多次在梦里回到我们的少年时代，多次梦见礼泉县城内新巷那个被一棵大槐树荫护着的书香之家。那里还是那样阴阴凉凉、静静悄悄，飘着药香（伯庸的祖父是一位老中医），飘着书香（伯庸的父亲是一位老教师）。醒后，我问自己为什么要来到伯庸的故家呢？这个家早不在了，连伯庸的胞弟也早对它没了印象，连伯庸的几个儿女更早对它没了印象，但是我为什么要多次回到那个家里去呢？我想，有时候，梦是不能解释的，只是由于儿时，我曾多次去过那个家吗？只是由于我曾多次见到过那位手里老是擎着一只小瓷瓶的老爷爷吗？只是由于伯庸的父亲，那位慈祥的、戴着一副深度近视镜的老年教师曾和我说过许多话吗？……我想，梦虽不能解释，却是有原因的，我去那散发着药香和书香的家，是不是要摄取一撮培养中国传统知识分子的土壤呢？……伯庸，我说不清了，我不再打扰你了，我还是不再说吧！

2013 年 8 月 18 日

附：

九泉之下勿寂寞

——写于伯庸百日忌辰

说心里话，我真不愿写这篇文章！因为我痴长伯庸两岁，还有几件事需要他做（如为我故去多年的老伴写一块墓石；为我提前拟一副挽联……），但没等我将这想法告诉他，他就先我而去了！他去了，永远地去了，这怎能不让我感到意外和悲哀？我又怎能把这篇文章，平平静静写下去！

无奈，我只得告诫自己：敛尽情绪，控制心态，振作精神，不使文章因沉浸于往事而枝蔓，心态不因失控而感伤。朋友们知道，我和伯庸从小即在一面窗下读书，临老还在一座楼里度过晚年；我们说了一辈子话，我们一辈子也没有把话说完。现在他撇下我走了，我们还有什么往事要说呢？还有什么眼泪要流呢？

记得伯庸是1987年1月被正式调入陕西师大中文系的。时值严冬，北风凛冽，夜幕降临，他坐在一辆大卡车上。车厢里装满了书，他坐在书捆上，怀里抱着一只大白猫。后来这只猫老死了，他和老伴还很伤心了一阵子……

在“正式调入”之前，伯庸就为中文系上课。那时他已是全国闻名的书法家，市文教方面自然不肯放人。师大这边干瞪着眼没办法，只有先将人借调了来，以解为研究生上目录版本课之急！

在此先后，师大美化校园，伯庸便在几块石头上写了字。“槐园”“磊乐苑”“曲江流饮”，赫然闪现在阳光之下。他的“书法家”声名鹊起，人们反而对其目录版本、文物鉴定之学养，较少知道。

伯庸很讲信义，受人之托，一诺千金。他每日忙于作字，忙于上课，慢慢地竟将目录版本、文物鉴定之学轻慢了。他像一个坚定的守护者，守护着我国的传统书法圣地，直到撒手人寰。我国传统的书法圣地，是一片净土，伯庸坚守着，终于获得了德艺双馨的美誉。我校教授、散文作家朱鸿在一篇文章中说：“曹先生是中国传统文化熏陶出来的一个人……其深如兰，其素如菊。”知曹先生者岂止朱鸿一人？伯庸，您该问心无愧了！

不过我却希望人们应对伯庸的“字外功夫”予以重视。书家的“字外功”和画家的“画外功”，诗人的“诗外功”，学人的深厚学养和积淀，同样重要。此即人们常说的只有博学，始能精专，只有厚积，方能薄发。目录版本、文物鉴定之学，既是伯庸的主业，又是他的“字外功夫”，她们滋养了他的书法艺术造诣和风格。我觉得对他的“字外功夫”，研究之，探讨之，发扬之，才是对他最有意义的悼念和缅怀！

近闻伯庸的骨灰将安葬于长安凤栖山文化公园。凤栖山旁为原，凤栖原天高地广，阳光普照，风景宜人。据说伯庸将与宋曾诒（清末名士宋伯鲁之孙）、卫俊秀二书家相伴。九泉之下，三公谈书论道，皆不寂寞，善哉善哉。

愿仁厚的地母，永安他们的灵魂！

2011 年 7 月 16 日于师大楼谷

“人生不相见，动如参与商”

——怀念孙迟老友

我与孙迟先生，既是同龄人，又是同乡、同学。但由于谁也说不清的种种原因，我们都好像受着上帝老儿的作弄，一生很想多有接触却很少接触，很想多有沟通却很少沟通，以至形成了一种无法弥补的感情隔阂和缺失。对这种憾事，我和孙迟都感同身受，别人缺乏体会，自然也无法说得明白！

小时候，我和孙迟同在仓房巷小学读书。那时候他身体瘦小而文弱，面色总是白白黄黄的，显得精明、灵巧、聪颖、睿智，使人有些连碰他一碰也不敢。中学时代，他读的是昭陵中学附设的简易师范36级，我读的是该校初中35级。初中班与简师班之间，好像有一道天设地造的壕沟，同学之间大都少有往还。这原因现在说起来，令人会感到可笑：因为据说简师班同学，每月可领几十斤“军麦”，初中班同学便称简师班同学为“军麦包子”（“军麦”为农民抗日时期缴纳的一种税款）。加之简师班同学一毕业，即可做一名小学教师，工作有保证。这就使初中班同学，既羡慕又忌妒了。

孙迟在简师班学业出众，是全校有名的人物之一。因之在人们的心目中，他便与其他的“军麦包子”不同，尤其在我俩之间，我由于一向钦佩他，羡慕他，总觉得心和心十分贴近。

我和孙迟先后从昭中毕业以后，我上了西安师范学校，他上了乾县师范学校。两个“老师范”把我们间的距离拉远了，却把我们间的感情更拉近了。那时我常常想，我们将来都会以一名教师的身份，共同战斗在一条战线上，为家乡的教育事业，贡献自己的青春！

可是1950年秋，当我一脚踏进礼泉县史德区小学时，孙迟却在不久之前从这所学校调到县文化馆当馆长去了，后又担任了县剧团团长。我俩真是一个前脚进，一个后脚出，即现在人们常说的：擦肩而过！

这期间孙迟写出了大型眉户剧《秦川儿女》。一夜，我特地从西安南郊赶进城去观赏《秦川儿女》的汇报演出。观赏后，我心情激动地去后台找孙迟，想对他说几句祝贺的话，谁知正卸妆的演员却说：“我们的孙团长刚被一位省领导招去说事了！”这是我们的又一次擦肩而过！

在孙迟任昭陵文馆所所长期间，我在老同学荀若愚陪同下，参观了昭陵陪葬墓的出土文物。这一次，我以为一准会见到孙迟，谁知老荀却告诉我说他们的孙所长恰在前几日出差了！

1992年11月23日，魏光祖老师逝世。噩耗传来我即奔丧返里。丧事是由全县的魏老师的学生筹办的，并由时任县政协副主席的孙迟全权负责。魏老师的宅院和街巷，摆满了花圈挽幛，从大门到灵堂的挽联，全出自孙迟之手，“一身正气，两袖清风”“刚刚正正浩然气，清清爽爽长者风”……表达了孙迟对老师人格魅力的评价和赞誉。治丧小组决定11月29日将老师的灵柩送回史德镇云里坊原籍。孙迟在前来吊唁的人群中忙来忙去，在护灵队和锣鼓队中穿梭奔走，安排各种事宜。上午10时许，灵车抵达云里坊，孙迟宣读悼词：“魏光祖老师的一生，是革命的一生，战斗的一生，忘我的一生。在漫长的岁月中，他为发展教育，造福桑梓，贡献了毕生的精力……”致完悼词，孙迟与我紧紧地一握手，便又忙他的事情去了。……我们又一次擦肩而过！

经过这几次擦肩而过，我不由得想起杜甫在《赠卫八处士》中说的“人生不相见，动如参与商”。杜甫与卫八处士友情深厚而相见不易，是由安史之乱造成的，我和孙迟的几次擦肩而过是因了什么呢？我久久地思索着这个问题而不得其解，便将相见之难的感触进一步深化为一种牵挂和悬念。

忙完了魏老师的丧事之后，不久，孙迟即到我们学校来找我。对他的专程来访，我真喜出望外！他带着他的《叟下诗词集》，要我引荐他去会见一位著名教授，请他为自己的创作提提意见。我们这位教授也是一位诗人，他自恃才学出众，自高自大、目中无人，墙内开花墙外红，在校内极没人缘。出于孙迟虚心求教的一片诚意，我敲开了教授家大门，他的夫人却骗我们说：“老×不在家！”使孙迟吃了闭门羹，内心极为不快，便又匆匆地向我告了别。

时间又过了几年。一次，礼泉县靳宝善图书馆馆长刘健奇先生，邀我为县二中学生谈谈有关作文的事。事后，二中老师在某饭店陪我吃晚饭。席间我建议将孙迟邀来，以述离情别绪。但刘健奇却说：“孙老师最近身体欠安，不便出门！”饭后，我提出要去看看孙迟。刘健奇又劝阻了我：“孙老师这会儿可能已经休息，你们老同学还是明日再见吧！”

这一夜我下榻在这个饭店，颇有“明日隔山岳，世事两茫茫”之感。

谁知时隔不久，便有噩耗传来：孙迟先生走了！这个令人难以相信的消息，先由刘健奇告知，后由蔺志顺证实，我不由得又将《赠卫八处士》重读起来，“人生不相见，动如参与商。……明日隔山岳，世事两茫茫。”

在《礼泉文史资料第十二辑——孙迟专辑》即将出版之际，县政协的同志和孙迟的儿子孙东卫，都诚心诚意地要我写一点怀念的文字。我以为多才多艺的孙迟，是一部大书，他工书善画，自成一体，自成一家；他又是一位著名的诗人，一生写了不少脍炙人口的旧体诗词；他研究唐史和昭陵文物，是一位很专业的文博工作者；他是县剧团的业务领导，一出《秦川儿女》，响彻秦川大地；他又忙中偷闲地写散文，写小说，写评论，我常将他的书论文章，当一篇篇美文来读……最难得的是孙迟能将各种学术和艺术融会贯通，使之互补互用，相得益彰。因之，对孙迟这部大书，我不能说一句内行话，也不愿说一句外行话。记得清人戴震说，“学贵精，不贵博”；《荀子·劝学》中亦有“学也者，固学一之也”的说法。但联系孙迟的实际，我觉得这些说法并不一定是绝对真理！

我们能不能将孙迟的这种既博又精且能融会贯通，称作“孙迟现象”？但面对这样的事实，我却只有回避，只能回避。我这样做，是不是有意避重就轻呢？是不是有意绕着圈子说话呢？不，不！这是由孙迟的博大造成的，也是由自己的肤浅造成的。避重就轻、绕着圈子说话，绝不是我的本意。事情如果真是这样的，我将对不起老同学、老乡友的在天之灵！

孙迟是一部大书，只会吟几句诗的人，只会写几个毛笔字的人，只有一点文史常识的人，无权对他说三道四，评头论足！

安息吧，老同学，老乡友，愿我们在各自的梦里，再有几次擦肩而过吧！

2010年11月18日于师大楼谷

都氏弟兄

都氏弟兄和我是同学。我们一块儿在仓小读五年级，直到毕业。仓小全称为礼泉县立仓房巷小学。很早以前，这里是一个储存粮食的地方，后来改为学校，叫作仓房巷小学。仓房巷是一条南北街，南通中山大街（也叫正街），北通东街。全街巷只有几户人家。仓房巷小学的校门开在巷子西边。在礼泉昭陵初级中学未成立前，仓小是我们县的最高学府，历史悠久。昭陵初级中学成立于1940年，此前县上的不少有名人士，都是仓小的毕业生。我和都氏弟兄为仓小春三一级同学。“春三一”指的是民国三十一年春，即公元1942年春。

都氏弟兄，一个叫都三忠，一个叫都三谦。他俩谁大谁小？谁是兄？谁是弟？他俩是同胞兄弟？还是伯叔兄弟？或族兄族弟？我们不知底细，他们也不说，大家就不清楚，只是笼统地称他们为都氏弟兄。

都氏弟兄在我们班年龄最大，个儿最高，所以在我们教室，他俩一直坐的是教室最后一排的最后一张课桌。我估计他俩是亲兄弟，或者是血统最亲近的堂兄弟。因为他们的肤色都黑红黑红，个儿同样高大、魁伟，鼻子、眼睛、嘴巴，都有相似之处。

我们班年龄最小的为晁华胄、曹伯容、王思明、常永远几位，他们坐在教室的第一排。都氏弟兄最少比他们大着七八岁，当时大约将近二十。这是由于他们的家远在唐王陵背后以北。唐王陵即唐太宗昭陵。昭陵在九嵕山，距县五十余里。当时，那里没有像仓小这样的新式的完全小学，有些村子，人口较多又较集中，也可能请一位识文断字的人坐馆，办一所村塾。假若一个自然村，只两三人家，只几个学龄儿童，办不起学堂，孩子也就得不到读书机会。都氏弟兄少小没有读书，直到这么大了，才来县城上仓小，估计原因就在于此。

由于年龄差距悬殊，都氏弟兄在同学中，很自然地就有一种自卑感。他俩整天坐在课凳上，一动不动，和其他同学不来往、不说话。只有一次，有个姓吕的叫吕俊安的同学，因平时不好好学习，几门课都考了零分，被老师狠狠批评了一顿。吕俊安气愤不过，在宿舍说老师的坏话，都氏弟兄听见了，就批评吕俊安这样不对，他们说，老师是为了什么呢？他批评你，还不是为了你好？

都氏弟兄整天只低头读书，但学习成绩并不突出，尤其是算术、音乐、美术、体育。这些课他们以前可能没接触过，所以乍学起来就困难。比如体育课，每次上课，都要整队。整好队就要报数。报数是让学生按大小个儿排成一列队，由队尾（或队头）一、二、三、四……报到队头（或队尾）。都氏弟兄个儿最大，当然每次就排在队头。教体育的是位女老师，叫李育华，人高马大，尤其是肥臀，被一件蓝阴丹士林旗袍裹着，像个棉花包子。一般情况下，整队报数都是由队头报到队尾，但李育华，也许为了看都氏弟兄的笑话，却偏偏要从队尾报到队头。晁华胄个儿最小，他报 1，王思明报2……直到巩振英报了 48，接着都三谦应报 49，但他却一时反应不过来，慢了一拍，才报出 49，都三忠也慢了一拍，报了 50，引得大家大笑。于是李育华就批评他俩："你们是怎么搞的？这样迟钝。真是唐王陵背后的墓冢！""墓冢"即"木种"，在这里是骂人的话，意为迟钝，不灵敏。挨了这样几次批评，都氏弟兄遇到体育课,遇到报数就心情紧张,李育华就更严厉地批评他们。

这一来,都氏弟兄对在仓小上学就有了思想负担,他们很想退学,但家里不许,他们只好忍着。一天,他们发现李育华和一位男老师在办公室勾勾搭搭,干不是老师应干的事。都氏弟兄刚从办公室门旁经过,看见了假装没看见,只觉得那男老师,人有人才,貌有相貌,怎么就看中了人高马大的李育华?他们没有将这事张扬开来,心想还是给李老师留点面子!但李育华在上体育课的时候,总是变着法儿刁难他们,先是通过报数,后是嫌他们不踢足球而跟一个同学学练太极拳。李育华的体育课,也只有这两种样式:先整队报数,报完数便发给大家一个足球,让大家在操场上胡乱地踢,一直踢到下课为止。都氏弟兄觉得自己这么高的个儿,和这群小弟弟抢那足球,太没意思,踢一会就躲在操场边的树下,和巩振英学练太极拳。李育华不懂太极拳,以为都氏弟兄鼓动别的同学在她的课堂上捣乱,就又狠狠地批评了他俩。于是都氏弟兄这才将她的丑事悄悄地告诉给了几个年龄大点的同学,年龄大点的又告诉了年龄小的,李育华这件丑事在全仓小,被传得无人不知。

当时,李织云老师是我们的级任老师。那时的级任就是现在的班主任。她刚从西安某个中学毕业,比都氏弟兄只大着两三岁(看起来还要小两三岁)。每次上课(级任老师多带语文课),她连都氏弟兄瞧也不敢瞧一眼,提问也不提问他俩。学生在课堂上回答问题,先要举手,都氏弟兄也举手,李织云总不让他们发言。这对他们是一种打击。这样时间长了,都氏弟兄干脆就不再举手,心里自然不高兴。

教音乐、美术的甯品三老师,在仓小是最幽默、最活跃的。他为学生自编自导了一幕哑剧,简单的情节是:夜晚,教室里很安静,学生正在自习,突然,两个洋鬼子,端着枪闯进来,将一个女同学生拉活扯地夺走了,这女同学背上有“香港”两个字。过会儿,又有两个洋鬼子,同样将一个小男孩夺走了。这小男孩背上有“澳门”两个字。再过会儿，两个日本鬼子，又将“东三省”（由三个小同学扮装）夺去。台下群情激奋，响起一片“还我同学！”“还我同胞！”“打倒帝国主义！”的口号声。甯品三老师要都氏弟兄扮那两个洋鬼子。一开始，都氏弟兄死活不同意。甯老师便做他俩的工作。他说：你们不说话，没台词，端着抢，黑着脸，要凶要狠。台下若有人喊“打倒！”你们就成功了，就为全民抗日做了贡献！他们终于同意。都三忠扮了一个洋鬼子，都三谦扮了一个洋鬼子。两个洋鬼子都演得很成功。从此，都氏弟兄在仓小声名鹊起。

都氏弟兄家在唐王陵背后以北，距县城六七十里。他们每周背馍在县城上学。前三天，那馍用开水一泡，软软的、热热的，放点辣子、盐，吃着还好。三天后馍就发霉。为了防霉，他们把馍放在窗户台上晾晒。越晒越干、越晒越干，像砖头瓦块。这样的馍用开水泡不开，需要先用凉水浸，然后再泡在开水里。仓小没有开水房。仓小南墙外有个卢养正书店，店里没有几本书卖，卢养正就卖大小毛笔、纸张，还卖开水。他在仓小南边的一面墙上挖了一个小窟窿（肯定先征得了仓小的同意），学生要买一支笔了，把钱从小窟窿递出去，卢养正把笔递进来。他卖开水是先卖一种小骨牌子，一个牌子一壶水。都氏弟兄要用开水泡馍，就在卢养正的书店里先买几十个小骨牌子，将牌子压在枕头下，节省着使用。

这样的一日三餐，按说是缺乏营养的，但都氏弟兄却高大、魁伟，从不闹病。对他俩的生活最关心的是邓甫云老师。邓甫云是教务主任，关心同学生活是他的责任。一个周末，他对都三忠和都三谦说，周末下午的课外活动，你们别参加了，吃了午饭就回去背馍。从这周开始，你们对李老师打个招呼，以后这招呼也不用打了。都氏弟兄对邓老师很感激，但他们每到周末，还是坚持要给李老师招呼一声。就这一点，李织云觉得这两个学生究竟年龄大点儿，懂事理，很快地对他俩有了好感。

在仓小,我们这班学生于1942年春季毕业,而昭陵初级中学那时已改为秋季招生。为了不让我们这届学生荒废学业,昭中成立了一个补习班,收每个学生一斗小麦,开语文、数学、英语三门课。上语文的是魏光祖老师,上数学的是张林书老师,上英语的是赵斌生校长。赵校长为上海英语专科学院毕业生,先在省教育厅任职,后回县创办昭中。张林书为昭中教务主任,渭南人,为全省有名的数学老师。魏光祖老师教语文,重在分析课文,指导写作。这个补习班办了四个月,暑期前经过考试,全班学生升入初中班,没有参加招生考试。

都氏弟兄没有参加补习班学习,也没有再上中学。从此之后,我没有再见过他们兄弟。他们也许从仓小毕业以后就做了小学教师,或许终生成了农民。那时一个小学毕业生,如果愿意在边远山区做小学教师,是有资格的,可见当时的农村教育是多么落后!

都氏弟兄肯定现在还健在,因为他们身体好、心肠好、性格好。好人一生平安!前些年我因故回到家乡,曾于一个傍晚走进仓小大门。当时正是寒假,又刚刚落过一场大雪,校园里空空荡荡,寂无一人。踏着雪,我在都氏弟兄演出过哑剧的礼堂外沉思良久;在印象中很大很大而这时却变得十分狭小的操场边沉思良久。时间已过去了半个多世纪,我心里有一种无名的悲哀。我不知道都氏弟兄现在还会不会想起当年演出的哑剧?还会不会想起当年的几位老师?想起了,他们该会产生怎样的思想?怎样的心情?

2013年7月26日于陕师大楼谷

师情偶忆

级任老师李织云

她是我上四年级时的级任老师。那时把班主任称级任。四年级是人的学历中很重要的关节,能不能从初级小学升入高级小学,也就是能不能从四年级升入五年级,读完六年级,与每一个人的一生有很大的关系。那时,一个人从高小毕业了,就可以在社会上谋到职业。因此,人们往往不能忘记他的四年级,不能忘记他的四年级级任老师,就像不能忘记他的一年级和一年级级任老师一样。

我不能忘记我们的四年级级任老师李织云,有着更为特殊的原因。那时,她年轻而又漂亮,可能从西安的某个中学刚刚毕业,身上还没有一点级任老师的气息和架势。她像我们的大姐姐那样疼爱我们,从不向我们耍威风,发脾气。

学校修建校门,工人把几十块从旧房上拆下来的脊瓦,整整齐齐地排在我们的教室外面,准备第二天砌上门楼。这种脊瓦有很精致的花纹图案,与浮雕无异。下午,不知哪几位同学为了比试拳头,硬是把这些脊瓦上凸出的花叶花瓣,用拳头一齐砸掉了。这真是一种恶作剧！第二天,这件事情被校主任陈子青老师发现了,他将我们班全体集合起来,要破坏者自己招供,但却没有一个人吭声。陈老师气得团团转,最后狠狠地惩罚了全班。

李织云老师知道了这件事,她既不满意我们的恶作剧,又很同情我们集体被罚。上课的时候,她半天不说一句话,眼里浮动着泪珠。“这件事全怪我不曾料到!”她反复说着这句话。我们都低下了头,那几位比试拳头的人,也在心里忏悔着自己的过错。

此后,李织云老师便没有再做四年级的级任了。我们不知道这是不是学校对她的惩罚。

前些年我有机会去一次我们的母校。在校门口,我不由得抬起头看了看校门楼上砌着的那一排脊瓦。流逝的岁月已使这座门楼破旧而苍老,但是时间老人并没有替我们将以往的过错抹去。那排脊瓦上生出了重重的苔藓,被砸掉花叶花瓣的伤痕比几十年前还要显眼刺目。怪不得陈子青老师当年要惩罚我们,怪不得李织云老师要伤心得落泪。我不由得低下了头,面对母校的这座门楼,像几十年前面对李织云老师一样。

近些年我听说李织云老师住在西安的某条小街巷中。她已经是七十多岁的人了吧？我曾多次在这条街巷上漫步,我想偶然在这条街巷上碰到一位慈祥的老太婆。如果这样,我不知道我们师生间是不是还会认识？如果这样,我不知道我的心里该会有多么激动!

赵斌生校长

20 世纪 40 年代,这个县只有一所初级中学——昭陵初级中学,当时它是这个县的最高学府。

赵斌生老师是这个学校的创办人，也是这个学校的校长。新中国成立后，赵老师不知被戴上了一顶什么“帽子”，在家乡接受管制劳动。对于赵老师的是非功过，他的学生和这个县上的教育界人士，都有明确的、肯定性的评价。但是赵老师戴着“帽子”，没有人公开谈论这件事，只等着由历史去做最后的判定。

50年代中期，这个县的公安局局长，一次去赵老师所在的家乡视察工作，给当地的“四类分子”训话。赵斌生迟到了，局长狠狠地斥责他：“赵斌生，你为什么才来？”

“我……饭吃迟了。”

“你为什么不早点吃？”

“我身边没儿没女。年纪大了，笨手笨脚，不大会做。”

“你以后要设法吃早些。”

局长指着身边的一把有靠背的椅子，仍然大声地说：“你走过来，慢些，坐在这把椅子上！”

赵斌生坐在靠背椅子里听完了训话，其他“四类分子”，低着头，站着，排成一列队，规规矩矩。

训话毕，在回家的路上，“四类分子”们窃窃私语：“人家有师生的情分，训斥的声音虽大，但我们站着，他坐着。”

我把听来的这件事，曾向过去的几位同学做过转述。每次谈起，我心里很感动，听的人也很感动。

“文革”后期，赵老师逝世了。此后不几年，县上有关部门为他平了反，摘了“帽子”，还说他在任校长时，掩护过学生中的地下党员。近来听这个县上编写教育史的人说，现在对赵斌生校长在发展教育、培养人才方面的贡献做了充分肯定，并将其事迹写进了史册。赵老师，您为什么不多活几年呢？愿您的在天之灵，能感知到这一切，愿您永远安息！

《沁园春》抄本

在家乡的初级中学，应瑞符老师的文史知识恐怕是最渊博的。20 世纪 30 年代，他在西安某报任副刊编辑，后为陕西省统志局编纂。40 年代初，昭陵初级中学成立，他受聘回乡任教，一直担任高年级的国文、历史教员。应老师擅长书法、工诗词，并能写作轻快流畅的白话文，对周作人、郁达夫、朱自清、俞平伯的作品似有偏爱。他上国文课，重在感情传达，朗读很有特色。那几乎不是读，而是吟；声调低沉、舒缓，用的虽是家乡土话，却有长短散整、抑扬顿挫之美。无论讲解古文或时文，他自己都先陶醉在一种艺术享受中；左手擎着书，右手拿一支粉笔，随着文情气势的跌宕起伏，轻轻地在手中一掂一掂，那么自然、飘逸而有韵致。极兴奋时，将粉笔一端用拇指和食指轻轻捏住，在空中悠悠旋转。我们静听着，眼睛随着粉笔绕圈儿。那粉笔好像一种导体，文章的艺术魅力，全都被传送到每个人心里。昭陵初级中学后来成就了不少有一定造诣的文化人，他们谈论起来，对应瑞符老师无不感念至深。

1945 年，毛泽东主席在重庆谈判时，发表了著名的《沁园春·雪》，一时唱和者云起。应瑞符老师不仅将这些作品从各报刊收集起来，让同学们抄写，而且他自己也有和作。应老师的和作除称赞毛主席写得好以外（记得有“引千古词林竞折腰”之句），其主旨是反对国民党政府发动内战，和作中“远村鸡啼，荒郊犬吠”“民情厌战，怵心烽火”等句，传达了他的思想感情，最后警告反动派："把从前种种，截止今朝！"从这首词可以看出，应老师当时的思想是很进步的。

同学们都用自己心爱的笔记簿抄写这些诗词，从毛主席的原作到柳亚子、郭沫若、易君左等人的和作，慢慢地竟有百数十首。各种各样的抄本在各班流传，在全校流传，无异于一个《沁园春》抄本的流动展。应老师抽空也为大家讲解，他分析时局，解难答疑，论世评人，使我们增加了很多知识。他的讲解有关于文学的，还有关于马列主义和国际共运的，大大地开阔了我们这些生活在偏僻小县的青少年的视野。

一双枯瘦的手

在昭陵初中，李耀六老师一直教动物、植物、地理等副课。他学历不高，以前一直是小学老师，所以校方似乎对他不大重视，但同学们对李老师却十分爱戴和尊敬。现在回想起这个原因，主要由于他教学认真，深入浅出，形象生动，能给学生留下深刻的印象。他上动物课，讲到大象，就用双手比拟一个长长的鼻管，从面部向下划一个半圆，直到腹部，让人好像真的看见了大象长长的鼻子。他讲牛、羊、鹿等有角的动物，双手举起，拇指紧贴头皮，食指、中指直竖着，同学们便逼真地看见了那牛、那羊、那鹿。直到现在我每每回想起李老师，眼前便映出他那双集中全身力气在头顶索索抖动的手。我记得这双手十分枯瘦，手指又细又长，是一双典型的教师的手。

1943 年秋，昭陵初中地下党员和进步教师，一夜之间被国民党特务逮捕十余人，李老师是被捕者之一。那天早晨，天阴沉沉的，没有书声，没有歌声，全校沉浸在一片恐怖之中。当时我是通宿生，未见特务夜里抓人的情景,听着住校同学的叙述,心情悲愤而沉痛。此后我们便听说李老师被关押在西安太阳庙街一个秘密监狱,在狱中受尽了折磨。那时我从戏剧舞台上看到过一种用竹片夹人手指的刑罚,不知为什么好些年一看见这种表演,就要想起李老师那双手指细长的、为我们比拟过象鼻和牛羊鹿角的枯瘦的手。

从此我便没有再听李老师讲动物、植物和地理的机缘了。20 世纪 70 年代后期,李老师年逾古稀,不能再从教了,但仍没有离开学校。从青年到老年,从小学到中学,五十多年来李老师以校为家,从不愿离开学校。在他看来,只有住在学校,他才能心情舒畅。这时我的一位同学已是我们母校的校长,他为李老师在学校门房盘了热炕,让老人住在门房里,精力好时做些收收发发的工作。李老师白天坐在校门口,望着家乡的青少年从校门口出出进进,脸上总是挂着欢欣的笑。

1978 年初夏,我领了十多名大学生到家乡著名的烽火大队编写队史,一天,一位美籍华人(医学专家)来这个大队参观访问。这位专家和李老师是小学同学,他提出要在烽火会见他的同学。李老师这天兴高采烈地赶到了烽火。我在这个大队人人必经的路口,看到了这位专家,也看到了我们的李老师。他俩并肩走着,那专家西服革履,满面春风,目光矍铄。我们的李老师,穿着一双新布鞋,一身深蓝色中山服,相形之下,显得土气而又苍老。不知为什么,这时我的心里十分难过。我特别注意他那双枯瘦的手,很想迎上前去握一握他的手,但是我没有这么做,只觉得眼里有一种酸酸的、热热的东西在涌动。

“我领你们打游击!”

我上小学和中学的时候,正是抗日战争时期。前两年在私塾,老师不会教唱歌,我们只有跟着他整年哼那缓慢忧伤的“长亭外,古道边,芳草碧连天……”1939年由私塾转入仓房巷小学,才有了专职教唱歌的老师。这音乐老师叫王育英,他教我们唱《松花江上》,唱《大刀进行曲》,唱《黄河大合唱》。唱着这些歌,我们斗志昂扬,精神振奋,明确地知道自己现在的上学是为了抗日,将来也为了抗日。那时每写作文和日记,都以团结抗战、消灭日寇为主题。看见蜜蜂了,立志要学蜜蜂的勤劳;看见蚂蚁了,表示要学蚂蚁的遵守纪律。无论怎样写,丰富的想象使我们都会把文章主旨归到早日打败侵略者这个中心上去。

真正让我们知道共产党、八路军才是抗日主力军的,也是这位王老师。那时日寇已占领华北平原和中原地带,西安常常受到空袭。西安一有空袭,我们县便拉“警报”。一拉“警报”,老师同学便跑到郊外躲避。有时日寇的飞机也在我们头顶盘旋,望着那肆无忌惮、低低飞翔的敌机,我们真恨自己手无寸铁!这时候,王老师见我们情绪颓丧,就向大家讲八路军英勇抗日的故事。他希望我们快点长大,说:“同学们长大了,我领你们打游击!”那时我们对打游击十分向往,有人暗中准备了大刀,有人暗中准备了长矛,只等王老师快点将大家组织起来。

谁知1940年,王老师却离开了我们。同学们舍不得他,在他收拾东西的时候,大家一齐站在他的房门口,一边流泪,一边要求他为大家再唱一支歌。王老师答应了大家的请求,他用高亢激越的声调,为我们唱了一支《游击队员之歌》。王老师终于走了,后来有人说他常常把自己装扮成农民的样子,活动在白区和红区的接壤地带。

1949 年家乡解放以后,我在外地听人说王老师为我县第一任县委书记。在异乡,我曾为自己有这样一位老师而骄傲,也曾为我们县有这样一位书记而庆幸。20 世纪 60 年代,我在报纸上偶然读到一篇论述植物栽培的学术论文,署名王育英。我没有料到我们的王老师在祖国和平建设的年代里,竟然成了一位自然科学研究单位的领导同志,竟然在向科学进军的道路上,做出了可喜的成绩。后来当有人向我证实那位署名王育英的作者就是我们的王老师时,我心里的激动和喜悦,是很难用语言形容的。

一篇补白之作

20 世纪 40 年代初的小学高年级学生,在老师指导下即能自办墙报。那种墙报,篇幅不大,然而书写工整、图文并茂,有各种各样的栏目,张贴在学校的小礼堂周围,无意中在班级间形成了一种竞争。我们班的墙报叫《小蕾》,以发表同学们的诗歌、散文习作为主,在全校中很受读者欢迎。有一次我们的《小蕾》将要出刊时,葛文轩老师突然叫我到他房里去。他指着平放在床上的墙报对我说:“这里有块小天窗,你写篇文章把它补上。来,就坐在这儿写吧!”说完他离开座位,让我坐在他那把高高的有两只扶手的大椅子上,自己踱出了房门。

屋里很静,但我的内心却十分激动,十分紧张。写什么呢?我望着葛老师陈设简陋的房间,脑子空白得就像那粉白的墙壁。我只觉得有一只小兔在我的胸间蹦跳着、碰撞着,心怎么也不能平静。后来葛老师回到房中,我恰好完成了那篇急就的文章。葛老师看了看,嘴边流露出微笑,他没有说好,也没有说不好,便决定用我的急就之作补了我们的《小蕾》的天窗。

现在我无论如何也回想不起我那篇文章到底写了些什么，以为这实在是一件令人遗憾的事！

我的作文是在葛文轩老师教国语课后才有所长进的。在此之前，我视作文为最难的课程，不仅无兴趣，而且很畏惧。自葛文轩老师教我们国语课以后，我记得有一篇《玛尔哥寻父记》的课文深深地打动了我，让我知道语言文字竟如此神奇，可以把我们的思想、感情，把我们周围发生的事都描述出来，让人读了如闻其声，如见其人，如临其境。那时候，一个乡下的小学生，除了手头的一册国语课本以外，便再也没有什么读物了。因此我一遍一遍地读那《玛尔哥寻父记》，一边读，一边流泪，对玛尔哥给予了无限的同情和怜悯。就是从这时起，我爱上了国语课，爱上了作文，慢慢地学会了用我们的语言写出比较清通的文字。

20 世纪 50 年代，我在家乡的一所小学里做了教师，这时葛文轩老师已经年过五旬，在小学附近的区政府任文书之职。他也许不记得我那篇补白之作了，但我不能忘记它，因为那里有表扬，有信赖，有鼓励。前几年，电视上连续播出一个动画片，每集开头和结尾，都有一个小男孩在唱"我要，我要找我爸爸！我要，我要找我爸爸！"不知为什么，我一听到这悲凉的歌声传来，就不由得想起那篇《玛尔哥寻父记》，想起我的葛文轩老师。

老师的书包

学生时代早早过去了，却常常想起那时的许多老师，想起他们，有时还自然地想起他们各有特色的书包。有时也怪，首先想起的是书包，然后才由书包记起老师的姓名、为人、教课特点，以及和这书包有关的许许多多令人难忘的事。

小时总认为教师是世界上最值得尊敬的人，教师的职业是世界上最崇高、最理想的职业。这想法也和老师们的书包有关。他们无所不知，知识那么丰富，学问那么渊博，当时认为这正是因为他们有那种书包的缘故；或者正因为他们有知识，有学问，才配有那样的书包。那时望着老师提着大大的、鼓鼓的书包，在校园里走来走去，总想知道那里边装着什么，总觉得我们的书包小小的、扁扁的，怪不得常为写一篇文章而伤神，常为解不了一个算题而犯愁，常为课堂上答不出一个问题而脸红。这些时候，我们便渴望自己什么时候也有一个老师那样的书包，什么时候也提着或夹着那样的书包，去做一个令人敬佩的老师，那该多好！

这想法，从小学延续到中学，从中学延续到大学。大学时，那位讲授哲学和文艺学的王捷三老师，早年留学英国，每次上课都提着一个深红色的大皮包，显得很有气派。他把大皮包放在讲桌上，轻轻地按一下锁扣，轻轻地抽出一张卡片。他照着卡片讲课，一张卡片足够讲一个学时。望着那小小的卡片，同学们大大地瞪着双眼，对老师佩服得五体投地。下课了，王老师把卡片轻轻地放回皮包走出教室，在路边的草地上慢慢地踱步，显得潇洒而飘逸。这时，有的同学注视着王老师的身影，有的同学把眼光投在他那皮包上，回味着这节课的内容。好多次，我真想走上讲台，摸一摸老师的皮包。可是一整年过去了，我没有这么做，心里一直很遗憾。

王老师的书包使我们感到神秘。后来打破这神秘的还是王老师自己。那时他住在校外，学校经常把他的课集中排在一天。他早上上完课，中午就在教师休息室休息。一个偶然的机会，我见他从皮包里取出从家里带来的饭菜，一边吃，一边喝休息室里的温暾开水，一边读一本厚厚的书。我劝王老师好好歇歇。王老师说："下午有课，我还要看看这本书！"呵，王老师，这时我才明白，什么叫渊博，什么叫刻苦，你那令人神往的书包里，并没有什么秘密。从此我对老师的书包似乎有了深一层的了解。

讲授古典文学的王士祯老师，整年穿一身中式衣裤，与一个乡下老农无异。他的书包很特别，那是用许多大大小小、颜色不一的旧布缝缀起来的布袋，很像出家僧道经常斜挎在肩上的化缘布袋。这布袋系儿很短，王老师个儿很高，挂在肩上，不及肘部，人们见了不由得发笑。但王老师的课教得很好，同学们并不觉得他这书包土气或俗气。那年月，生活艰苦，王老师的老伴在农村，生活无人料理，他那用旧布块缝缀起来的布袋里，装着讲义，装着老花镜，装着学术单位的开会通知，同行们探讨专业的来往书信，还有粮票、油票、布票、煤票，一年四季总是鼓鼓囊囊的。自从知道王老师书包里如此复杂丰富的内容，看见他每次不差分秒地按时上课，不知为什么，我心里总有些难过。我真想替他提提那书包，替他分担一点生活的重负。

20 世纪 50 年代末的一个暑期，王老师的儿子利用假期勤工俭学，不幸因沼气中毒而死。这个沉重的打击使王老师的头发一下子全白了。整整一个假期，人们很少见他在校园里走动。但暑期过后，新学年开始时，王老师仍然挂着他那书包，默默地来往于生活区与教学区。这时候，我知道他那书包里又增添了重重的一份愁苦，真担心他如何负载得起，承受得了！

王老师的书包是很寒碜的，但时间长了，我们却觉得他只有把这样的书包挂在肩上，才是我们的王老师。我们对老师有了感情，想起了老师，便想起了老师的书包；想起了书包，也就想起了老师。有的老师，穿着讲究，为人潇洒，使用的书包却很不惹人注目，然而时间长了，我们也会从这不和谐、不统一中，找到和谐与统一。

前些年，我们几个同学，因一个偶然的机缘，在一次会议上相逢了。那天晚上,我们的谈话围绕着母校,围绕着老师进行。一个同学突然想起了讲授文字学的高元白老师的书包,高老师那时五十多岁,几十年里他总以一块包袱布代替书包。这在当时是很少见的。上课了,高老师抱一个方方正正的包袱走进教室。同学们起立致敬,他稳稳妥妥将包袱放在讲台的中间,端端正正站定,深深地鞠躬还礼。接着他便缓缓地打开他的包袱。那包袱两个对角上各系一条长长的带子。他缓缓地解开带子,再缓缓地揭开四角。文字学本来是很枯燥的,但高老师讲得深入浅出、形象生动。那个同学记性好,多少年过去了,他还记得高老师怎样讲解"长"(cháng)、"长"(zhǎng)二字:我们的祖先蓄长发,年愈长,那长长的黑发(指"镸"字的上部"⺒")在大风中飘扬,像一面黑色的大旗!所以"长""长"二字,形同而音异。这是一个多么美好的比喻,生动的想象。

这一夜,我们沉醉在对老师的回忆中。这回忆多么温暖,多么幸福,多么遥远,又多么临近……

晨梦·午梦·夜梦

晨　梦

天快亮时,突然睡醒了,听见窗外的蟋蟀,叫得很急促,很繁密。朦胧中,我记得立秋已经好些天了。为什么立秋之后,蟋蟀的叫声要比以前急促、繁密呢? 我模模糊糊地想着,翻了个身,又睡着了。

接着好像又做起梦来,于是这屋外的秋虫的鸣叫,似乎变成了小鸡的声音。我一再提醒自己:这是秋虫的鸣叫,不是小鸡的鸣叫。但是,我越这样想,越觉得这叫声真和小鸡的叫声没有差别,而且似乎还看见有一个卖小鸡的壮年,正挑来两大筐小鸡,停放在我已几十年不曾回过的故乡的家门前。

我在梦里自己问自己:卖小鸡是春夏之交的事,现在已经立秋了,怎么会有卖小鸡的呢?

梦里,我一直被这个问题缠绕着。

这天起床很晚。下床后发现夜里未关窗户,只将窗帘虚掩着。

午　梦

我觉得我到了一个从未到过的地方。她在那里住着，孩子的外婆、大舅也在那里住着。我好像是傍晚时分到的。院子很陌生，房舍很陌生。她没有和我说话，但是她给我收拾了饭吃。饭后，我即离开那里，因为在梦中，我似乎还是一个正在上学的学生，为了第二日上课，必须赶回西安去。但是天快晚了，这里不通火车，汽车已经过点。我估计今天绝对无法回到西安了，心里为此负担沉重。

可能在赶往车站的路上，我在一家店铺买了一包烟，这才发现口袋里的钱已经很少，几乎连路费也不够。店铺主人给了我一盒中档的烟，牌子是我从未见过的。我付她一张钱币，她迟疑了好长时间才给我找钱。她找的钱全都是硬币，却不是现在流行的，有的为红铜色，面值大约五角；有的很轻很薄，面值也很小。我将这些钱攥在手里，来到一个好像是公园的地方，在一段台阶前蹲下来，认真仔细地数——和自己身上原来就有的加在一起数。数来数去，我清楚地感到，只用这些钱绝不能回到西安。于是，我又为明天的缺课感到惶恐，而且也觉得奇怪：我早已成年了，早已做了教师，为什么还要上学呢？为什么还要因为缺课而烦恼呢？

从公园出来，我看见几辆马车停在一个巷口，赶车人正在招呼乘客。“是不是乘马车回去呢？”我心里这样想着，但是立即便做出决定：“不能！天已经很晚了，社会秩序不太好，夜里上路，是有危险的。”

于是我便打算再回到她那里去，将自己的负担和苦恼说给她听。这样想着，我觉得我可以再见到她了，心里不由得高兴。同时又担心这是在做梦，一切都是虚幻的，是假的，不能实现，并希望自己不要很快从梦里醒来，不要再见不到她。谁知道我正这样想着，很突然地，我就醒了，半晌情绪不好。她于1994年9月10日去世。近三年来,这样的梦,我做过几次呢?

夜 梦

一开始,我和她就在大街上走着。大街上人来人往,车水马龙,喧闹声、叫卖声,此起彼伏。我们似乎已有一些疲惫了,厌倦了,很想找一个安静的地方歇息。但是我们被人流裹挟着,推动着,很难停下脚步,反而不知不觉地来到这城市的中心。这是什么城市?似乎有些熟悉,又似乎十分陌生。这中心处,人多车更多,喧闹声、叫卖声更高。那座更高的大楼上,有霓虹灯在昏暗的天空下闪烁,一会儿出现一个“人”字,一会儿出现一个“间”字。我心里想:“噢,这就是人间大厦了,我们已经来到人间大厦了!”

突然,不知什么原因,我们被一种无法解释的混乱冲散了,而且再也无法靠近了,无法相聚了。我尽量地回过头,想看见她,但却看不见了;我尽力地大声呼唤,想让她听见我的声音,但她已经听不见了。我知道她身体不好,也极需要很快地找一个安静的地方去歇息。但是这个时候,我已找不见她了,我不知她被一股什么力量推搡到什么地方,只觉得在茫茫人海,我已找不见她了……

不过,在这城市所有的大街小巷,我仍惶恐而又漫无目的地寻她。我穿过许多街巷,希望在一个意想不到的地方能够突然看见她,但是,直到日将落时,我仍然没有看见她。我感到了彻底的失望,心里很懊悔,很悲伤;我想哭,想喊,想将她的姓名、模样告诉人。人们只是匆匆忙忙地赶路,并没有想要帮助我的意思。这时候,我已精疲力竭,抬起头,只见一轮血红的太阳,已经沉落在楼谷。这个城市已经被众多高楼大厦的阴影掩埋了,市中心那座更高的楼顶上，仍然闪烁着霓虹灯，那一闪一闪的光亮，比以前更加耀眼，那一闪一闪间现出的，仍是一个大大的“人”，大大的“间”。这两个间断闪现的字，使我意识到，我们在人间已经走完了一段路程。而现在，在茫茫人海里，我已找不见她了！

整整一夜，我都被这个梦纠缠着，而且反复地思考着它的意义。在梦里，我就想要把这个梦记录下来。我叮咛自己，不要忘了它的任何情节。

我不知道自己于何时醒来。醒后，浑身冷汗，屋里空空的，屋外一片漆黑。夜静极了，在恐慌中，我默默地计算着她离开人世的时日。

地弟

地弟是这条街上颇有名气的人物。姓吕,行二,哥哥名改地,土改时生。改地两岁时,他出生了,爹妈再想不出好名字,就叫他地弟,直到现在。

几乎全城的人都知道他。无论大人小孩,提起地弟,都觉得亲切、喜悦;好像生活里有了他,就有了欢乐,有了生气。

地弟最早以放炮出名。本地乡俗,迎亲嫁女,必须放炮。但地弟只为娶家放炮。迎亲车到门,一串鞭炮,三响大炮。大炮要放得响亮、干脆、巧妙、出其不意。出其不意是指能把新媳妇吓一大跳。这自然有点技术。比如新媳妇一下车,刚刚迈步,一脚踩响,尘土飞扬,引得人们哈哈大笑。这一响有巧妙而出其不意的特点,就算放得好。地弟放炮,多是自动找上门的。人们见他来了,忙说:“来了,来了,先吸支烟。”他将烟夹在耳轮上,并不急于点着。等迎亲车到门,他才点烟,狠吸一口,作为引火,然后寻觅时机,出其不意,骤然放响。炮放完了,地弟在众人的嬉笑声中,拂袖而去,浑身清爽。

地弟的长于放炮,是从小时候捡炮学起的。那时,他就胆大,逢年过节,无论机关、商店放炮,他都敢在硝烟弥漫中出没,捡拾大大小小的哑炮,一捡就是半衣袋。然后今天放几个,明天放几个,引得一街两行的孩子,整天跟在身后。

后来,地弟又学习了响麻鞭。那麻鞭五尺长,整日缠在腰里。高兴了,左右开弓,哔剥爆响。有时趁人们不留意,在人群中“噼啪”一声,把人吓一大跳。他每天睡得晚,半夜从外边回来,一路上甩得麻鞭“啪啪”响。人们听到鞭声,知道地弟还没有睡。他晚上睡得晚,早上却起得早。天刚麻麻亮,他走出大门,将麻鞭甩几声,然后满街走动,满街爆响。这鞭声像雄鸡报晓,催人们爬起身,开始了一天的生活。

学会了响麻鞭,地弟又学着甩长鞭,赶大车。他的长鞭很讲究,鞭杆用塑料绳扎得一节红、一节绿、一节蓝。鞭鞘也是红的。他说那鞭鞘要用猪血浸过,这样响起来才又清又脆,不开花、不断裂。学会了甩长鞭,地弟很自然便会赶车。他赶大车,一不搞运输,二不拉粪土,专门为娶新媳妇的人家服务。娶媳妇赶车,并不是一种职业,但由于地弟从小会放炮,人们也就乐于请他赶车。这样时间长了,好像也就成了一种职业。媳妇娶回来,主家便请车把式入席。地弟吃得油嘴滑舌,闹了新房,“啪啪啪”甩起长鞭,回到家里,时间往往是深夜。

再后来,地弟终于有了一种职业:看守尸体。那些年,县上常常枪毙人,贪污犯、盗窃犯、抢劫犯、杀人犯、政治犯,毙后一时无人收尸,公安机关便让地弟看守,一天一夜十元钱。地弟凭着一副壮胆,晚上常常和那些尸体睡在一起。遇到无人认领的尸体,公安局也让他掩埋。有主尸体,主家来认领,带几件新衣服也请他为死者穿。为死人穿衣,按衣领论价,一条领早先三元钱,后来五元钱。这样算来,地弟有时一月可以赚到百元钱。

这种差事干的时间长了,慢慢地,地弟便和公安人员有了交情。人们知道了这层关系,遇到枪毙罪犯,主家也托他转告公安方面,求其枪下留情,不放开花枪(即不把脑袋打炸),或一枪致命,让死者少受一些苦。说这种情，主家既要贿赂公安方面，也要给地弟几个跑路钱。地弟平时的收入，自然不把这笔计算进去。

地弟是这条街上有点名气的人物，也是北街吕家全族的有名人物。吕家是个大家族，上下远近约三百人丁。在这三百人中，唯有他既不耕种，又不经商；既不从政，又不学艺，可以说是全家族中唯一不求长进的人。但大家并不鄙夷他，他也尤其爱护这个大家族，以家族的人口众多、百业兴旺、颇有几位出人头地的人物为荣。他年龄虽不很大，却对这个家族的历史十分明了，尤其对各个支系的子嗣，某一辈分的人数、名号、性格、轶事，了如指掌，一有空就津津乐道。“我老老爷那一辈，兄弟五人，明波、明滔、明澄、明澈、明浩，都是带水的。二老老爷在外做官，有四个少爷，个个聪明过人。老爷辈兄弟二十一人，为建字辈，如：建琼、建瑜、建琳、建琦……几乎把‘王’部的字用完了！”他并不识字，这些考究的话，不知从哪里学来。这二十一人，谁夭亡，谁早逝，谁有后代，谁无子嗣，他都清清楚楚。越到下一辈——也就是他父亲这一辈，人数越多，不少又都随父母住在外地，有的还是在外地出生的，要搞清楚，颇得费些功夫，但他却终于搞清楚了，以至于那些连他未见过面而同年出生只是月份不同的几位，他也能准确地列出排行，像水泊梁山给一百单八将准确地排出座次一样。所以在北街吕家，大家都很敬佩他，以为他掌管着这个家族的档案，以为生活里不能没有他。

农村经济体制改革以后，生产队不存在了，农民遇有打墙、盖房或其他红白之事，一时无人派工，无法相互协助，生活中有不少困难。北街吕家为了解决这个问题，有人发起成立家族自治委员会，无论哪家有事，均由自治会负责组织人力。这个想法得到了全族人的支持。自治会成立的时候，选了委员和主任，地弟荣任通信联络干事。这是他一生中最得意的一天。任职后工作认真负责，现已提升为委员了，将来也大有荣任主任的可能。

地弟续篇

我将《地弟》写出后，几个熟悉他的人读了说，还有些事迹没有写出来，建议我最好能够再写一个续篇。

地弟也上过几年学，不过最高学历只是初小一年级。这一年的学历，他整整读了三年。他的一个族兄，为人诙谐幽默，常和地弟开玩笑说："不如给你用锡铁打制一册书吧，那样结实，读几十年也不破的！"地弟听了并不恼，只笑一笑。

地弟有几种绝活。以前，我只写了他的甩鞭子和放炮，对他那"一动三响"的技艺，却忽略了，这是很不应该的。

什么是地弟的"一动三响"呢？"一动"，是他会将两耳前后上下交替着耸动，十分明显。他从小未留长发，脑袋总是光秃着，两耳越发显得大。家乡人说，耳大福大，地弟果真也有些福气。他这使两耳耸动的本领，不知是怎么练就的，平时并不轻易表演，只在他高兴时，加之周围有了一定的观众，他才乐于露这一手，以博人们称赞。"三响"是腿弯、小肚和腋窝，会一齐发出声来。表演时他先蹲下，在这三处憋足了气，然后双腿向前移动，双肩微耸，挺胸收腹，于是这些地方便一齐发出"咕叽——咕叽——"的声响。这声响虽说不上动听，但也并非噪音，常常会引得观者鼓掌大笑。

地弟现在已经是五十多岁的小老头了，由于青壮年时代当过医院太平间的看门人，后来又干过替死人（多半是被枪决了的死囚）穿衣服的营生，所以一直与医务界和公安局保持着联系，现在竟然坐在县医院大门口，当起医院的传达了。他不知从哪里弄来一身黄军装，一件黄大衣，常穿着，坐在传达室窗下。地弟对工作是很认真的，他当传达，同时也兼着门卫。这年月，门卫工作越来越重要，因此，医院的上上下下，都视他为安全卫士，对他很器重，很尊敬。

地弟对乡下赶来的急诊病人有极大的同情心，无论春夏秋冬、深更半夜，只要有人敲打这医院的铁皮大门，他总披了自己的黄大衣，打开大门，领着危急病人去就诊。他帮他们挂号，找医生，抬氧气罐。这些年，熟人好办事，乡下人在医院既没有干儿子，也没有外甥，就都乐于和地弟交朋友，拉关系，家人有个大病小灾了，就找地弟。他们说那小老头人好，办事热心，有时还不免送他点小礼品。遇到这种事，地弟便拒绝，说："在咱这儿，不兴这一套！"俨然像个清廉正直的大干部。

地弟尤其关心家乡的病人，只要是乡党求他，他都满口答应。他还按照病情，去门诊上察看哪几位大夫在上班，然后指点乡党挂谁的号。他以为某种病必须由某个大夫治疗时，就专门去说情。大夫也都听他的，因为他常在大门口称赞他们："我们的×××大夫，那真是华佗再世！"他这赞扬虽不是技术鉴定，不能凭了升工资，评职称，但是哪位大夫不被他赞扬，心里觉得也不是味。

今年春节，我在家乡过年。一个阳光明媚的正午，我在村道上遇到地弟。

他确实有些苍老了，见了我先是亲热地称"爷"，然后说："听说你老人家拿我作了文章,今后回来带着,让孙儿看看。”我答应了,但转眼一想,地弟不是只读过一年初小吗,他能不能读懂那篇文章呢?接着还想,我对他的记述尽管是真实的,但有褒有贬,他即使读得懂,不知会不会见怪?他现在已是一个小老头了,那甩鞭子、放炮之类的事儿,都是年轻时所为,如今他已有了些年纪,他会怎样看待自己的过去呢?

小张和阿敏

小 张

在这个学校，谁初来时如果被称作“小×”，那就得一生被“小×小×”地叫下来，直到老死。

小张就是这样。他的大号叫张明升，但是在这里从来没人这样称呼他，现在他已六十多岁，无论大人和小孩，路上碰到他，背后说起他，仍然“小张小张”地称呼他。对人们这样的称呼，他并不反感，因为他父亲活着的时候，是这个学校的一位知名教授，同学们称他张老师，同事们称他张老先生，小张想：父亲既然占了两个“老”，自己自然就是“小张”了。

这学校有两个智障者——小张和阿敏。小张是抗日战争时期被日本人吓的。那时他还不满十岁。一天，日本人进了村，小张正在村道上玩，日本人向他“哇里哇啦”了几句，他一点不懂，就被一巴掌打懵了，从此便一直傻乎乎的。

但是比起阿敏来，小张比他强多了。阿敏的父亲也是一位知名教授，他们两家住得很靠近。一次，小张和阿敏不知为什么事争执起来。阿敏很凶,很认真,小张却很沉着,总是让步,并且说:“谁也不和你傻子较量!”说罢,扬长去了。根据这一点,人们认为,小张的智障并没有到阿敏的程度。

这个评价很准确。因为,小张知道向父亲要媳妇。那时,他大约只有十六七岁,而阿敏却满了二十。有人问阿敏:“给你要个媳妇吧?”阿敏一听就反对,连连说:“不要! 不要!”理由是娶了媳妇太麻烦。有人问小张,小张便眯眯地笑,说:“你给我爸谈谈吧,这事得由他做主!”后来,张老先生果然为儿子娶了媳妇。那媳妇家在农村,模样儿不错,张老先生把她当女儿待,并安排她在幼儿园当阿姨。刚娶了媳妇,小张便一日三晌地来幼儿园。来了,就生拉硬扯地逼媳妇回家去。媳妇不肯,小张就大吵大闹,反复问:“不去,娶你做啥? 不去,娶你做啥?”弄得媳妇不好意思。后来,终于离了婚。

另外,小张干起活来肯出力。那时,煤店距学校很远,买煤很不方便,小张就买了一辆架子车,做起了运煤生意。他给那架子车加高了车帮,加长了车厢,一车可以装能烧四五个月的蜂窝煤。他的生意很好,账也算得来。每月,他将各家各户的煤本收集起来,然后挨家挨户地将煤送去,从没出过大差错,大家感到很方便,都愿意多出些运费。

那么,小张的智障究竟表现在哪里呢? 初接触他的人,都不把他当智障者看待,只觉得他不过穿衣马虎而已。一年四季,小张总穿着一条大裆裤,腰间束一条破腰带。那大裆裤在腰间纠缠着,显得很啰唆,很累赘,好像随时都要掉下来。他每走动一步,就将屁股扭一扭,将裤腰向上拽一拽。可是时间长了,便发现他说起话来,只有前两句热情、流畅、得体,说着说着,就离了谱,出了格,前言不搭后语,而且越说越混乱,越说越让人觉得他的脑子里缺根弦。

平时,小张把凡比他大几岁的人统统称大伯。对他这样的称呼,不少人感到不舒服。但是你如果稍不留意，或者忘了他是个智障者，而把他当成一个正常的人，按正常人要求他，对待他，反而会得罪他，惹恼他。他一旦恼了，必然发怒，怒了，必然训人。他最喜欢训人的一句话是："亏你还是个高级知识分子！"

但是小张终归很健忘，先一天训了谁，第二天遇见了便又没事儿似的仍然称你为"大伯"，显得很尊敬，很亲切。在这个学校，谁也不计较小张，就像小张对阿敏说的那样："谁也不和你傻子较量！"

近些年，小张运煤的生意萧条了，原因是学校来了一个年轻的运煤人。这年轻人先用的是脚踏三轮车，小张仍然拉着他那辆架子车。后来，年轻人用三轮车换了一辆机动突突车。年轻人只有二十多岁，小张却在一年前就过了六十大寿。从年龄、体力、工具等方面，小张显然不行了，落后了。他不得不收拾了架子车，开始向人公开他的存款数字，说他今后要好好地爱护身体，安度晚年了。

可是小张的身体却意外地一天不如一天。他全身浮肿，脸色发青，肚子越来越鼓。人们不知道他患了什么病，也不愿或者不敢问他患了什么病，只见他手里握着一根高出头顶的很粗糙的木棍，阴沉着脸，僵直着腿，艰难地在马路上行走。那条大裆裤几乎全都拥挤在小肚以下，大腿以上，鼓鼓囊囊的，显得很啰唆，很累赘。

小张老了，病了，一天比一天步履艰难，老态龙钟，人们担心他害了什么不治之症，但又不敢问他害了什么病。有时，那个年轻的运煤人开着机动突突车从他身边经过，按响了喇叭，扬起了灰尘，小张就急忙躲开，呆呆地站在路边张望，脸色显得很阴沉。

小张的晚年

近来有人调侃我说:“你为咱们的三大名人立过传,你可知道他们晚年的景况?”这一问将我弄糊涂了,一时竟然忘了自己前些年曾经写过三篇文章:《阿敏》《小张》《金丸媳妇》。阿敏、小张、金丸,是我们单位的三个头脑有毛病的人,背地里人们将他们称作傻子。现在竟有人称他们为“三大名人”,这是我从未听说过的,怪不得一时竟将为他们写文章的事忘了,哪里还能想到什么“立传”呢?

那三篇文章写成时,阿敏、金丸已经不在人世,文章内容也包括了他俩离开这个世界时的情景,所以关于他们的晚年,我觉得再无补充的必要。唯有小张当时正在患病,满脸铁青,拄一根高过头顶的木棍,整日在生活区慢慢地走路。现在要说说他的晚年景况,好像倒是有些话的。

小张可谓少年不幸,晚景凄苦。少时,他是被日本人吓傻了的。那时他还不满十岁。这些前文已有所述,不再细说。只说他晚年,主要是因为他那儿子好吃懒做,太不争气。拙作《小张》最后说:“……有时,那个年轻的运煤人开着机动突突车从他身边经过,按响了喇叭,扬起了灰尘,小张就急忙躲开,呆呆地站在路边张望,脸色显得很阴沉。”这是说小张先在我们这儿用一辆架子车为人们拉煤,一生出力不少,生意却也可以;谁知改革开放以后,不知从哪里来了一个年轻人,开着一辆机动突突车,便将小张的生意争抢了去。对这年轻的运煤人,小张只能既愧疚自己的年龄、体力比不上人家,也觉得自己那辆架子车太老旧了,太落后了,真乃时也运也命也,只能如此。可小张的儿子却不这样想,他恨透了那年轻的运煤人,他以为是那家伙抢了父亲的生意,毁了他们家的光景。这小子怀恨在心,便勾结几个哥儿们,于一个月黑风高之夜,将那年轻运煤人的机动突突车先捣坏,后偷走，据说是以废铁的价格卖了百十元，在一家餐馆大吃大喝了一顿。年轻的运煤人立即报案，公安方面顺利侦破。结果查明小张的儿子为主犯。人被拘留了，还连累父亲为那车主赔了几千元。

这一下便苦了小张。他的病更严重了，逢人便大骂他那不孝之子："把狗日的关起来了！年轻轻的好吃懒做，关得好！关得好！"但有时他也想念儿子："时间过得快啊，再过半年，他被教育好了，就会出来。"

小张的儿子终于被放出来了。人们以为小张从此便会过上安稳日子。谁知一天晚上，小张却将单位领导的门敲得"咚咚"响。领导知道是小张敲门，站在阳台上向下看了看，抽回身子，死活不下楼开门。小张无奈，一边敲门一边唱歌。他唱的是"东方红，太阳升……"意思好像是说你身为领导，怎么不关心人民呢？怎么不为人民服务呢？可是领导却在屋里给单位公安处打了电话，不一会儿，公安处便派人将小张赶走了，并斥责他侵犯了领导的安全，打扰了领导的休息……

小张被赶走时，神情激愤，脸色苍白，不住地大声呼叫。跟以往相同，他已是七十岁的人了，人们仍然称他为小张，仍然不敢问他为什么在晚上敲打领导的楼门。事情就这样过去了。但自此之后，小张的脸色却越发铁青，双腿也越发浮肿，直到他整七十岁那年，离开了人世……

小张的老伴为丈夫尽心尽力地办了丧事。她在那不大的房间里设了灵堂，把小张的遗像放得有一平方尺大，挂在墙壁上。墙壁前就是祭案。祭案上燃着蜡烛，献着鲜花，供着水果，小张就在烛光、鲜花、果品中憨憨地笑。

小张单位的人来了不少，小张老伴娘家村子的人来了不少，那个年轻的运煤人也来了。这些年人们都用上了天然气，煤店早已关门，运煤的生意再做不成了，这年轻人便改了行。他一阵儿给人刷房子，一阵儿给人修门窗,他勤快、手巧,小张钦佩他,喜欢他,常说他那儿子如果有一半像这年轻人,他就上辈子念了佛了,这辈子积了德了。如此一来,小张将他们间以前那件不愉快的事便忘了,他们便成了忘年交。年轻人见小张就是这么一位不存芥蒂的人,一位不会对人记仇的人,便称小张为“小张叔”,小张也常常为他揽点活路:“去,××家的屋顶漏水,你给修一修去!”在这个单位,小张人缘好,影响着这个年轻人的人缘也好。

人们想在追悼会上弄清小张敲打单位领导楼门的原因,但终于没有弄清。于是,人们便说,在这儿,谁无论当多大的官儿,可不要欺侮了小张,他是个头脑有毛病的人,他是日本帝国主义侵华时期,被一个鬼子兵一巴掌扇成智障的人,他是个弱者,谁欺侮了他,谁永远成不了英雄好汉!

阿　　敏

校园里有几个智障的人,而以阿敏最为严重。他在学生食堂干粗活,一生没有结婚,现在已经六十多岁了。

阿敏认识一些字。有时,他戴着花镜,坐在单元楼前,把一张对开大报全展开来,双手吃力地举着,蒙住胸部和头,默默地看好长时间。没有人敢问他看到了什么好消息,大约天快黑时,他才将报收起,回到自己房中去。

阿敏的父亲,是这学校有名的教授。“文革”前,阿敏政策界限很清楚,常说他家有两个阶级,他是无产阶级,父亲是资产阶级。

那些年,阿敏常在校园里大喊“打倒资产阶级教授”的口号。有人问他教授近来身体怎样,他总表示出不屑一提的神态,说:“别管那老家伙!”可是在家里,阿敏对父亲很尊敬,很惧怕,父亲说什么是什么,有时他还用自己的工资，给父亲买水果，买点心。

在校园，阿敏对和父亲年龄相仿的老教师，一概呼之老教授，一概挥着拳头喊打倒。阶级斗争观念在他心里淡漠下来，是20世纪80年代以后的事。这十多年来，他对抽烟的人很反感，每每在路上遇到嘴里叼着烟卷的，即大声呼叫："房子快着火了，你还抽！抽！抽！"喊罢便愤愤然离开。

老教授九十五岁高龄那年去世。火化那天，前往参加遗体告别仪式的只有老人生前的几个好友，会场很冷清，也就显得很悲哀。不过主持会的人却郑重宣布：某某、某某领导因事不能出席，请阿敏谅解。阿敏呆呆地站在会场一侧，悄悄地垂头拭泪。这哭泣的表现本来很正常，但人们却觉得稀奇，因为多少年来，人们从没见过阿敏哭泣过。他每天按时上下班，推一辆小车，把煤渣、菜叶倒在远处去，总是乐哈哈的，可是这次，阿敏哭泣了，悄悄地垂头拭泪。

老教授的住房倒也宽敞，屋外有一片空地，过去曾种着些花草。老教授死后，这片地荒芜了，杂草很快长得半人高。有人建议阿敏把杂草拔掉，阿敏不愿，嫌太累。可是这年夏天，他却连午觉也不睡，每天顶着大毒日头，用不知从哪里捡来的树枝、铁丝、砖块，似乎要修整一下已经塌散了的篱笆。他垒呀，缠呀，绕呀，由于手脚太笨，塌散了的仍然塌散着，最后只有将树枝、铁丝、砖块，胡乱地堆在一起。

他这行动叫人迷惑，叫人想起一些鸟兽。鸟兽有建造巢穴的本能，也有建造巢穴的技巧，阿敏却只有一种朦胧的要求，而缺乏这种技巧。他的老父亲死了，他失去了依靠和保护，他是不是感到了不安全，感到了孤寂，感到了恐怖，要不，他连拔草都嫌累，为什么要干这修整篱笆的活儿呢？

这是一个令人难猜的谜。

多少年来，我发现从这学校毕业的学生，无论在什么岗位，什么地方，只要偶然遇到母校的教师或同学,在询问了关于母校的种种情况之后,还不免打问阿敏:“阿敏还在吗?还是那样吗?”人们关心他,忘不了他,也同情他,这常常使我很感动。

阿敏续篇

我写《阿敏》时，阿敏还很健康。他的老教授父亲此时虽已去世，他从一套大房搬进一套小房，一个人住着，但每日仍能按时上班，没有旷过一次工，缺过一次勤。谁知有一天，阿敏突然失踪。他是这学校学生食堂的后勤杂工，食堂领导便马上派人到校外去寻，可是几天过去了，竟然毫无踪影，弄得大家很着急。

一天，有人提供了一个线索；阿敏以前也有偶然上街的时候，而且目的都是去钉鞋。阿敏脚大，走路总是趔趔趄趄的，干的又是粗笨活，鞋因之常常弯帮掉底。他有一条坚定信念，常对人说："当工人，鞋不合脚，工作绝干不好！"因之多次上街，手里总提双鞋去补。根据这线索，领导便派人专在附近的修鞋摊上打问，而且圈子逐渐扩大，终于在东郊遇到一位老鞋匠，说前几日曾来过一个人，钉一双布鞋；鞋很大，说明脚很大，个儿也不小。老人说这人说话颠三倒四的，似乎头脑不大好使。

根据这情况，领导断定阿敏必在东郊。果然有一天，东郊公安派出所打来电话，说阿敏在东郊迷失路径，又被车撞了，现已腿部骨折，要单位立即将人接回。这一来，阿敏可受了大罪。

阿敏有哥哥、姐姐，但都远在异地。他们都是六七十岁的人了，闻讯后虽赶了来，但都无法长期照管阿敏。阿敏的父亲——老教授死前，最不放心的就是这傻儿子，曾因之和学校谈定，自己死后，由学校给阿敏调一间小房，让其继续在食堂劳动，永不退休，何时不能干活了，也由食堂管吃管喝。学校尊重老教授的意见，同时考虑阿敏是个不健全的人，一辈子没有成家，对劳动一直很认真，很负责，没有功劳，也有苦劳，便答应了这些要求。

此处插叙一段往事，是我以前在《阿敏》一文未写到的：阿敏最初在食堂的工作是喂猪，他把几头猪养得很肥大，也和猪们有了感情。他不懂得养猪是为了宰杀，宰杀是为了食肉，因此每到杀猪，他都要和食堂领导大吵大闹。吵闹完了，猪自然就在他和领导吵闹的当儿被宰杀了。于是他回到猪圈，见没了猪，几天都站在圈里流泪。不几天，领导又买来小猪让阿敏养，阿敏见了小猪，便忘了大猪，又认真负责地养。养大了又要宰杀，他便又和领导吵闹。如此循环往复，领导嫌麻烦，便调阿敏在厨房里搞卫生。

现在阿敏骨折了，学校便在他的工资中扣出一些钱，又给补贴一些钱，雇请了一个照管他的人。这人姓门，虽是受苦出身，为人却很刁滑。他和阿敏同住在一间屋里，只在每次开饭时，提个饭盒从食堂为阿敏打饭回来。阿敏躺在床上，一动也不能动，这人就将阿敏的饭自己先吃去一半，然后剩些汤水，交阿敏吃。阿敏呆望着，只是大声呐喊："老门，老门，你……你……"这老门紧关了门，料想外人不知屋内的事，阿敏又说不清，仍然每顿照吃不误。这样时间长了，阿敏便一天天瘦弱下来。加之他的双腿弯曲着，有人劝他练着伸屈，练着走路，他嫌痛，长期任着性子，结果便强直了，以至于不能站立，不能行动，直到失去了生活自理能力。

夏天，阿敏整天被关在屋里，老门也不给他穿衣服，他就整个夏天，一直赤条着身子。学校举办五十周年校庆那天，广播里唱歌、讲话，十分热闹,阿敏竟然赤条条地爬出房,被邻居一个老太婆发现了。老人家说:"阿敏,学校今天开大会,客人很多,你这样不好看!"阿敏这天很听话,就又爬回屋子,把门紧紧地关了。

不久阿敏便死了。这学校有一面专贴死人讣告的墙,一天,这面墙上果然就贴出了阿敏的讣告,文曰:"某阿敏,不幸于某年某月某日逝世。定于某年某月某日在某某公墓举行遗体告别仪式。"这讣告与这面墙上以往贴出的讣告大不相同,一是文字简省,没有历述死者的一生事迹(其实阿敏并非没有事迹),二是没有表明是阿敏告别这世界呢,还是人们告别阿敏?同时也没有邀请生前友好前往的意思(书写者以为阿敏生前并无友好,所以采取了这种含混的戛然而止的笔法),但是事实上,火化阿敏那天,这学校的工人、教师、学生,还是去了不少人。这些人对阿敏的死,感到十分悲痛。

人必须站着

人是什么时候站立起来的？人类学家说法不一，但是对人能够完全直立的巨大而深刻的意义，大家的看法却是完全一致的：人在自然界中之所以能够居于最高位置，世界上尽管有许多伟大的东西，但是再没有比人更伟大的了，就是由于人具有了这种完全直立的姿势。能够完全直立，才能解放出双手，才会使用表达思想感情的语言，并且音节时而响亮高亢，时而委婉圆润，尤其是人的大脑从此顶着空间无限大的宇宙，思维空前发达，会制造会使用各种工具，在社会性的劳动中创造着财富，同时不断地完善自己。在这个漫长的创造完善过程中，人站着，高高挺起的头颅，就是人区别于一切生物的重要标志！

人站着，如鸟儿翱翔于高空，扶摇直上，搏击雷电雨雾；如鱼得水，轻盈敏捷，悠然自如。因为人从不能完全直立到能够完全直立，已克服了种种困难，消除了种种障碍，连肢体也发生了很大的适应性变化，而使每一个动作，都显得那么轻松、自然、优美；虽受着大脑的指挥，但却毫不自知，毫不自觉，一投足，一举手，全都自自然然，好像并不听从大脑指挥似的。

人能够完全直立地站起来，实在是优美极了，舒服极了，幸福极了。人能仰首远望，气宇轩昂，视野辽阔；蓝天白云，青山绿水，广漠田畴，尽收眼底。无论哪种站立的姿势、气度，如挺立，屹立，顶天立地，亭亭玉立……都有深刻的、哲学的意蕴。所以，人宁愿站着死，不愿跪着活；宁愿受冻挨饿，不愿为五斗米而折腰；宁愿杀身成仁，舍生取义，不愿卑躬屈膝。这些英雄好汉，站着，浑身上下都是铮铮铁骨，构成了一个大写的“人”字！

但是人在苦难的一生中，或因飞来横祸，或因不治之症，也有不能不倒下、躺下甚至跪下的时候。

在我的记忆里，我的外婆就是以膝代步的。她老人家，肤色白皙，眉清目秀，如果能倏地一下站起来，必然身姿修长，步伐轻盈，俨然一个并不显老的老太。谁知在年轻时，她不知因何缘故，双腿患病，从此永远不能站起，于是只有在双膝上绑了两块布垫，两手着地，只在自家院子，艰难缓慢地挪动，并且老是低着头听别人说话，仰着脸像看一座大山似的看人。世界这么大，她哪儿也不曾去，一生从不与人争强斗胜，整日只知道没黑没明地纺线，纺线……纺累了，就和衣睡在纺车怀里，不闻不问街坊邻里的任何大情小事，一直过着寂寞宁静、无光无彩的日子。外婆这种被扭曲了的性格，显然与她站立不起的病痛，有十分密切的关系……

我的老伴，个性刚强。她的前大半生，说话干脆，办事果断，走起路来像刮风。五十岁以前，她在城里住了些年，20 世纪 60 年代全国亿万人都挣扎在饥饿线上，后来有人提出“我们也有两只手，不在城里吃闲饭”的口号，她被撵回农村。从此，她在五十周岁那年，学会了骑自行车，速度比一般中年男子骑得还快，从家里到县城，往返二十多里，最多只需半个小时，沿途引得不少中老年妇女刮目相看。可就是这么个干练麻利的人，却在五十三岁那年，一病不起，全瘫在床上，直到与世长辞。

老伴在卧病的十多年中，真是受尽了人间痛苦。她的腰不能扭动，屁股不能抬起，下肢萎缩，一点也翻不过身，所有生活上的事，都需要别人料理。她整年累月地躺在床上，见不到一片蓝天，吸不到一点室外的空气，很少见到她想见的人，简直就是过着与世隔绝的生活。这使她的性格发生了很大的变异，如越发热爱生活，热爱人，总要别人在她目光所能及的门外一片地上，种一畦韭菜，种几棵丝瓜，在墙角围一个小小的鸡栏，养两只母鸡。这是她躺倒以前最爱做的事情，如今自己不能做，却坚持着要求别人做。十多年中，她就是望着那韭菜，那丝瓜，绿了又黄，黄了又绿，才知道四季的更替变化。过去和她要好的人，有的怕勾起她对往昔的回忆，故意躲着不见她，对这些人，她常在暗中抱怨；有的每隔两月三月来看她，她见了，心里便有说不出的高兴。她和来人谈这说那，只怕时间过得太快，只怕来人离去。她的这一切表现，说明她对生活的态度：她想活着，她想站起来和周围的人一样好好活着！

但是，她总不能站起来，总不能亲自下地劳动，种韭菜，种丝瓜，总不能迈开步子，亲自访亲探友。这使她有时候，又不能不妒忌一些能走能跑的人。这些人中有她的亲人，有她的兄弟姐妹，有尽力护理她的保姆。但她嫉妒他们，总嫌他们干活太粗太慢不中用。这种嫉妒，对她来说，不是太讲究吃喝，不是太讲究穿戴，不是要求太高，其“潜台词”是：你们能走能跑，你们为什么不珍惜这种可贵的自由，反而这样木讷，这样笨手笨脚！

这种嫉妒心理，时间长了，就变成了一种周期性的烦躁和宣泄。像关在笼子里的一只小鸟、一匹狼，她想站起来，回到以前自由自在的岁月中去，回到骑自行车的岁月中去。但她无论怎样用力，怎样挣扎，而一切努力都是白费！于是她就像那只鸟那只狼，在笼里啜泣，哭叫，咆哮，其情景令人目不忍睹，耳不忍闻。宣泄完了，她才能平静一天，然后又烦躁，又宣泄，形成了一种恶性循环……

由此，我深深地体会到，失去自由的人才懂得自由的可贵，因各种原因不能站起来的人，才懂得站起来是多么优美，多么壮观，多么幸运！所以，人必须站着，在自己的一生，在这个世界！

逢

——外四题

两个老人在一条街上相逢了。这条街，不长不短。很早以前，总是湿湿的、泥泥的，后来铺了碎石，现在铺了水泥。

两个老人，男的拄一根拐棍，步履蹒跚地自东向西。女的扶一个小女孩，可能是她的孙女，步履蹒跚地自西向东。他们于一个冬天的午后，恰在这条街的中段相逢了。

这地段是他们几十年前常常相逢的地方。

那时候他们都是中学生，年龄相仿，十五六岁。男的穿深蓝色中山服，女的穿阴丹士林短上衣，黑色长裙。那时男女分校，他们谁也不认识谁，但就在这个地方，他们一日三次地相逢。时日久了，他们相逢了，就相互微微一笑，打个招呼。

此后几十年，不知什么原因，他们便再也没有相逢，直到都成为龙钟老人。谁知这个冬天的午后，他们又突然相逢了，突然认识了，突然回忆起几十年前的事。于是和几十年前一样，他们又微微一笑地打个招呼，默默地走开了。这一走开，他们会怎样想呢？想几十年前常常相逢的日子？想以后几十年曲曲折折的经历？几十年对一个老人来说，有多少喜悦，多少痛苦？那么，他们今天的偶然相逢，会在心里激起怎样的涟漪？这一走开，他们会不会还企盼着再有今天这样的机遇？

病 叶

一个夏日的早晨，我在一棵大树下散步。突然，一片黄叶从头顶飘摇而下，轻轻地落在我的身边。我捡起它久久地观望，见它仍有清晰的、泛着青绿的叶脉。它完好无缺、透明发亮，像一朵金黄的花。我不知道这一片叶为什么会变成这样，为什么要从这棵大树上飘落下来。我不由得仰起头望着这棵大树。大树郁郁葱葱，数不清的叶子在轻风中响动，像一层浓厚的绿云。于是我又低下头，望着这片落叶，对它现在的变黄，即将的枯萎，既感到悲伤，又感到迷惘。我不知道这满树的叶都绿得发蓝，绿得像水，为什么这片叶子独独病了，黄了，早早地从大树上飘落下来？

我这样想着，不禁想起了我的早逝了的姐姐。姐姐也像这片树叶，说病就病了，说黄就黄了，接着，风一吹，说落就落了。

我含着眼泪沉思。风正低低地从树顶刮过。

秋 夜

夜读《红楼梦》（这是第几次重读?），在一段没有多大意义的、一段过渡文字旁发现了三个连续的“!!!”。这“!!!”是我于某年某月某日特地写上的？于是将这段文字又反复地读了下去。读后仍然认为这是一般的过渡，没有多少深义。对这段文字，我什么时候，因何而如此动情？我很纳闷，联系前后文又多次阅读，但仍毫无收获。于是，我便慢慢地合了书，默默地孤坐在窗下。夜已很深，人们睡熟了，四围一片寂静；窗外，只有冷冷的月光照着大地，风轻轻地吹着，树影悄悄移动……

这时，我突然感动了。人的感情多么神秘而奇妙！于是我又重读这段文字，却觉得在这儿正应该如此重重地连续写上“！！！”。我是感动于曹氏的著作呢？还是感动于如此美好的秋夜？——人们睡熟了，四围一片寂静；窗外，只有冷冷的月光照着大地，风轻轻地吹拂，树影悄悄移动。我想，我无须再追寻下去了，我只应在这灯下如此默默地孤坐，把自己的心澄到静的极点，聆听它轻微而清晰的跳动……

孤　　鸟

一只鸟孤独地栖身在窗外那棵树的斜枝上。我不知它是从什么时候开始栖身在这儿的。一天，我发现树下有一层鸟粪，才知道就在这棵树的一个斜枝上，有一只鸟长期地在上边过夜。

一连好几个白天，我都注视着这棵树，想看见这是一只什么样的鸟：它的羽毛美丽吗？眼睛是红的吗？嘴巴短短的还是尖尖的？它有很漂亮的尾巴吗？但是我始终没有看见它；我不知它白天是在哪儿度过的，它是不是和许多鸟儿在一起？是不是生活得很愉快？

晚上，我想到那棵树的斜枝下去看看它，但我又怕惊扰了它。我想这只鸟孤独地栖身在这里，总有非常特殊的原因。它习惯于这儿的安静吧，它喜欢由这窗口透出的淡淡的灯光吧？它欣赏那棵树旁的一丛翠竹吧？

这是一只孤独的鸟，它总是天一亮飞出去，等天黑了才又归来。它连叫一声也不肯让人听见，它莫不是有着什么难以诉说的苦恼，终生这么孤独地、无声无息地生活着？

一天夜里，月光很好。我熄了灯，轻轻地打开窗户，望着它栖身的那根斜枝。我终于看见它孤独地似乎已经缩着颈儿睡了。不知为什么，我的心里有些难过；同时也觉得有一只鸟在窗外伴着我，我应该高兴，应该祝它夜夜都做一个幸福的梦。

兽　迹

早上才知道，昨晚天变了，一场大雪，静静地落了一夜。

这是今年冬天的头一场雪。那么洁白，那么松软，蕴涵着那么多香甜的水。这是一场足有一尺厚的大雪。它使我惊奇，一夜之间，这么厚的一层棉絮，从哪儿突然间降临？怎样如此毫无声息地突然间降临？

我在窗前凝视着，既感到惊喜，又感到神秘。可是突然，我又发现，在我的窗前，在厚厚的雪层上，还有一绺若隐若现的兽迹。比猫的大，比狗的小，不是鸟的趾爪，不是羊的蹄痕……

多么神秘的一场大雪，记录了多么神秘的兽迹！

大雪还在轻轻地降落，于是我想，在这个落雪的冬夜，是什么野兽来到我的窗下？它踩着厚厚的积雪，为什么悄悄地来了而又悄悄地离去？这突然而来的大雪，这在人们熟睡中轻轻降落的大雪，记录了它的履痕，为什么又不告诉我它来去的一点消息？

早上才知道，昨晚天变了，一场大雪，静静地落了一夜。可是我分明记得，初夜时分，天上还有一个昏黄的月。因此我还想，在以往许多不曾落雪的晚上，这野兽是否常来我的窗下？它来了，悄悄地，为着什么？

那花那草

有一种淡蓝色的小小的花，在我的记忆里留存着很深很深的印象；有一种叶子碧绿而细长的草，在我的记忆里同样留存着很深很深的印象。多少年来，在家乡或在异地，我好像又曾多次见到过那花那草，但每次见了，又都觉得并不是留在我记忆中的那花、那草。是颜色不同？是形态不像？我很模糊，说不清楚。为此，多少年来，我一直感到很不安，一直感到很内疚，悔恨当年，为什么没有问问那花是一种什么花，那草是一种什么草，它们叫什么名字？

那是一个云淡风轻的早晨，我不知道当时学校为什么没有上课。我在大操场那个最幽静的角落，和外班一个女同学温课。我不知道她的名字，只觉得她比我大着一岁或两岁，穿一件阴丹士林蓝上衣，一条窄窄长长的黑裙。她是我的上年级吧？我们一起温课，她那样认真，那样淳静，对我不懂的功课，一一都解答得很清楚。就在我们一起温课的时候，我记得，在我们身旁，正开着那种淡蓝色的小小的花，花丛里，还有那种叶子碧绿而细长的草。

后来，当我上到四年级的时候，在我们学校，不知为什么，却再也见不到这位女同学了。她莫不病了,请了长假?她莫不许了人家,那边的爹妈不许她再上学?总之,在我们学校,我再也见不到她了,心里不由得惆怅和落寞。我不知道她的姓名,也不知道她的家在哪儿,我无从打问,只在记忆里藏着她那穿着阴丹士林蓝上衣和窄窄长长的黑裙的身影。

后来,连这身影我也淡忘了。只有那花、那草,在我的记忆里永不消失。在家乡,在异地,我不知多少次好像又曾见到过,但又觉得那花那草,并不是当年的花,当年的草。

于是,我只有惆怅,只有落寞……

醋香

小满刚过，妈妈就准备着酿醋。去年的陈醋，家里还有一小坛子，也是妈妈在小满过后酿的。每年过了小满，妈妈就想到了酿醋，准备着酿醋。现在这坛陈醋，吃到寒露是没问题的，但是过了小满，芒种就来了，人就要忙地里的活了，就再没时间酿醋了。接着的是夏至，天便慢慢热起来。天热起来，很不适宜酿醋；那不适宜，就像一个人到了夏天，还穿着秋天或冬天的衣服。

家里的陈醋蛮可以吃到寒露。因为爸爸整年不在家，在家里吃饭的，只有奶奶、妈妈和我们姐弟，共五人。五口之家，全年能吃多少醋呢？饭食又很简单，头顿饭九十点吃，常常是苞谷糁或小米粥。妈妈会调拌一种七成生、三成熟的萝卜条，寸许长，筷子般粗，先用滚水焯了，调盐和辣子，滴少许醋，吃起来咸咸的、辣辣的、脆脆的，能用多少醋呢？二顿饭在午后三四点，不是连锅面就是米儿面，锅里丢些笤帚菜、红薯叶；小勺里炒些灰灰菜，调盐、醋，以盐为主，也用不了多少醋。第三顿饭就是晚饭。傍晚七八点吃。这顿饭更简单，大人小孩谁饿了谁吃，不饿了不吃，所以叫“喝汤”，不叫吃饭。“喝汤”其实就是喝开水，吃个辣子蘸馍。辣子是用醋和酱一块儿和了的，也用不了多少醋。

在我们家，整年用醋最多的，恐怕要数奶奶了。奶奶年轻时就肠胃不好，不愿吃连锅面和米儿面。妈妈就在为我们下面前，先给奶奶煮一大碗酸汤面。酸汤面也叫“出汤面”。妈妈把面擀好了，展开来，从顶端切下一片，又折叠起来，切得比韭叶还窄。然后给碗里调盐、醋、酱和五香粉。下面前把沸腾的水“出”在碗里，然后下面。面煮熟了，捞在汤里，滴儿滴香油，调事前炒好的葱花。妈妈每十天半月，便给奶奶做这么一碗酸汤面，自然是要用上好的醋的。奶奶吃得很香，就夸奖妈妈：还是老大家的醋好！“老大家的”“老二家的”……是我们那里婆婆按自己儿子的排行，对儿媳的称呼。

妈妈要酿醋了，先得把去年留下的醋曲从织布机最高的那个老鹰架上取下来，捣碎，和在醋坯里。但是这天，她在那老鹰架上，怎么也找不到醋曲！她清清楚楚记得是放在那儿的，这会儿为什么找不到呢？每年做完醋，妈妈都要把曲架在那儿。那儿高，老鼠上不去，又通风透气，好像凡是会酿醋的人家，凡是有织布机的人家，都会把醋曲放在那上边。那儿叫老鹰架，有一对像老鹰翅膀的、一尺长的薄薄的木板儿，织起布来，它会一上一下，一闪一闪，像老鹰在空中飞舞。那是最安全的地方，每年，妈妈都将醋曲架在那儿，但今年，为什么老鹰架上没了曲呢？

要酿醋，没有醋曲不行！

妈妈整整想了两天，找了两天。最后突然想起去年小满过后不几天，也就是阴历四月二十四日，程娥子死后的第三天，为了起灵方便，这织布机曾被挪动过一次——从房檐下抬进过柴房。

程娥子是外地人，住在我们家多年了。她的丈夫在赵镇街上学生意，十年前就出了师了，现在是那店铺的主要把式。店东家有个女儿，早看上了程娥子的丈夫,店东家也有把女儿嫁给他的意思,就先问程娥子的丈夫在家里有没有媳妇?他给东家说了谎,就把程娥子弃在我们家,不敢领她去赵镇露面,自己也三月四月地只回这里一次,住一夜就又急急忙忙地赶过去。程娥子一直不知底细,只嫌丈夫不将她带到赵镇街上去,只嫌他三月四月地只回这里一次,回来了又只住一夜。遇到这情景,那丈夫就对程娥子发脾气,嫌她怀不上孩子。程娥子整日愁眉苦脸,就一直住在我们家的这间老旧厢房里。她比妈妈小着四五岁,称妈妈为大姐,又拜奶奶为干妈。奶奶见她可怜,认她做了干女儿。奶奶一生只有爸爸一个男孩,没有女儿,就把程娥子当自己的女儿一样看待。

但这程娥子却是一个长舌妇,自己又不会酿醋,就常在奶奶面前说些妈妈的坏话。比如妈妈要酿醋了,她就背着妈妈对奶奶说:年年酿醋!年年酿醋!酿了醋不知要给她娘家送去多少!

遇到程娥子说这种话,奶奶便说:你别嘴长!我是快下世的人了,这个家已是她的家了:男人是人家男人,儿子是人家儿子,女子是人家女子,她要干啥就干啥,关你什么事呢?挡你什么路呢?我都啥也不管了,你别多嘴,也别嘴长!你看你那嘴长得能拴个驴!

这程娥子的好处是,奶奶无论怎样数落她,她也不记在心里!她好像是个既没心计又没记性的人。她只是忌妒妈妈这比她强,那比她好,有男人,有儿女,又会酿醋,才对奶奶说这种话。但是奶奶数落了她,她虽不在意,过两天就又旧病复发,在奶奶面前说妈妈:儿女这么大了,还记挂着娘家!娘家是个无底洞!昨天又给娘家送醋去了!

奶奶说:程娥子,你是个贱嘴!她昨天给娘家送醋去了,你知道回来时提着啥?

提着啥?

稠酒！我这胃寒，就爱喝点稠酒！你嫌我喝稠酒了？咋没见你给我提点稠酒？你知道这边是咱家，那边是人家娘家。两边就要有个走动，这才显得亲热！妈妈知道程娥子就是这么个人，也不跟她计较。可是她去年死了，为了出灵方便，挪动了织布机，谁知人们一时手脚忙乱，把架在老鹰架上的醋曲不知放在了哪儿？

妈妈急得满头冒汗！找了两天，最后才在柴房的一口破斗里找见了，已被老鼠啃去了一半！

意识到了今年的酿醋将不吉利，晚上，妈妈在月亮地里，点了三炷香，说是给醋娘娘点的，也是给程娥子点的。

第二天，妈妈便去了外婆家。她把老鼠啃曲的事向外婆说了。外婆说：曲少了，你要多添些新坯，还要给醋坯多做些"硬食"，要干些、稠些，不要稀汤寡水的！稀汤寡水的，舍不得粮食，咋能酿出好醋呢？

妈妈照着外婆的说法酿醋了。

她先把被老鼠吃剩的曲捣碎，晾在窗台上，又把去年的陈糟在院子晒了大半天。去年的陈糟也就是去年淋罢醋剩下的醋坯，晾在院子里，让太阳晒着。这天太阳很好。妈妈一会儿搅一搅，一会儿搅一搅，晒得热热的坯，散发着淡淡的醋味。傍晚收时，奶奶要妈妈给程娥子用布包一些送去。

妈妈说：

妈，你忘了，娥子快要过头周年了，给她送去？

送去！放在那窗台上！谁知她在那里，腿还疼不疼呢？

妈妈说：她活着就不信热醋坯能治老寒腿。她死了快一年了，能信吗？管她信不信的！咱们尽尽心！她就是忌妒心大。自己不会酿醋，也不用你的醋坯！如今死了快一年了，这脾气也许改了。

妈妈只得听奶奶的。便用一块旧布，包了包热热的醋坯，放在程娥子住了多年的那间破厢房的窗台上。心里说:这是妈要我送的,你把它捂在腿上。哪儿疼捂在哪儿,信不信由你!你犟脾气一辈子,男人死了,没儿没女,谁也没犟过去!……信不信由你!

说罢,回到屋里把晾晒了大半天的陈醋坯,堆在苇席上,把大半年攒的谷糠和麦麸子,也倒在一边。然后跪下,一边搅拌陈醋坯,一边把谷糠、麦麸子掺和进去。一边掺和,一边搅拌,一边洒些井水。井水冬天是温的,夏天是凉的。现在已经立过夏了,已经小满了,井水还温着,正好掺兑着搅拌醋坯。月亮慢慢地沉落下去。妈妈把搅拌好的醋坯装在一口瓷缸里,一掌挨一掌地压实。又一点一点地把瓷缸挪在墙角落,从自己房里抱出一条棉被,捂在了上边。

妈妈每天都要揭开棉被,试探醋坯热到怎样的程度。那时没有温度计,醋坯热到怎样的程度,全凭经验,全凭感觉。热到适当的温度,就要给醋吃饭。饭多是苞谷糁子。

今年醋曲少,妈妈按外婆说的,把饭做得稠得能用筷子抄着吃,和我们一家人吃的稠糁子没有差别。

妈妈把醋坯倒出来,和饭一起搅拌。搅拌匀了,再次装在缸里,让"吃了饭"的醋坯,继续发热。醋发热也就是发酵。发好了才会有醋味。我们那儿把这叫"醋熟了"。"醋熟了",才能淋醋。

去年,也就在这关键时刻,程娥子不懂装懂地对妈妈说:你给醋把饭做得太硬了吧?这么硬,还不把醋"憋死"!妈妈听了,教训她说:

你知道怎么叫硬了,怎么叫软了?你忙你的去吧!软呀硬呀,我知道,你别白操心!

今年,妈妈想起这些话,不由得伤心了。谁知一年前,妈妈就这么教训了程娥子几句,她那在赵镇的丈夫,却突然死了!她男人死了,她痛痛地哭了一场，自己也病了，也跟着那个没良心的去了！死人这事，真很难说。程娥子死了，奶奶伤心得什么似的！早知她会这么快地死去，妈妈为什么前几天要教训她呢？要给她个不好的脸色看呢？她也是个可怜人！妈妈现在想到这些，不由得后悔。她一边给醋拌饭，一边流下了几滴眼泪。

醋坯吃了硬食，不到几天就熟了，熟了就要及时淋醋。淋迟了醋就老了。老了，淋出的醋又涩又苦！

妈妈将醋坯装在两口大陶瓮里。这是那种有着弥勒肚子的大陶瓮，全村只有几口。我家有一口。另一口是妈妈从邻家借的。这种大陶瓮是专门淋醋用的，下边靠瓮底的边缘，有个小小的孔洞，醋液可以从中流出来，滴答滴答地滴在接醋盆里。

妈妈将醋坯往陶瓮里装好了，就绞了两桶井水，将那小孔洞用一个小竹筒塞住。小竹筒里插着一根细细的小竹签儿。妈妈又把这小竹签儿紧了紧，将小竹筒死死地堵住。这时，妈妈将井水倒在陶瓮里，让醋坯浸泡着，浸泡着。浸泡的时间到了，才将那小竹签轻轻拧开，让醋液一滴一滴地滴在接醋盆里。这是个技术活，干起来要有很大的耐心。妈妈有这种耐心。她坐在陶瓮旁边，等着，等着，等醋味全溶在水里，才轻轻地放松那个小竹签。她知道不能放得太松了，太松了醋便哗哗地流下来！那不是淋醋，淋醋就得慢慢地、一滴一滴地滴。再费时间，妈妈也得等着，或者一边纳着鞋底一边等，或者一边纺线一边等。等头茬醋淋完了，再淋二茬醋。头茬和二茬掺和在一起，重淋一次，那才酸甜酸甜的，是醋的上品。单是头茬醋，太酸！单是二茬醋，有点寡淡，必须等头茬淋完了，再添水，再将头茬醋返回去，重淋一次，淋出醋的上品。这就不能不等，不能没有耐心！尤其是今年，妈妈这时候，总要想起程娥子。是因为前几年妈妈淋醋时，她曾偷偷地捻动过那小竹签吗？她是那么恶作剧过一回，使那小竹筒流得很快，而接醋盆又满了，一些头茬醋流了一地！而现在，程娥子已经死了，她不会再因忌妒妈妈，再这么恶作剧了，但妈妈总是不由得想起她。妈妈不是因为想起她曾干过这件坏事想起她。妈妈早将这件事不记在心里了，但是不知为什么，妈妈今年淋醋时，总要想起程娥子。

醋淋完了，妈妈松了一口气，才感到了疲累。她歇息了一天，才把新淋的醋向东邻家、西邻家送去，向外婆家送去。

奶奶要妈妈也给程娥子送些。妈妈说：

她已不在了，我们告诉她一声，就说你要吃醋的话，回来自己舀吧！你又不是不知道醋坛子放在哪儿。

奶奶说：你还是送一碗去吧！你会酿醋，她不会，为这她忌恨了你一辈子！怕我单疼你，不疼她，她忌恨了你一辈子，这我是清清楚楚的。她这样和你较劲，能来你屋里自己舀醋吗。你想想这个理，送她一碗放在那个窗台上！你要知道她也是个可怜人……

奶奶这便又说起了程娥子的身世：她那男人不是个东西，他把娥子骗了！

他那店铺东家的女儿也不是个好东西，她把娥子的男人先夺了去，后来又一脚蹬开了！他落了个两头空，气不过，便死了。娥子被蒙在鼓里，见自己男人死了，自己心灰了，也死了！你说他们来这世上一趟，到底算是干了一场啥事嘛。……不说了，你端一碗新淋的醋，放在她那窗台上去！

一碗新淋的醋，在那破旧的厢房窗台上，散发着浓浓的香气。风吹日晒，日晒风吹，那青花碗底，露出了一圈美丽的深褐色的醋渍……

2015 年 8 月 14 日师大楼谷

第三辑

门前流水

楼谷闲民

由于楼谷里流传着一句名言:“精饲料只能给下蛋的鸡吃!”我便不能不留心起一群闲民来。闲民,就是名言里没有明说出来的不下蛋的鸡。不明说出,是名言之所以为名言的重要原因。名人名言,总得有点寓意。这句名言的寓意是:不下蛋的鸡,是不能给吃精饲料的。所谓不下蛋的鸡,照我理解,就是这群“不干活”的闲民。

果然,我看见几个八十多岁的老人,每天拄着拐杖,在楼谷里遛着弯儿。“遛弯儿”是北京话。这些老人并不都是北京人,但他们也学会了“遛弯儿”。他们拄着拐杖,互相关照着,在狭窄的楼谷小道上,悠然自得地走来走去。他们的拐杖是各式各样的。他们不约而同地走在一起,好像就是为了展示自己的拐杖似的。“嗒嗒——嗒嗒”,他们的拐杖在青灰色的水泥路面上响着,给楼谷带来了生气。弯儿遛完了,他们各自走散,回家吃饭。吃完饭,睡一阵午觉,到了下午三四点,又不约而同地走到一起。有时候,他们也谈论一些单位里的事,比如说这条小路,刚刚挖开一道沟,埋下电缆,封上半尺厚的水泥,不几天,又挖一道沟,说是要埋暖气管。“为什么不一起挖、一起埋呢?”“能哪样吗? 谁能预见得那么远!”他们争论着,观点常常不一致。只有一个话题，他们的意见极统一，那就是“遛弯儿”。为什么要“遛弯儿”呢？他们一致的说法是：儿女们都有自己的事业，千万别给他们添乱，千万别病着，病了，自己受苦，国家花钱！

可见老闲民们心里并不闲。他们不愿为儿女添乱，不愿让国家花钱，这就很够意思！他们知道，现在的医院进不得。但年龄不饶人，他们毕竟老了，八十多岁了，为了抗衰老，防疾病，他们的一致行动是——认认真真地“遛弯儿”！

谁知却落了个不下蛋的鸡的恶名儿。

楼谷有一个小小的“丁”字口。“丁”字口北边，有一排镶着10块大玻璃的阅报栏。当年，为修这排阅报栏，改了三次图纸。第一次落成，有人说太土气。拆后又修。修成了，又有人说太笨拙。拆后又修，这才镶上十块大玻璃。这一来，楼谷闲民们以为今后有报可看了，谁知贴了一张报，再无人管，这张报纸一直贴到现在。现在，这张报已变黑发霉，字迹模糊，上面印的出版日期是1998年3月26日，距今已有多年了。

一位楼谷闲民，原为中医大夫，双耳失聪，大家称他“聋大夫”，现年76岁。

他见这么漂亮的阅报栏一直闲置着，就自办了一份卫生剪报，把老人保健一类小文章，从各种报刊上剪下来，贴满一大张，不定期更换，不定期挂在一块玻璃橱里。这“丁”字口，是楼谷闲民来来往往必经之地。他们在这儿，冬晒太阳夏纳凉。站着总归站着，于是他们就把这剪报，从头至尾，看了又看。他们称赞聋大夫，表扬聋大夫。对这种赞扬，聋大夫一个字也听不见，但他的剪报照样出，2001年庆祝元旦这一期，是总第58期。

楼谷有个小花园。花园里有几棵雪松，雪松下种着月季、马兰。常常，有人把废纸扔在马兰里，有风把塑料袋吹进马兰里。马兰叶子很长，废纸和塑料袋一进去就出不来。有个退休老工人看见了,心里不舒服。好长一段时间,他右手操把铁钳,左手拎只竹篮,把那废纸和塑料袋捡起来,倒进垃圾桶里去。他做这件事,无人支使,无人派遣,从不间断。每次,他把这小花园弄干净了,心里就乐滋滋的。接着,他在小花园旁边站一站,显得很悠闲,很得意……他,就是这么个闲民,这么一只不下蛋的鸡!

大约从 80 年代起,楼谷闲民们成立了一个闲组织——××大学书法研究会。研究会聘请了一位九十多岁的老闲民为名誉会长。名誉会长是这闲组织的一个闲职。可是有一天,从北京传来消息,这位小小的名誉会长,被誉为我国 20 世纪四大草书大师之一!他的书法作品,充满了苦涩,充满了奋争,成功地解决了大草领域碑帖兼容的难题。消息立即使古城震动。不少收藏家、书法家,闻风而至。他们在楼谷窄小的巷道,寻找这位唯一还在人世的大师。这时,一排排高楼,正遮挡着早晨的阳光,把浓重的阴影,重重叠叠地印在楼与楼间。九十多岁的老闲民自然不知窗外发生的事,他照样黎明即起,读书,写字,撰写研究鲁迅、庄周的论文。老人从 50 年代即遭厄运,什么苦没吃过?什么罪没受过?这些年,他更没考虑过什么精粗饲料的问题。他只“闲”着,但却“闲”成了全国四大草书大师之一,20 世纪四大草书大师之一……

精饲料应该给怎样的鸡吃呢?饲料,为什么要有精粗之分呢?

保姆行状

老伴长期患病,我又有繁重的工作,家务无人照料,病人无人护理,只好连年雇请保姆了。这些年,保姆越来越不好请。有的只住了一个晚上,第二天提着包儿说:“干不了,对不起,再见!”有的对对付付干了几个月,走时睁了眼睛红了脸。请第一位时,我打问她的姓名,随手记在一张纸上,后来每更换一位,都把名字续在后面,并注明了来去时间。最近把这张纸展开数了数,竟有二十多位!望着这份名单,想起她们的模样、行为,遂将其中几位的行状,简略写出。后来,电视里放映了一个《田教授家的保姆》连续剧,我便停止了我的写作,并将其中的几位,做了另外的处理,下边节选的,只占全部的四分之一。

胡 凤 云

她是陕北米脂人。有着陕北妇女普遍具有的红是红、白是白的肤色,只是体态稍显肥胖、臃肿些。来家时年已二十五岁,未婚。她在西安有一位远房伯父，任某局局长。她初从米脂到西安，先在伯父家帮忙，心想只要干得好，凭伯父的面子，好坏都会找到一份工作；营业员也行，招待员也行，只要离开穷山沟，端上公家一只碗，再凭伯父的面子，不愁不发迹。谁知她那伯父脑筋太死，总不给她想办法。于是她和伯父翻了脸，离开他家，先在一个干休所干了半年，接着便被人介绍到我家来。

她很有心计。见我们是知识分子家庭，便提出要学习文化。她从我的书架上翻出一部《红楼梦》，说要下决心看完。谁知下午便还回书架了，原来她不认识繁体字。她要求我给她教文化，我很高兴，和她一块商定了学习内容和时间：每天早上搞完卫生，读唐诗一首；每天下午做晚饭前，写大字一张。我为她准备了笔、墨、纸、砚和《唐诗三百首》。开始，她很有兴趣，大字一天比一天写得好，可唐诗总是记不住，感到没意思。这样大约过了一个星期，她突然提出要学珠算。说学了珠算，社会上有用。我同意她的看法，只是自己对此不很精通，无法教给她。好在我们邻居是位老会计，我便介绍她每晚去他家学习一小时。这样大约又过了一个星期，她突然三天两头要上街，今天买一条裤子回来，明天买一条被面回来，影响我和老伴连饭也不能按时吃。

买回裤子、被面，她便夸耀款式如何新，颜色如何好，说是给他们的乡书记捎的，这样的裤子、被面，在他们陕北如何如何买不到。买了这些东西，她又要上街去邮寄，一去就是大半天。这几年保姆不好请，我们只好由着她，心想，这些事她总有干完的一天，完了，也许会安心。我们寄希望于未来。

谁知她的这类事，总干不完，过几天又上街给乡文书买沙发罩。那文书也怪，沙发罩总要有“老虎下山”图案的，她上了三次街，也没有买到“老虎下山”，不知哪天还要去。

后来我们才知道，这个胡凤云，现在又有了新打算：她把工资为自己乡政府的官员们买了礼物，想求那些人为自己办一张户口迁移证，因为她已和自己的远房伯父绝了交，现在正和城里一个个体户拉关系，只是户口还在陕北山沟里，用她的话说，她现在就要先渗好乡政府那条渠。

就因这渗渠的工作，可苦了我卧病的老伴。一天，老伴要她蒸一个鸡蛋羹，她急着上街，结果蒸成了鸡蛋汤。

老伴说："凤云呵，你要收收心，这样下去……"她一听火冒三丈，立即提出不干了。我劝慰了她好半天，她还是要走。我们无法，只得同意，付了她近十天的工资。谁知她说我们一直欠着她的钱，前后算起来，整整七十天！

这真是说不清的事，因为我们前两个月付她工资时，既没有第三者，也没有要她打什么收据。她深知知识分子有不屑于和人吵架的弱点，反而大哭大闹起来，真是一把鼻涕一把泪。我们不愿和她闹，只得把两个月工资重又付给她！

她走时，老伴忽然想起我们的《唐诗三百首》：

"凤云，那本唐诗，你可不能带走了！"

凤云说："你说那本破书吗？我不知把它丢在哪儿了。别说三百首，三千首值几个钱呢？我要那书干什么！"

说罢，掀开门帘走了。

徐　玉　珍

徐玉珍是个中年妇女，陕西蓝田县人。来时带着一个大包袱，破破烂烂，全是她的四季衣物。还有大大小小的鞋帮鞋底，说她儿女多，看能不能抽空儿做做针线活。

第二天，徐玉珍就挽起裤管，给我们看她的腿。她的腿上有一块一块的青伤红肿，是被她的男人打成了这个样子。她男人是个银圆贩子，不务正业，快把一份家业踢腾完了。家里常常没米没面，他还三天两头领回几个哥们，要徐玉珍做好吃的。徐玉珍做不出来，他就拳打脚踢！

徐玉珍这次是偷着跑出来的。她的大儿子正上中学，小儿子下肢麻痹，躺在床上不能动。她离家时，给孩子枕边放了些红苕干，就丢下孩子跑了。当时一鼓作气，只顾逃跑，这会儿心情平静下来，想起孩子，内心反而惶恐不安了。

听了徐玉珍的诉说，我好像总看见一个瘫痪着的孩子，独自躺在床上、没吃没喝地只是哭闹。这孩子也使我不安心了，因此便劝徐玉珍先回去把家里安置好了再来。

徐玉珍不吭声。但心情却十分慌乱，干这个，忘那个，整日痴痴呆呆地神不守舍。

第三天，徐玉珍要我给她的大儿子写封信。主要说她在城里某家干活，要儿子火速回家，看望弟弟，照顾弟弟，并设法把弟弟安置在外婆家去。

发出信的第四天，上午十时左右，有人便狠狠地来敲我家的门。门开了，我招呼来人坐下说话。那人不说话，只从上衣左口袋掏出一个空信封。我见这信封是我前几天替徐玉珍的大儿子写的，便知道来人是谁了。那人说他是按这信封上写的地址找来的。说着，又从上衣右口袋掏出一张四寸照片说："这是我和徐玉珍的结婚照。徐玉珍是我老婆，她在你家吧？"

徐玉珍正在厨房做饭。她丈夫并不急于要见她，只生硬地、颇含敌意地对我说：

“她是偷跑出来的,在我们村影响很坏,各种说法都有;有说跟人跑了的,有说受人拐骗的。她偷跑时,带走了我家许多值钱东西。我的小儿子不能动,她走时,给孩子枕边放了些红苕干,红苕干上抹了老鼠药。我那孩子命里注定不该死,但邻家一个孩子吃了,现在还迷迷糊糊,性命难保!”

我听出了他编造的故事的破绽。打断他说:

“那你打算怎么办?”

“我必须领她回去,第一,恢复名誉;第二……”

“这好办,她正做饭,饭好了,你们吃了,一块回去。回到家里,一不要吵,二不要打;你们商量商量,能出来再出来,不能出来,在家里好好过日子。”

他没料到我会这么说,一时有些泄气。

这时徐玉珍从厨房出来,并不和他打招呼,只是直直地说:“你硬叫我回去能干什么?你把日子过完了,我出来混碗饭吃,还能挣几个钱,对一家都好。跟你回去,你再打……”

说着提起裤管,露出一腿的青伤红肿。

这男子一时便改变了主意,只是不作声。接着他们便吃饭。吃饭时他们达成了协议:妻子每月交给丈夫三十元钱,自己只留十元(那时保姆每月工资四十元)。有了这协议,徐玉珍的丈夫便不让妻子回家了。不过我仍坚持我的意见。因为我预感到和这种人不可打交道,他什么话也说得出来,什么事也做得出来,我仍坚持他们先把家里安置好,然后再考虑能出来不能出来。徐玉珍的丈夫听我这么说,便猛地变了脸说:

“城里人不讲情面,我来看看自己老婆,你们就不要了。当初说定是要长期干的,咱们找人评评理去!”

徐玉珍见丈夫要无赖了,连忙收拾好行李,对丈夫说:“走吧,回家去!

回到家里，你就往死里打吧！”

那丈夫仍赖着不走，连声说：

“城里人不讲情面！城里人不讲情面！”

徐玉珍走了，脚步迈得很快。我很同情她，我想挽留她，但她头也不回地走了。她肩上扛着一个沉重的大包袱，我知道那里面全是些破破烂烂和大大小小的鞋帮鞋底。

叶 芳 容

一个冬天的午后，我在大南门外护城河边的劳务市场去请保姆。在熙熙攘攘的“人市”，我转悠了一圈又一圈，终于见到一个穿着一身灰暗服装的妇女，正站在路旁一棵已落尽叶子的树下，头上包着一块深绿头帕，好像全身都在打着寒战。她约有三十多岁，个儿虽不高，人却长得清爽干净。我觉得这人年龄比较合适，就问她愿不愿护理病人，接着就谈妥了工资，不到天黑，便将她领回了家。

老伴对此人似乎也很满意，很客气地让她先吃晚饭，然后好好休息一夜，于次日正式干活。那人照着吩咐，饭后即睡，第二日便早早地起来。她先打扫了屋子，接着便帮病人穿衣、梳洗。那时我家生活紧迫，饭食自然也很简单。她是个手脚勤快、干活利落的人，每天并不显得紧张、劳累。老伴越来越高兴，常和她在闲谈时说些农村的事，问她的姓名、家庭地址、家里还有什么人。她说她叫叶芳容，家在长安王曲，家里有公公、有婆婆。婆婆养着一群鸡。她哪天回去，可以捉一只鸡来。

一个多月时间便很快地过去。我真希望叶芳容能长久地干下去，或将这个冬天干出来,过了年她若能继续干,那就再好不过!

接着便下起了一场大雪。一天,叶芳容突然说自己头疼得很,问我这是不是脑子里长了什么东西?我领她在我们单位的医院作了检查,服了大夫开的药。我们希望她的病能及早减轻,以便让这个冬天好歹过去。谁知她的病情总不减轻,总怀疑自己的脑子里是不是长了什么东西。

雪仍继续不断地下着。一天早晨,她突然提出要去西郊一个工地找寻丈夫,和丈夫商量如何去某个大医院看病。一个多月来,她从未提说过自己的丈夫在西郊的某个工地,我们也没有产生任何怀疑,便同意她快点去找丈夫。我们向她支付了工资,希望她做了检查和治疗好病以后,能够再次回到我们家里,她也点头表示了同意。

叶芳容走出门时,纷纷扬扬的雪飘得正紧。老伴说,雪这么大,你将我们家那把伞带去,病看好了,千万再来。她仍然点头同意。接着撑开伞,便向大风大雪里走去。大地一片银白,我只看见我家那黑布雨伞,越来越小,终于成为一个模模糊糊的黑点。

叶芳容去后再无消息。她是患了一般的头疼,还是脑子里真的长了什么东西?我们一直牵挂着她,但却得不到她一点消息。她曾明明表示病好了一定再来我们家,但是,她这一去,为什么却永远没了消息?一个人一生的命运是不可知的,我们希望叶芳容不再来我们家,只是因了其他的原因。

徐 亚 萍

严寒而又艰难的冬天终于过去了,阳春三月的一个清晨,我又在大南门外护城河边的“人市”上去雇请保姆。

我凭直觉在熙熙攘攘的人群中寻找合适的对象,或因年龄过大,或因穿着打扮过于妖艳,或因要价过高,直到日近正午尚未谈妥一个。我极失望地离开这儿,因为躺在家里的病妻还等着我早点回去料理她的一切。恰在这时,从大南门里走来一个年龄尚且合适的农村妇女。她手里提着一个小包,脸上却布满着一道道结着血痂的伤痕。我有意识地走进她,问她愿不愿干护理病人的活。未费多少唇舌,她竟然应允,并愿和我立即到家先试着干干。路上,我问她的家在哪里,脸上为什么满是像被什么人抓破了的伤痕?她说她家在大山沟里,前几日因上山砍柴,不小心滚了沟,身上、脸上都被山树划破了。我没有再探究她这说法。到了家里,老伴对这新来的人也还满意,我一时心里便踏实多了。

这新来的保姆名叫徐亚萍。一天,老伴悄悄对我说:亚萍的脸是被丈夫抓伤的,她说她丈夫脾气暴躁,前些日他们两口吵了嘴,丈夫一把上去,再一把上去,就把她的脸抓成这样……她这次来城里干活,是偷着跑出来的,家里还丢着一个不满周岁的男孩。听了这些话,我心里预感到徐亚萍不可能在我们家长待下去。

时间很快地过去了大半个月,徐亚萍脸上的抓痕慢慢地退干净了。一天,她向我要了一个信封,并问我这儿的地址怎么写。我只有如实相告。接着,不出一周,一天傍晚我家便来了一个年轻的山里人。此人高个子,方盘脸,头上蓄着短发,一根根似乎都直立着,显出倔强暴烈的性格。徐亚萍对我低声说他就是她的丈夫。我知道他是叫她来了,吃饭时便和他商量:“你能不能明日先回去?等我找到人,最多三五天就让她回家。”山里人好像既对他媳妇说话,又好像在回答我的问题:“娃在家里整日哭闹,你只顾自己出来,谁管娃?”他这么一说,我知道再无商量余地,就让他们在我家那间专供保姆住的房间里去休息。他们把那房门掩了,俩人一会儿窃窃私语，一会儿又咯咯地笑，好像从未吵过架，徐亚萍的脸好像真的是被山树划破了的。

为了使这对年轻夫妇回到自己家里去过他们平安幸福的生活，第二天一早，我就算清了徐亚萍的工资，早早地打发他们上路，只把自家的困难留在自己家里……

疯子和戏子

我曾见过那疯子，也曾见过那戏子。疯子和戏子的故事，是真实的。

那是一个女疯子，姓白，三十多岁。我不知道她的身世及家庭景况，我只听人说，自西兰公路通车以后，她是从外地飞来的一只“野鸡”。那时我不知道“野鸡”是什么意思，只见她手脚干净、穿着整齐，并不像一般女疯子的蓬头垢面。从表面看，她一点也不像个疯子，只是脸色有点苍白，眼神有些呆滞，而且据我当时的感觉，她好像一天天在消瘦。人们见了她，尤其是小孩子见了她，都跟上去，嘻嘻地笑，要求她唱一段自她疯后就反复唱着的那段戏文。于是在人多处，她便唱起来：

奴奴本是良家女，
误入烟花已三秋
……

她唱着，满面泪痕，并垂头，举袖，做拭泪状。

她唱完了，从人群里走出来，继续在这个城镇的大街上游荡，后面仍跟着一群孩子。孩子们照样嘻嘻地笑，照样要求她再唱一遍。她似乎不理睬孩子们的催促，又似乎很尊重孩子们的催促，在人多处停下来，垂头，举袖，

做拭泪状:

> 奴奴本是良家女,
> 误入烟花已三秋
> ……

据这城镇对戏文有一定研究的人说,这女疯子的这几句唱,极似一个已经故去了的戏子,包括那垂头、举袖、拭泪的动作。那时候,我们这城镇并没有专业剧团,偶尔在城隍庙戏楼上卖签子的,总是那个外地的任老六剧社。这剧社有一个名角,艺名国兰,是个三十刚出头的青年男子。他白面长身,仪容出众,台上台下,都曾受一些戏迷吹捧,也曾使一些青年妇女暗中陶醉。据说这女疯子未疯以前,就迷于他的演出。每天戏牌一挂出来,只要有他的戏,她必早早地买了签子,早早地走进剧场,然后选一个最理想的位置,或坐或立,从最理想的角度,如痴如醉地观赏。那时,国兰已经很红,在这城镇,有不少人愿意和他交朋友,拉关系;有不少人在台下为他拼命鼓掌,喝彩;也有人在台下请他打牌,喝酒。他自然不知道有这么一个和他年龄相仿的女性对他如此迷恋、爱慕,简直成了他最真诚、最狂热的艺术知音,他只在台上做戏,从没有觉察到有这么一双泪辣辣的眼睛,每晚每晚都将一股热投在他的身上。

那时候,我们这城镇相当贫穷。因此任老六剧社每来演出,长则一月,短则十天半月。时间长了,不等他们的节目演第二遍,观众便一天天减少。遇到这情况,这剧社就向别处转移。剧社一走,戏迷们自然怀念国兰,谈论国兰。谈论多在几家茶馆里进行。因此这妇女也常在这几家茶馆暗中走动。她不参加人们的谈论,只静静地听有关国兰的消息:剧社转移到某某县了,国兰新排出了什么节目,等等。人们怀念他、赞赏他,她听了觉得舒心,好像得到了一种安慰,一种满足。人们还会说到剧社不久就会再转悠回来,于是她心里暗暗记下这日子,一天一天地盼望。是什么使她这么牵肠挂肚？是什么使她对这戏子付出了如此深长的情思？她说不清楚，只把这牵念、这情思，默默地存在心底。

某年某月某日，任老六剧社又来到我们城镇。国兰主演最拿手的节目。可这晚他刚刚卸妆，突然不省人事，不等天亮便与世长辞了。国兰的逝去，自然是任老六剧社的一大损失，但这剧社家底穷，老板任老六连国兰是何乡何地人氏、家里还有什么亲人都不知道，只得用薄棺收殓了他，暂时殡在西门外的娘娘庙里。

国兰一死，任老六剧社缺了一根梁柱，几乎倒闭。从此我们城镇好些年没有再来过什么戏剧团社，人们便慢慢地将国兰忘记了，甚至连他的尸体还殡在娘娘庙里，也不再有人提起。只是有一年二月二日，娘娘庙逢会，一个妇女穿了件素净衣服，说是要到庙里焚香。她提着香篮，穿过正殿，并不烧香叩头，只径直地向殿后一个小小的耳房走去。这耳房的门窗紧紧地关闭着，屋外有一棵古柏，枝叶茂盛，阴阴森森。这妇女在耳房檐下焚了香，点燃了几张纸钱。跪拜后便觉得身心恍惚，脚像踩在一只颠簸的船上。出了庙门，一拐弯，便进了西城，来到这个城镇的中心地带。这儿店铺多、摊点多，各种叫卖声，能把整个城镇抬起来。这妇女突然在人群中站定，扯开嗓子，冲口而出唱了"奴奴本是良家女，误入烟花已三秋"一唱段词。有人说这一段唱真真切切是国兰当年的腔调，有人说国兰的灵魂附在了她的身上，有人说这女人疯了，并把她以前如何倾心于他的故事，编造得更加离奇曲折……

果然，这女人疯了。直到她死，我们这城镇上空，好像常常仍回荡着她的唱声：

奴奴本是良家女，
误入烟花已三秋
……

石凹的故事

无意间听到几则石凹的故事。

黄帝陵在陕西皇陵县的桥山之上。这里古柏参天,陵殿前有块大青石,上面留有一只巨大的脚印,据说是由黄帝踩出的。

其实此石原是沮河滩里的一块胶泥。一个严寒的冬日清晨,一位叫素雀的使女来沮水河汲水,见黄帝正赤着脚在河边散步。她心疼黄帝整年在外征战,脚冻烂了,现在还要在河滩上走来走去,思考如何统一天下的大事。素雀姑娘产生了为黄帝做一双套筒(那时人类尚不知穿鞋,因而还没有鞋这个词)的念头,想让他把脚好好保护起来。但她不知道黄帝的脚有多大,只怕做得或大或小不合适,便趁黄帝离开河滩后,将那块留有黄帝脚印的胶泥搬上桥山,量了大小,终于做了一双合脚的套筒。

此后很长很长一段时间,这块胶泥不知因何缘故,天天变硬,终于成为一块"黄帝脚印"石。

姜子牙的钓鱼台是一块黄色的巨石,长约 4 米,宽约 2 米。石的后半部分,紧接着河畔山崖,前半部分平坦如床,延伸在渭河中,不时受着粼粼水波的冲洗。

据说公元前11世纪，有个姓姜名尚的人，奉了师傅元始天尊之命，走下昆仑山，一心辅佐周室。他为了取得周文王的信任，先隐居在渭水之滨，每日垂钓，等待文王来见。从表面看，这种等待显得安详闲适，所以用的钓具只有杆和线，而无钩和饵。这样的钓具说明他的垂钓目的只是为了得到能够礼贤下士的王者，实际上，姜子牙的这种等待，骨子里却充满了无奈和焦急，而且为时长久，日复一日，年复一年，直使那块石被双膝压出了深深的凹痕。

明正德年间，陕西眉县发生了一桩杀人命案。知县赵廉错判傅朋、孙玉姣一对年轻人为凶犯，将他们双双收监，还株连到无辜的宋巧姣。巧姣家境贫寒，父亲是个读书人。她在监里经过调查，认为无赖刘彪十分可疑，遂趁正德皇帝之母张太后来法门寺拜佛降香之机，冒死去告御状。那天，巧姣头顶状子，跪在大佛殿前一块石上，字字血、声声泪地哭诉冤情，感动得塔角铜铃，无风而鸣；大佛殿前，松柏落叶。宋巧姣膝下的那块石头，也奇怪地变松变软，把她的膝印明显地记录了下来。

家乡有条小河，河边有一眼泉，泉水清莹，汩汩不息，名志公泉。泉的岸是由几块大石砌成的。大石一律青色，光滑细润，唯西南角的一块上，有个牛蹄窝，据说是由距志公泉不远处一头石牛踩的。那石牛白天躺卧在绿草丛中，每到夜晚满天星斗出齐时，便猛地站起来到志公泉边去喝水。如此时日长了，便踩出一个蹄窝，而且越来越深。老人说，志公泉是神泉，水是神水，石牛喝此水到一定时候，便会变成神牛，帮人们耕田种地。谁知附近有个邪恶的老道，就在石牛功德即将完满时，将石牛的角敲碎了，盗去了石牛的宝贝。从此石牛再也站不起了，志公泉边的青石上，只空留下一个深深的蹄痕！

把这些或大或小的石凹放在整个地球上来看，自然是微不足道的，它们只能容膝纳脚，一抔土即可填满，一洼水也可流溢，但是它们的故事却含义深远，耐人寻味。那“黄帝脚印”，标志着人类文明历史的开始，揭示了人类文化的进步和发展。那姜子牙钓鱼台上的膝印，说明社会发展到封建领主时代，人们多么需要贤明的君主，而贤明君主又多么难求难遇。“巧姣跪石”，喊出了人们对暴戾邪恶的诅咒，对平等公正的呼唤。在这种生活追求下，一个小小的牛蹄窝，也会引起人们的想象和钦慕，他们为了生活得更幸福、更美好，即使面对的是一头石牛，也能赋予它以灵性和生命。所以在整个地球上，石不在大小，凹不在深浅，只要它有一段故事，就值得人们一代一代地传说下去！

狗谜

狗类没有文字，没有作家，如果有，这只狗肯定会成为典型，它的一生，肯定会被写成一篇很生动的作品。

这只狗的一生是个令人难解的谜。

它怎么来到这个世界，怎么来到这户人家，就是一个大谜。记得那年的一天，丑女跟母亲来到这个家里，第二天，它就跟着来了。那时它已是一只大狗了，但岁数谁也说不准。主人——丑女的继父不要它，用棍子赶它，说："这年月，连人也养不起，谁能养你呢?"但它总赖着不走。丑女的母亲也不理它。丑女把每顿饭后的涮锅水倒在后门外的破瓦盆里，它就喝干了。没有人知道它是从哪里来的，从丑女和母亲原来的家里？有人这么猜测，因为丑女和母亲先天晚上来到这户人家，第二天一早，它就出现在这家的院落。但丑女和母亲不承认这说法，丑女表示出不认识它的样子，母亲还常常斥责它："走，你这野狗！"

它是怎样生活下来的？难道只靠丑女每天倒的那点涮锅水，它就可以维持生命？那时候，生活很苦，人也很难吃饱肚子，它哪里有专门的吃食？它从来也没有吃饱过，每次喝完破瓦盆里的泔水，就用粉红色的舌头舔了又舔,然后偏着头,向周围看看,向厨房看看,向丑女看看,贪婪地走开,蹲在墙根下打盹。有时,它可能饿极了,便到院中去吃草。院中有一片蒿草,它偏着头,艰难地用自己尖锐的犬齿,嚼那草叶和草茎。狗的祖先是食肉的,后代变为杂食,但这狗每天却要吃草,不知它是否抱怨祖先遗传给了它一口食肉的牙齿。

丑女为什么要把涮锅水倒给这只狗呢?因为这家人的饭全是她做的,她打水、磨面、做饭、洗锅,每天还要纺四两棉花。娘对她很严厉,后爸对她很苛刻。在这家里,她只觉得这只狗,还用怜悯的眼光盯她。另外,她也觉得这只狗来得奇怪:为什么她和娘先一天来到这一家,这只狗第二天就来了呢?为什么它一来就赖着再也不走呢?她觉得这中间似乎有一种什么缘分,于是,每次涮锅,她便不把涮锅水随便倒掉了。对于它,她只能这样!

这只狗长得瘦小而乏困,全身本来雪白的毛,变得很枯焦,好像用火烤过一样。它从来不叫一声,无论什么人到这家里来,它也不吠。它好像知道它看护不了这个家,这个家也不需要它看护。

春末夏初,村子的狗正发情,满街奔跑,满街狂叫。只有它静静地待在院子里,不敢走出大门一步,好像并不知道外面的世界正发生着什么事。

多少年就这么过去了,后来,它一年年地衰老了,终于有一天不知在什么地方死去了。这也是个令人难解的谜:它是怎样走出这家大门的?它自来到这家,从来也没有走出过大门一步,大门以外的世界,对它完全是陌生的,它怎么走出这长长的胡同?怎么在一个谁也不知道的地方处理了自己的身体,让谁也不知道它的死,让谁也见不到它的尸体。

我家猫咪

不少人家的猫都有名字,我家的猫无名,家人就叫它猫咪。

猫咪初来时,并不知道看电视。那时,我们常在晚饭后,换一个频道,又换一个频道,总希望能找到一个可以看下去的节目。但猫咪不管这一套,它在光和影里,在吵吵闹闹声中,静若处子,只玩它的。好多次,它在墙角发现了一个豌豆虫,用前爪拨来拨去。豌豆虫在地上打滚,滚远了,它便猛扑上去,又用前爪拨来拨去。它以为这是最好的游戏,比电视里的打斗、争吵、卿卿我我、哭哭笑笑,精彩多了。它不会表达自己的想法,若会,肯定说:这些生编硬造的故事,喔,真没意思!

但是有一次,我们调出了《动物世界》,描述的是虎怎样觅食、怎样生儿育女。猫咪当时正蹲在暖气片上,却看得聚精会神。一开始,我们没注意它那目不斜视的神态,及至发现了,便一齐把目光从屏幕上转到它身上。屏幕里,虎在咆哮、鹿在奔跑,母虎将崽子一会儿衔来衔去,一会儿爬山、越洞、泅水、捕猎……猫咪看得入神;一会儿站起,一会儿弓腰,一会儿做即将猛捕的准备,显出也要咆哮、奔跑的样子……

几十分钟的《动物世界》很快结束了,我们换了频道,映的是这一时期十分火爆的反贪片。但猫咪却在热烘烘的暖气片上昏昏入睡了。我们不知道它这会儿是不是在做梦，梦里是不是在嘲笑我们人类中为什么会有那些爱钱不要脸、不要命的败类！

但猫咪就从这次看了《动物世界》，心一下子变野了。莫非它也想回到那个世界里去？那里有山有水有森林……它想到那个世界去撒一回野？原来，它整天待在家里，很安分的，只知吃了睡，睡了吃，吃饱睡足了，便在屋内跑来跑去、跳上跳下，对外面的世界好像一点儿也不关心；有时，只不过蹲在窗口或门口，怯怯地朝外张望张望。但自从看了一回《动物世界》，便不安分了，只要窗门开条小缝，它便箭似的蹿了出去。窗门外有短墙、有柴屋、有大树、有草地，它一蹿出去，便疯了似的在满院子奔跑，在草地上打滚，或者爬上短墙，爬上大树，或者躺在柴屋顶上晒太阳，抓从墙外斜伸过来的树枝上的红花和绿叶……值得庆幸的是，在外面的世界，我们的猫咪没有学会偷嘴，没有沾染上贪财、敛财、洗钱之类恶习。有时候，它只虎视眈眈地盯着树枝上的小鸟，但那树枝太高了，而且鸟们也看见了它，“扑棱棱”飞去，它无奈，只得把眼睛闭一闭，让浑身绷紧的肌肉松弛下来，惆惆怅怅离去。

有一天，猫咪在屋外结识了一只大黑猫。这黑猫的年岁比它大，身体也比它大，浑身上下除了两只眼睛闪着光以外，俨然一块黑炭。这天猫咪和黑炭玩了大半晌，天黑时我们才把它千呼万唤回来。但那黑炭却藏在屋外的草丛中不肯离去。这一夜，我们的猫咪在屋内叫，那黑炭在屋外叫，我们觉得那叫声充满了友情和亲善。

我家的猫咪距一整岁还差几个月，正是最淘气的时候。关于它的淘气，将来我也许会专写一篇短文，这里暂从略不记。但有一点令我百思不解：它死活不肯在我们为其盛水的碟里饮水，却偏偏要在我养着几块雨花石的盆里吮舔。这是为什么呢？我找不到原因，故在这里先埋一个伏笔。

波尔多蟋蟀

一个严寒的冬夜，已是凌晨二时了，我去厨房里打水，刚一开灯，便看见一只蟋蟀，静静地站在水泥地板上，显得孤寂而忧伤。也许是刺眼的灯光影响了它，一下子，它显得十分惊慌，十分恐惧，倏地跳起来，眨眼间便没了踪影。我不知道这蟋蟀的窝在哪里，更不知道它是什么时候来到我家的。记得秋已很凉的时候，当天夜里，我家的厨房里便有一阵阵微弱的鸣叫声。那叫声是那么低沉，那么孤寂，曾引起过我的浓重的悲凉情绪。当时，我就很同情这只蟋蟀，怀疑它是迷失了路径，离开了自己的同伴，自己的家人，误入歧途地来到我家这个阴暗潮湿的房间。我担心它无法在我的家里度过即将来临的冬天，因而曾几次打开窗门，想引导它离开这个误区。我想，屋外有它的同伴，有它的家，在那里，它才有快乐，才能住在自家温暖的窝里。可是它似乎并不理解我的好意，反而以为我要陷害它，总是提高着警惕，故意地跳跃着躲开我，偏不从我打开的门窗出去。就这样，它总是这样寂寞孤单地待在我家的厨房里。现在，严寒的冬天已经来临了，它莫不要和我做伴，要和我这个孤老头儿一同度过这个严寒的冬季？

但是我却疑心它能不能经受得起这样的严寒！

记得法国的著名昆虫学家法布尔，在其著名的《昆虫物语》里，曾经写到过蟋蟀的命运。他说“有一只身上长有斑点的蟋蟀，它只把家安置在潮湿地方的草堆里边。还有一只十分孤独的蟋蟀，它自个儿在园丁们翻土时弄起的土块上寂寞地跳来跳去，像一个流浪汉一样……”

法布尔似乎对波尔多蟋蟀情有独钟，他说它有时就会来到人们黑暗的厨房，歌声也很细微；它常常以自己特有的方式回报好心的主人，为他们不时地唱起乡下的快乐之歌。

法布尔并没有写到蟋蟀的寿命，没有说明它在什么时候死去。这可能是由于他太疼爱它们了，因而不忍心写到它们的死。他写到它们，全用的是赞美、同情的词句。他说它们从来不诉苦，不悲观。他甚至说它们是地地道道的哲学家，似乎清楚地懂得世间万事的虚无和缥缈。法布尔的这些描写，使我坚信秋已很凉的时候来到我家的这只蟋蟀，就是波尔多蟋蟀。

我的可爱的波尔多蟋蟀，愿你平平安安地度过这个冬天，愿你在来年重新操起自己的小提琴，再次为我们弹奏一曲乡下的快乐之歌！

几次号啕

我是一个感情脆弱的人，一生中见不得悲悲切切的人和事，就是平时读小说、诗歌、散文，遇到感人的情节，动情的字句，也不由得将泪水含在眼里，让它默默地往肚子里流。谚云：男儿有泪不轻弹。我可能是受了这句话的影响，在以上情景出现的时候，常常故作平静，有时便不得不别过脸去，避开别人的眼光，只怕人见了，流为谈资或笑柄。

但是现在回忆起来，在我的一生中，也有几次因极度悲痛而压抑不住的号啕大哭。

一次是 1946 年深秋，我刚刚来古城上学，可能由于钱粮接济不上，我不得不请两日假，回家再凑些费用。我先搭了几站火车，然后徒步回家。家距火车站还有 40 里路程，等我快到家时，天已接近黄昏。这时我远远地看见父亲正在自家的棉花地里采摘晚秋还未开放的棉桃。他在地头放一个大竹背篓，手里提一只小筐。小筐满了，就倒在背篓里，然后再去采摘。我远远地看见父亲在棉田里艰难地穿行，一下一下地弯腰，鼻眼不由得酸了。等我走近父亲，父亲尚未清楚地看见我，我便无法控制地放声哭了。父亲担心我出了什么事，一再问："咋了？……哭啥？……为啥回来了？"

我不愿将看见父亲在田里受苦而悲伤的理由说出来,哭声更加大了。父亲也许已猜出了几分原因,不再追问,只让我提着小筐去摘他还没摘净的棉桃,自己则蹲在地头,点燃了烟斗,悠悠地吸,显出一副自安自慰的神态。我摘了一筐棉桃,倒在背篓里。这时日落西山,悬在中天的月将淡淡的青光洒在地上。父亲指着大背篓,问我能不能背得动?我点了点头,背起来,跟着父亲向家中走去。父亲也许是为了让沉重的背篓压一压我的负疚,压一压我的悲伤,给我一些慰藉、一些心理上的平衡。他背着手,弓着腰,慢慢地走在我前面,显出儿子已经长大、已经懂事的高兴。背篓越来越沉重,我也为自己能多少替父亲分担一些生活的重负而欣慰。

这天深夜,父亲将我在棉田大哭的情景说给了祖母。祖母立即理解了,对父亲说,孩子是有孝心的,你再苦再累,也要供他把书读下去!

父亲于1959年去世。这时我在远离家乡的异地,正为六口之家的生活忙碌着。奔丧之时,身无分文,向生产队苦苦地讨要了一斗麦子,草草地办了丧事。埋葬父亲那天,我没有哭,只看着乡亲们把那薄棺稳稳妥妥地埋入土中。我穿着孝服,跪在新坟旁边,深深地向父亲的亡灵叩头,向好心的乡亲们致谢。

一次是1957年夏,我突然得到姐姐病危的消息,急忙奔到姐妇家中,谁知她已去了。此时母亲还在姐姐家中,帮助孩子收拾遗物。我一人在村外寻到新坟,向亡魂烧了纸,叩了头,泪水虽在眼中涌动,但却并未哭出声来。下午,母亲和我一起回家,途经老舅爷(父亲的舅父)家做短暂休息。母亲向舅爷述说姐姐患病、治疗、埋葬经过,我在窗外听见了,想起姐姐年轻时与我同在古城上学的苦难情景,不禁猛然失声痛哭,大泪滂沱,一发而不可收。母亲见我哭得伤心,即来劝阻。舅爷对母亲说:“让娃痛痛快快哭吧,他哭了,心里会好受一些……”

此后，多次写悼念姐姐的文章（如《秋草图记》《病叶》等），我握着笔，虽觉心里一阵阵酸楚，眼里一阵阵湿润，但都被理智战胜了，没有流出泪来，没有哭出声来。

一次是1994年，老妻病逝。她自1978年卧病，整整15年全身瘫痪，真是受尽了人间苦难。对于她的死，一开始我虽没有像庄周那样“箕踞鼓盆而歌”，但也觉得她在苦海里已找到了尽头，得到了解脱。那时，一切丧葬之事都要我和儿女们周旋料理，我没有庄周老先生那种超脱，那种旷达，只把悲痛压在心里，没有流出多少泪来。时间过去了不到一年，我的老岳母以近90岁的高龄猝然辞世。这时，我想起大约一年以前，病妻一天突然说，她想见见母亲。我用轮椅将她由我家推到岳母面前，谁知她们母女相见，竟然谁也不说一句话，只有默默地相对而视。病妻虽全身瘫痪，但语言功能并未完全丧失。岳母年岁大了，有些神志不清。她们母女在这种境况下相遇，到底要说一些什么呢？能说一些什么呢？所以那大半天默默相互而望的情景，本身就很悲惨，也可能就是一次由命运安排的永别。谁知今天，当我双膝跪在岳母灵前，突然想起这件事，这才体会到那默然相望的更深一层意义，因之情动于中，无法控制，号啕长哭，时近数十分钟，谁也劝阻不住。谚云：“借别人的灵堂，哭自己的牺惶。”现在我以为这话对我而言并不适用。我是哭岳母，也是哭亡妻，也是哭自己，因为我们的命运是相系相连的。

古人常将号啕写作“恸”。释作痛之极也，哀之过也，如雨泪号啕，呱呱泣血。我想“恸”乃心之动，情之动，比受着理智控制的啜泣、饮泣，痛快淋漓，亢奋激烈。所以我至今以为我的那位老舅爷的话：“让娃痛痛快快哭吧，他哭了，心里会好受一些！”实为涉世颇深的老人才能说出的至理名言！

窗

40 年代末，我未上完学，就开始在社会上流浪，常常望着路旁人家的窗口，想起“窗明几净”这个成语。我赞叹谁创造了这四个甜美舒适的字，企盼着何年何月，自己也会有一个或大或小的窗口，然后安置一套桌椅，完成尚未完成的学业。

后来，有位老师介绍我到他的家乡去做小学教师（我终生感念他的这一恩德）。我满以为校方会为我准备一个房间（即使很小很小），房间自然有门有窗，他们还会在窗下摆一套桌椅，我可以一边备课，一边学习，教学相长。谁知当我高高兴兴地去到任，校方却让我和一位老事务住在一起，只在墙角为我支起一张板床。老事务早就将窗下用一张大方桌占据了，桌上放着算盘、账本和好几种烟枪茶具。老事务天天接待街面上的商界人士，他们喝茶、吸烟、谈生意、打麻将，我只有躲在学生中间去，不到天黑不回这个房间。

我仍然没有属于自己的窗口。

再后来，我终于有了固定的职业，而且将一家大小接了来。但单位里人多房少，我只有在附近农村租一间房住。那时农村尚未通电，我白天上班，晚上等一家人睡熟了，才在一张小桌上燃亮一盏小灯，打开自己以前不曾读完的书。小灯闪着昏暗的光。夜深了，窗户紧闭着，我几乎没有感受到这孔小窗的存在。

再后来，我的妻便病了，我需要跑医院，请保姆，寻医问药。这些年房屋虽然有所扩大，半面墙大的窗户虽然也有四五孔，但我很少坐下来，尝受窗明几净的滋味。窗户多，尘土就悄悄地飞了进来，老鼠也咬破窗纱，暗暗地偷袭。我整日疲于奔命，尘土擦不净，老鼠逮不住，窗明几净之说，虽不是骗人的，但芸芸众生，何尝容易享受得到？

窗户总是开着，白天射进阳光，晚上闪着灯亮，让从窗下走过的人，羡慕而企盼，但窗户里边的事，窗外的人是不知道的。

现在我老了，两眼昏花，记忆衰退。儿女们像羽毛丰满的鸟儿，一个个飞走了，病妻也于初秋的一天去世。一个人在空荡荡的屋子里生活，为了起居方便，就画地为牢，躲进一个小小的角落，把一切日用杂物、书籍，堆放在身边，使其他房子空荡着，几面窗户挂了帘幔，只靠从这一孔窗口射进来的如同聚光灯的光，照射着单调的生活，孤寂的身影……

花木随笔

椿

这椿和我结缘最早。那年,它倏地从我家后院东墙下冒出,拇指般粗,红色,茁壮而精力充沛。第一年长到一人高,第二年便冒过了墙。祖母说它是棵材料:"好材料无须斫,只可惜没长在好地方,距墙太近了,是给贼搭的梯子!"

后来我就将这椿移栽在我家对门的一个空园子里。园子有口井。我在距井不远的地方挖了坑,把它埋下,灌了一桶水,锁了园门。它居然不缓一口气,在那人迹罕至的园内,在那井边,无声无息地猛长,直到足有三丈高,粗可合抱,真成了材料!

这时已是1959年,父亲病危,正住在我家那园子里。我回到家里,身无分文,和弟弟商量着,把这椿树卖掉,为父亲准备后事。

伐树那天,几个木工爬上房,先砍树冠。父亲颤颤巍巍从房子出来,扶着门框,叮咛木工小心点,不要将屋瓦踩坏。木工砍光了树的枝枝杈杈,便贴着地皮将树身锯断,用一辆大车拉去。

不久，父亲就平平静静地离开了人世。

我们用这棵椿为父亲换了一口薄棺。

回想此树从冒出地面到被伐倒，只活了十多年。十多年，我们没有给它施过肥，浇过水，它也许把根扎在了那口井里，因之没命地长，直到父亲病危，真的成了有用之材！

石　榴

家乡把扦插石榴叫“盘”石榴。“盘”的方法是先挖好坑，再将剪回的枝条下端绕个圈，用小线扎紧，然后向坑里扔一绺又长又乱的头发（取缠绕纠结、便于生根之意），再将石榴枝放在上面，最后埋土，灌水。据说这样“盘”石榴，好活。

用这方法，我在家里“盘”过两株石榴。

第一株是从县城隍庙后院剪回的枝。这是一株只开花不结果的石榴，叫花石榴。两三年后，它长到半人高，满树开花，重瓣，火红火红，也叫千层石榴，一朵足有小孩拳头大，花期特长，从四月到九月，足足开花六个月。

第二株是从三舅母家剪的枝。三舅母家那株石榴，每年结果不多，但果实硕大、皮厚，籽粒饱满，味微酸微甜。可长期储存。我在自家房外挖了坑，埋了妻梳头时攒的落发。也许这儿阳光、雨水充足，石榴很快成活，随之结果。当时我曾设想，等某一枝条扯长后，从窗外引入房中，若能结果，则是一种特殊景观。

后来我便离开了家乡，但却不免常常牵挂着它。

1960 年，压缩城市人口，妻回到农村，重建家园，并在院中“盘”石榴一株。这株石榴也开千层花,但却不是只开花不结果的那种。

这时虫害严重,石榴将成熟时,必有一种蛀虫从“瓶口”钻入,将所有籽粒咬坏。后来妻不知从何处讨得一种防虫方法:用黄土拌了“六六六”粉,和水成泥,填入石榴“瓶口”,使蛀虫无法钻入。

这是一种细致活,做起来既费劲又要很有耐心。因为满树石榴,少则数十颗,多则近百颗,全都挂在高空,人必须爬上高高的梯子,才能够到。够到了,还要一手把持“瓶口”,一手将药泥填入,没体力,没耐性,是办不到的。

十年后妻便病故了。她一生不喜酸食,她栽种、务养这株石榴,单是为了防治害虫就花费了不少力气。她没有吃过一颗石榴。那些年,我吃过的不少石榴,都是她从乡下带到城里来的。

今年盛夏,我回到家里,见这株石榴还活着,树身碗口粗,斜斜地向墙外伸去,但因虫害所致,枝叶稀疏,好些年已不结果。

蔷 薇

蔷薇、月季、玫瑰是近亲,也可能月季和玫瑰都是由蔷薇衍化来的。现在人们繁殖月季、玫瑰,还以蔷薇为砧木,不知这是否可以证明蔷薇正是它们的老祖宗呢?

蔷薇的生命力比月季、玫瑰顽强,栽培中无须怎样管理,几年不剪枝、不施肥照样抽枝、开花。蔷薇是蔓生的,栽种活了,只需搭个花架,它就一心一意爬上去,到了春天,只顾开花,什么要求也没有。

十多年前,我在宿舍门前栽种了一丛蔷薇。这是一丛红蔷薇,每年开花数百朵，火红一片，常常吸引路人，驻足赞叹。蔷薇除红色的以外，还有黄色的、白色的，但我以为，蔷薇性格泼辣，正应该开红色的花，或者说，开这种颜色的花，正符合它的性格。

己卯暮春，诗人兼书法家李正峰先生，来我们单位与书家曹伯庸先生切磋书艺。曹先生和我是邻居。李正峰先生访曹不值，在我门前赏花良久，赞叹不已。此后不几天，他便为我带来一轴条幅。我一绽开便吃了一惊，这是一轴用白绫裱的字幅，上书李先生自撰自书的一首七绝：

先生居处远尘埃，
华木成畦手自栽。
一树蔷薇红胜火，
出墙惹我看花来。

诗后一行小楷，写的是：己卯暮春偶经先生之门，为花所惹，驻足良久，蒙先生出户相邀，乃成此俚句，以就教焉。

我将此条轴在屋内整整挂了一年多，直到辛巳新春，突然噩耗传来：李先生因心脏病猝然辞世。不久这丛蔷薇又盛开了，正峰先生的字幅仍然挂在我的屋内。我将他的诗默诵数遍，抬头见屋外蔷薇正自盛开，不禁唏嘘长叹。

樱　桃

有人说这株樱桃是樱花的变种，又有人说它是樱花的砧木从根下新发的枝。我以为这后一种说法比较科学可信。

记得十多年前，单位的花木工人在我屋外的人行道边，一次栽了十多株樱花。这十多株共分三个品种：一种花色淡绿，朵小而稀疏，不很引人注意；一种花色暗红，朵大而繁密，比较常见；一种花色粉红，以白为主，重瓣而疏密有致。栽在我屋外的就是这个品种，是这十多株中仅有的一株，而后来却从根部无声无息地蹿出一株小苗，且长势凶猛，不几年就超过了原来的樱花树，并于次年开了一身小白花，接着又结了圆圆红红的樱桃果，大家这才知道它是一棵樱桃树。

樱桃树终于笼盖了樱花树，使樱花树见不到阳光，再也不生长，再也不开花。于是有人主张把这株霸道的樱桃树砍去，因为它的花既不好看，结下果又常常逗引孩子们来攀摘，整日吵吵闹闹的，使人不得安宁。

有一年我在院中插月季，为了给新插的月季苗搭个小塑料棚（据说这样可以保墒保活），便顺手在路边那棵樱桃树上折下四根枝，并很不经心地插在月季苗的四个角上，用以撑起一块小塑料布。后来，月季没活一苗，而四根樱桃枝却活了一株。以前听人说，樱桃好吃树难栽，现在事实证明并非如此！接着这株樱桃便疯了似的长，一年一个样，一年一个样。到了第三年，竟然分出四叉，不歪不斜地向东西南北伸去，真成了一棵有模有样的樱桃树。

路边的大樱桃树终于被砍掉了，院内的小樱桃树终于长大了。樱桃树的一生一灭，是谁做的安排？

顽强生命的见证

这是一堆排放得整整齐齐的书包。红的、绿的、蓝的、灰的……上面有福娃中的火娃,有米老鼠和卡通狗;有用拼音字母绣成的“红红”字样,有草叶、花瓣,有正飞的小鸟、蜻蜓、蝴蝶……三个书包上印有“jīng pǐn ”(精品)两个字。我问一个小朋友:这“精品”书包是精品吗?他说:“这是最普通、最一般的书包,是农村的穷孩子用的最不值钱的书包!”

书包里装着课本和作业本,装着各种各样的已揉搓得有些旧了的课外读物。一篇作文刚刚开了头,孩子计划今天一定把它写完,然后再改一遍,交给老师。一篇昨天夜里刚刚写完的日记后边,“5 月 12 日”几个字,满满地占了一行,连天晴天阴也还空着。昨天夜里,这孩子还不知道明天会发生什么事,该记述些什么事,他只提前写下了“5 月 12 日”几个字。

每个书包里都有一个小巧的文具盒。有个文具盒是爷爷用山里最坚硬的木材做的。文具盒里有铅笔、橡皮、圆规、三角板……有个文具盒里藏着几颗果核,已被玩得油光滑润。有个文具盒里,藏着几缕彩线。这可能是个女孩子的文具盒。谁知她要用这几缕彩线做什么呢?

书包里藏着多少梦想,多少希望,多少秘密!

我想起上完幼儿园的孩子,怎样喜悦地背起小书包,在爸爸妈妈面前走来走去。他高兴地说:“我长大了,我要上学!我这会儿就到学校去!”

我想起几个小男孩，在放学回家的路上，把书包从背上卸下来，这边堆两堆，那边堆两堆。他们建造了一个小小的足球场，他们在夕阳西下的时候，在回家的路上，开始了一场足球比赛。

我想起小女孩的书包上，鼓鼓囊囊地吊着一件两件饰品，有的是布娃娃，有的是小熊猫……

一个时期，社会上不少人对孩子们沉重的书包很关注，呼吁减轻学生负担，不要让过大过重的书包，压弯了孩子们稚嫩的脊梁。

可是眼前的这堆书包，却再也没有它的小主人了！搜救人员掰开孩子们的手指，轻轻地掏出了书包的背带，把它们堆放在四川省什邡市红白镇中心小学的废墟旁，堆放在2008年5月15日《西安晚报》第五版的右上角。救护人员在找寻这些书包时，发现孩子们都很坚强，他们浑身是血，腿断了，胳膊断了，巨大的楼板压着他们，他们仍背着自己心爱的书包，或者紧紧地抱着它。那位将书包背带握在手里的孩子，直到呼吸停止的一刻，紧握着的手一直没有松开！他以为自己睡去了——只睡一小会儿，等到醒来以后，再回到学校去，再坐在教室里去，再打开书包学习。孩子们的这些表现，是顽强生命力的见证。

这堆书包下有一行醒目的大字："天堂里的孩子，书包找到了！"这行大字，是照片的拍摄者写的？还是登刊它的报纸编辑写的？这是对孩子们的祝福，是对孩子们的呼唤，是对孩子们的安慰。

孩子们的夭折，使所有看见这堆书包的人，都有锥心之痛。

我含着泪水，反复地读着这句告慰的话，久久地望着这堆排放得整整齐齐的书包。我看见一个搜救人员，右手提着一个黑色的书包，正从倒塌的楼板堆中走了过来。他头戴安全帽，跨过横七竖八的断裂了的钢筋、门窗、梁柱，向排放书包的地方走来。他的头低垂着，目不转睛地盯着提在手里的书包。这书包好像很沉重，他鼓足了全身的力气提着它，向排放书包的地方走来。他的身后是一片废墟，几个援救人员正争分夺秒地救人。废墟中散落着从书包中抛撒出来的课本和作业本，落满了尘土……

我含着泪水,读着这些天的报纸。报载:汶川县映秀小学一座四层楼全倒了,400 名学生被埋;什邡市蓥华中学,300 名学生正在上课,整座楼一下子垮了;绵竹市七所学校倒塌,1700 人被埋;北川中学有些房子是 1960 年修的,早被判为"危楼",但地震时"危楼"没有倒,而 1992 年、1997 年新建的教学楼却变成一堆三米高的废墟,楼房残骸、砖块是散的,上边很少贴着水泥,柱子碎裂了,全成了粉末;建于 2002 年—2003 年的一座教学楼,一二层几乎全消失在地面上。一个孩子在 5 月 18 日的日记中写道:"这天我们正在上地理课,突然,大地开始晃动。老师让我们快跑,许多同学一拥而出。我坐在最前排,第三个跑出来。我前面有两个同学,一个叫温彦博,他很不幸,在楼梯道里被柱子砸死!我跑到操场时,看见主教学楼正在塌陷,接着便是一阵烟雾。"这是令人十分痛心的一幕:绵竹市五福镇富新二小的教学楼,如积木般地垮了下来,堆成了一座大坟,永远埋葬了 127 个幼小的生命,据说死者大多为独生子女。教学楼倒塌的外墙与地面之间没有黏合的东西,水泥板中的钢筋大约只有成人小拇指粗……书包找到了,但孩子在哪里呢?谁再来使用它呢!搜救人员将找到的书包排放在这里,等待家长认领,以告慰生者,但家长在哪里呢?谁再来认领它呢!

望着这张摄影,读着这些话语,我一直内心沉重,无法回答这些问题。前些日有人在报上发表文章,建议灾后务必对灾区的中小学校豆腐渣工程,进行一次彻底认真地检查,因为一些悲愤的家长认为,孩子不是死于天灾,而是死于人祸。我同意这种看法,也很支持这个建议,但内心依然沉重。近日,作家冯骥才呼吁筹建汶川地震博物馆。他说筹建地震博物馆,不是展览痛苦,而是为了纪录人类的命运及其表现出的顽强的生命力与伟大的人性精神。博物馆应建在地震原址上,震毁的学校、受难学生成堆的书包,应该成为重要的展览实物。有位读者也在报上吁请:必须在地震博物馆完整地保留一座校舍废墟,陈列遇难学生成堆的书包。

"莫道桑榆晚,为霞尚满天。"当前,抗震救灾和灾后重建工作已全面展开,教育部要求全国教育系统,要重点排查灾区和地震易发地区未达到安全标准的校舍，对片面追求速度、规模、偷工减料而忽视工程质量的领导干部，严格追查责任，使学校房屋成为最牢固、最安全的建筑。我希望以上要求，能够及时地得到落实，不然，把孩子们的书包——顽强生命的见证物，展览在汶川地震博物馆，也只能让人们长期地沉浸在消极的悲痛中，而不能告慰天堂里的孩子们的灵魂，不能让活着的孩子和所有的人们，以这堆书包为鉴，更加坚强勇敢地为孩子们负责地活下去！

漫话“不夜城”

我于“大唐不夜城”举办开城典礼之日,夜游该城。晚十时许归来时,星光灿烂,夜凉似水。我在不夜城见到的一切,仍在眼前忽隐忽现,层出不穷,故不能寐。

白昼和黑夜是由地球绕着太阳公转和自转形成的。这个现象对现在的我们来说,是人人皆知的常识,但在一百七八十万年以前,人类的祖先对此却茫然不知。早晨,他们看见日出东隅,傍晚,他们看见日落西山,便很惊奇和惊恐。再加上日食月食、山崩地裂、洪水汹涌、刮风下雨……我们的祖先每时每刻,都在提心吊胆,惊恐万状。比如当“谁撤天门虎豹扃,群妖食日上青冥”的时候,地球上凡有人聚集的地方,人们都会自发地组织起“驱逐天狗(后来的一种妖)”的活动:燃放爆竹,高声呼叫,敲盆打锣。甚至举行隆重的救护仪式:焚香,祈祷,献祭。到了有皇帝的时代,有的帝王还会以为是自己犯了过错,不仅“减膳”“撤乐”,还要下个“罪己诏”。后来,人类便慢慢地习惯了这一切神秘的自然变化,这才认识到太阳的无上权威和地球的无比伟大,并按照白天、黑夜的交替,安排一天的生活——日出而作,日落而息,艰苦卓绝地活到了现代。

人类发现,日月经天,江河行地,是永恒不变的规律,也发现时间的流逝很快,而且绝不重复,所谓“光阴似箭”“日月跳丸”“日不假给”“时不再来”。于是人们便希望“夜以继日”“日长一线”。这当然都只能是一种空想!还有人希望日月重光,太阳和月亮同时照耀在天空,让白昼永远不消失地继续下去,或者用一条长长的绳子,把太阳拴住,让它不要落下山去。如晋傅玄就说,“岁暮景迈群光绝,安得长绳系白日!”(《九曲歌》)傅玄也真天真得可以,他好像为找不到一条“系白日”的绳子发愁,其实他就是找到了这样的长绳,也是拴不住太阳的!

把黑夜变成白天,把“夜城”变成“不夜城”,是一种反常。人为的反常,是没办法的办法。不是人太低能,太没本事,这连地球本身也由不得自己,连太阳也无能为力。

在地球上,只有南北两极,每年各有一段“长昼”和“长夜”期。南极的“长昼”期,恰是北极的“长夜”期,南极的“长夜”期,恰是北极的“长昼”期。我估计无论“长昼”或“长夜”,都没有什么好处。一百八十多天,全是白日,岂不太单调了?所以《圣经》中说:“日光下没有新鲜事物”。一百八十多天,全是黑夜,一切都处在暗夜之中,那自然有很多不方便。好在南极和北极,并没有什么著名的都城。如果有都城,城里如果生活着很多人,人们肯定都会厌恶那样的情景,从而为改变那样的景况,使“夜”不要太短或太长,使“昼”不要太长或太短。这自然是很好的。但直到现在,这个想法,好像还没有实现。

所以不夜城只能是人为的反常,只能是人们在昼夜交替的都城里,企图将白昼延长的一种办法。这办法在富兰克林发现并利用了电之后,是比较容易实现的。在此之前,几个喜欢读书的人,他们或凿壁,或囊萤,或映雪,其实也是为了延长白昼而想出的一种笨办法。这办法只能改变一下自己便于夜读的小环境，而不能改变一个大都城。而大都城即使有所改变了，成为名副其实的不夜城，到底有多少好处？我以为还是很难说的。我不知现在全世界有多少个著名的不夜城，但却知道许多不光彩的勾当，许多淫乱猥亵的事情，多发生在不夜城阴暗的角落！

“缠度运行，阴阳以正。”日月的出没是有规则的，人本来不应该对太阳（白昼）和月亮（黑夜）有所偏爱，但由于太阳总代表着光明、热烈、奔放，具有阳刚之气，月亮总代表着朗润、温馨、凄清，具有阴柔之美，所以大多数人还是喜欢太阳（白昼）而不喜欢月亮（黑夜）。不夜城的建立，恐怕就基于这种心理。加之不夜是夜的反常，人的逆反心理，好奇心理，也促使他们很想见识不夜的夜，究竟是一种怎样的光景。如果事情真是这样，我以为那就没有多少实际的价值和意义！

我在大唐不夜城发现，有人因不认识“贞观之治”的篆写“之”字而发牢骚；有人因把褚遂良的“褚”读成了“猪”而遭人嘲笑；有人怨恨在当前将“水可载舟、亦可覆舟”八个字刻在石头上，是专门为了给老百姓戴顶高帽子……对这些不愉快的事和不愉快的议论，我不知谁是谁非，暂不评论。当时，我还见一位壮年男子正用一柄轻若鸿毛的笤帚，在懒洋洋地扫落在地面上的几片落叶，他好像怨恨自己有浑身的力气没处使，何必要干这种没意义的事？有个年轻妇女，正向一位老人诉说他们家的不幸。她说，她的丈夫不会理财，土地被征用而建成了这个不夜城，手头一下子有了好几万元，他以为这辈子再也不愁吃穿了，谁知下了几次赌场，几下子竟输光了，反不如以前在这儿的几亩地上种菜种麦！

由此我感到，人对昼夜的感受、喜乐或厌恶，原是不应完全由心情决定的，经济条件不好，“日坐愁城”“夜不能寐”“夏日长抱饥，寒夜无被眠，造夕（到了晚上）思鸡鸣（盼望鸡叫天明），及晨愿乌迁（乌即太阳，乌迁指太阳落山)。”就是完全由感情决定的结果。人是感情动物,即使小康人家,日子过得平平常常,练武者“闻鸡起舞”,庄稼汉“晨兴理荒秽,带月荷锄归”,才能整日无忧无虑,白天黑夜都充满着诗意。人的思想不能像一只啄木鸟那样单纯:“饥则啄树,暮则巢宿”(西晋左芬《啄木诗》),他应该从实际出发,根据经济条件,安排自己的生活,决定自己的行动,而不能单纯地由感情出发,整日地在不夜城,游手好闲地无所事事。

长昼不好,长夜也不好。谁若不信,可以到南北极去试一试。其实这也用不着,因为即使在亚热带,单从温度说,白昼和夜晚差别就很大,一味地热,人受不了,一味地冷,人也受不了。“东暾淡未熹,北吹寒更寂”(杨万里诗句),就说明了昼夜的温差。至于长夜之害,我们可以拿司马迁在《史记·滑稽列传》中讲过的一个小故事来说明。《史记》中说,齐威王逸乐无度,身边养着不少唱歌跳舞的男女,很喜欢和他们整夜整夜地喝酒(“好为淫乐长夜之饮”)。齐威王尽管相有邹忌,将有田忌、孙膑,但他这“长夜之饮”的毛病,却影响了许多官员荒淫放纵,不理国事,使齐国危在旦夕。这样的故事,从古今中外搜集起来,恐怕能编一部大书,足以引起人们的警惕。

所以人们还是顺从自然的好!陶渊明说:“日月掷人去”,他算是把世事看透了:地球的转动,太阳升起了,月亮落下去;月亮落下去,太阳升起了。日月出没,人便一天天老了。古人秉烛夜游,就是由于“昼短苦夜长”。但是游来游去,日月还是把人抛开了!所以还是顺从自然,白天认认真真地劳动,夜晚安安静静地休息,才是正常的,符合规律的。

《诗经·齐风·东方未明》这样唱道:

东方未明,颠倒衣裳。颠之倒之,自公(公,公爷,泛指官府)召(召,呼唤、支使)之。

东方未晞(晞,破晓),颠倒裳衣。倒之颠之,自公令(令,命令、喝令)之。

折柳樊圃,狂夫(狂夫,指监工)瞿瞿(瞪大眼睛)。不能辰(辰即晨,指白昼)夜,不夙(夙即早晨)则莫(莫同暮)。

天尚未亮,睡意正浓,忽然传来官府差役催促上工的命令("自公召之""自公令之")。黑暗之中,劳工们把手伸进裤管,把脚套进袖子,真是昼夜不分,手忙脚乱,一切都乱了套!可见在《诗经》的时代,人们就对这种混乱无序,怨愤到了极点,盼望"官府"和"狂夫"不要过多地伤害老百姓,不要将老百姓吓得将手伸进裤管里,将脚伸进衣袖里,不要让老百姓昼夜颠倒或不分昼夜地去劳作。

看来,城还是不要"不夜"的好!

唐王陵背后

唐王陵即昭陵。那里埋着唐太宗李世民和他的夫人长孙氏。此陵在陕西省礼泉县北的九嵕山上；山很高，海拔1188米，气势雄伟。山下是占地二万公顷的昭陵陵园，有王公大臣、嫔妃贵人、驸马公主的陪葬墓约180座，是关中“唐十八陵”中之规模最大者。这些，凡礼泉人都知道，但他们却愿意把昭陵称作唐王陵，好像只有这样称，才感到亲切，才符合自己的心愿和习惯。

我家在唐王陵西南50里处。这个距离虽没有使唐王陵变得矮小，但却使我总觉得它很遥远，尤其以为陵后是个山山不断、岭岭相连的荒漠之地，充满着贫穷、落后和恐怖。

这感觉是怎么来的呢？

记得小时候，祖母总这样恐吓几个不认真纺线的姐姐：

“长大了，把你们全嫁到唐王陵背后去！”

姐姐们听了便害怕。因为唐王陵背后的妇女，确实苦命。已是20世纪三四十年代了，她们还缠着小脚，梳着麻花髻，穿着破烂而土气。那时，礼泉县城，每年农历十月，都举办一次隆冬古会。唐王陵背后的妇女，一生难得步行50里，到县上来逛一趟古会。她们来了，先在会场满世界地转一圈，吃一碟凉粉，一根麻花，一块黏糕，然后便挤在戏台下边去看戏。戏是省城里的大戏，正演出《八件衣》《大劈官》。她们看得正出神，突然，西兰路上很偶然地开来一辆大卡车。她们没看过大戏，更没见过汽车，便轰地一下离开戏场，一窝蜂跑到西兰路边看汽车。这次逛会，见了汽车，看了大戏，吃了凉粉、麻花和黏糕，真够记忆一辈子，怀念一辈子！

我有一位姨妈，是母亲的胞妹。早年，外爷、外婆不知为什么将姨妈嫁到了唐王陵背后。姨妈一嫁出去，便很少回娘家，她来我家做客，一生也只有一次。那次，正是初春季节，两姊妹难得见面，夜夜都睡在一张炕上，夜夜都说很多话。那时我尚年幼，不省人事不知愁，听着姨妈的诉说，不知不觉便睡熟了。后半夜醒来，翻个身，听见姨妈还在絮叨，母亲还在叹息。窗上的月光亮亮的，真是夜凉如水。姨妈说，夏天，窖水用完了，就去北沟里背，往返十多里。背回的水又浑又稠，必须澄两天两夜。冬天出奇的冷，羊冻死了，牛也冻死了。有两股子土匪轮流着来村子绑票，一股属王结子，一股属党骗娃。他们一进窑院，先朝天上放枪，然后给扫把上洒了油，抓住人活活地往死烧！土匪是来抢钱的，没有钱，人就眼睁睁地被烧死。桃、杏、柿子年年结，卖不出去，自家又吃不了，只好成筐成箩地烂掉……

姨妈的诉说，母亲的叹息，使我后来觉得古人做的昭陵诗："……当年龙虎千灵位，此日牛羊满岔游；玉寝荒凉无处识，石文断蚀不堪收；时人若问隋唐事，空使山前草木愁。"真是生动真实的写照！

今年三月，家乡老友刘新昌君，邀我和著名书法家曹伯庸君返里春游。那天我们在礼泉县靳宝善图书馆馆长刘剑琦先生的陪同下，乘天雄大厦小车，终于绕过唐王陵背后，登上九嵕山顶峰。当日，风和日丽，天高气爽，对昭陵文物颇为熟悉的剑琦，一边搀扶我们上山，一边指着满地的残砖碎瓦，对我们说哪儿是御道，哪儿是祭坛，哪儿是庑房。我站在九嵕山峰腰，极目远望，这才把存留在记忆深处的唐王陵背后的衰败、荒凉、冷落景象，一层层抹去了，就像从一面粉皮剥落的墙上，卸下一轴旧画，而换上了一幅新画。我看见，唐王陵背后，原是一个视野开阔的去处，这里既没有纵横的沟壑，也没有一望无际的崇山峻岭。此时，桃花初谢，苹果花正开得热闹。成片成片的苹果林，簇拥着一幢幢农家小院，小院中央闪亮着的，全是青砖红瓦的楼房……

我想起了数十年前风尘仆仆赶来县上逛会的唐王陵背后的年轻妇女，想起了姨妈的诉说和母亲的叹息。啊，唐王陵背后，今天我才从异乡归来，我才看见你的一派欣欣向荣！

剑琦见我有些激动，缓缓地说：三十多年前，唐王陵背后在全省率先栽种苹果，那时苹果卖价好，唐王陵背后一下子脱贫，不少人家盖了一砖到顶的楼房，楼内铺了地板，粉刷了墙，挂了各式大吊灯，有的人还买了小汽车，常常开着车到县城兜风……

听着剑琦的介绍，我又想起早年间远嫁到唐王陵背后的姨妈。姨妈辞了这人世，大概已有 50 年了吧？我知道她有儿有女，但我不曾与他们谋面，这不能说不是一种遗憾！……我愿仁厚的地母，永安姨妈的灵魂，我愿自己终不知其姓名的兄弟姐妹，把唐王陵背后建设得更美，把今后的日子过得更好！

致夏末秋们

1948年秋至1949年夏,我在长安韦曲四小任五年级级任。全班学生50多人,现在我能记得的只有一个叫夏末秋的女孩。这班学生至今无一人与我有所联系,至于他们以后和现在的情况,几十年来,我竟未得到一个字的消息。这对一个教师来说,真是一件极大的憾事。

当时的韦曲四小,约有四五百名学生,多一半为驻扎在韦曲的军官总队的子女,少一半为当地农家孩子。军官总队的子女,祖籍东南西北,操着各地的乡音土语。这个夏末秋,大约是浙江韶兴人,生于夏末秋初,年十五岁,面孔微黄,瘦瘦的,头发稀疏而纤细。她这名字、肢体、面色,使人很容易想到初秋挂在枝头的一片秋叶。也许由于这原因,在这个班里,唯独她的姓名,现在还留存在我的记忆里。

那时我比这些孩子只年长四五岁,我记得我并没有时时摆出一副老师的尊严和面孔。只有一次,这个班的学生集体犯了什么错误,影响了班级声誉,我曾狠狠地批评过他们一顿。事后,班上的几个女生,见了我就有些怕,夏末秋尤其恐惧。为这事,我还特地在全班作过一次解释。这班学生,学习成绩、文体活动在全校是很突出的,因此校本部唯一的一座教室,就由他们占着。我在教室周围,用天蓝色的纸写了亚里士多德、莎士比亚、泰戈尔、萧伯纳、鲁迅等中外名人的警句,没有使用当时流行的官方规定的标语,在全校引起了所有老师的注意。我除了按照当时的课本向他们讲课以外,还选了冰心的《寄小读者》。我这样做是为了在他们纯洁的心灵中播下文学的种子。我记得有一个家在沈家桥的男同学,曾在一个秋天的午后,领我在樊川的一块稻田里抓泥鳅,是他教会我要用食指、中指和无名指去夹;还有一个会说北平话的姑娘,曾在重阳节把一束淡黄的野菊插在我的书桌……往事是记忆犹新的,可是几十年来,我不明白,这班学生为什么和我没有任何形式的联系呢?

现在,我写这篇短文,等于借报纸一块宝贵的版面,刊登一则寻找学生的启事。我希望我的夏末秋们有幸读到这篇文章,我希望能够引起我的夏末秋们对于往事的回忆,想起半个多世纪以前有一位年轻的老师曾批评过他们,同时也教导过他们……当然,逝者已矣!我知道他们过去的天真淳朴和稚气,是无论如何也找不回来了,因为他们现在都是年过古稀的人了。但我仍希望刊登这则启事,借以向我的夏末秋们致意。

我的夏末秋们,不知你们在哪儿呢?

第四辑

阅读写作

死囚的遗书

如果说读书只是为了写作,提高阅读能力只是为了提高写作能力,这无疑是把阅读的作用看得太狭隘了,太简单了。因为阅读与写作的关系,尽管是直接的,很明显的,但以读促写却不是阅读的唯一目的,劳于读书,逸于作文,也不是阅读的唯一好处。古人说:“读书,为明理也;明理,为做人也。”看来,明理、做人,这才是阅读的最主要和最重要的目的,明理、做人之后,才能谈到作文,才能把文章做好。明理、做人而不作文或作不好文,并不要紧,但要作文或将文章做好,却必须明理,必须做人。

生活中曾发生过这样一件事:一个死囚在临刑前三天的一个上午,突然乞求看管:“能不能给我一些报纸看?”看管给他抱来一沓报纸,他看得很仔细,终于被一条消息吸引住了。消息说,本市某一女大学生患了尿毒症,拯救的唯一办法是换肾。但她既无钱又没人为她提供肾源,只能一天天等着死神临近。死囚看到这消息,急忙又向看管要来了纸和笔,写下了这样一份遗书:

我的头脑坏了,我的灵魂扭曲了,我的心黑了,可我的肾脏还没有坏,还很年轻,还有很强的生命力。请将我的肾脏移植给那位女大学生。……移植肾脏还需要很多钱，我有一笔存款不是我犯罪所得，是我用血汗挣来的，是干干净净的，我把这笔存款送给这名女大学生，作为她换肾的医疗费……

三个月后，报纸上又登出了一条消息：本市患尿毒症的女大学生，移植肾脏成功，病愈出院，已重返大学校园。

这死囚为什么在临刑前三天突然想起要看报呢？因为他起初就是由于喜欢读报发家的。那是一个很偶然的机缘：一天，他在街上漫步，走着走着，走累了，坐在马路边上休息，便随手拣起一张报纸看。看着看着，看到一条致富消息，于是照着大干，结果发了大财。可惜的是，他干着干着，偏离了轨道，犯了死罪！

还有一位古人说："忧愁非读书不释，愤怒非读书不解，精神非读书不振。"这死囚的致富是由读报开始的，他的最后一次读报，使忧愁得到释放，使精神为之振奋，使人性得到回归。相反，他的犯罪，也是放松了学习的结果。这死囚用自己的一生，岂不说明了阅读的意义是很重要的，作用也是很大的吗？

读“无字书”

我国明代著名医药学家李时珍，17 岁考上了秀才，是个聪明而又刻苦好学的人，但后来却三次参加乡试，都没有考中，从此他便跟父亲行医。行医之余，李时珍“读书十年，不出产庭”，刻苦攻读了《内经》《伤寒论》及各家《本草经》，并在反复阅读中发现了其中的许多错误。医药是治病救人的，这类书中的错误，关乎人的生命安全，不是闹着玩的，因之李时珍便立下了重修本草的志愿。

李时珍为了实现这一宏伟理想，几年间共读了三千八百多种医书，积累了千余万字资料，并深刻认识到要把重修工作做好，将前人的舛误纠正过来，仅凭“读万卷书”是不够的，还须“行万里路”，深入实际，调查研究，以获真知。这样，他经过广泛访问当时的名医宿儒，搜求民间药方，尤其是亲自采药物标本，足迹遍及大江南北，终于在晚年（明万历六年）完成了 190 万字的《本草纲目》巨著。

《本草纲目》资料丰富，纠正了前人的许多错误，总结了我国 16 世纪以前的药物学理论，对后世医学、生物、化学和地理等学科均有很大影响。他所获得的巨大成就，使我国古代文章学家提出的“读万卷书、行万里路”口号，变得更为响亮和有说服力，引起了读书人的普遍重视。

清代文学家廖燕曾对“无字书”做过简明而准确的解释。他说:“无字书者,天地万物是也。”他认为书本知识不是唯一的知识,客观世界的万事万物都是读书人在学习书本知识的同时,应该掌握的。

在我国历史上,凡有成就的作家、艺术家,没有一个不是“无字书”的忠实读者。“太史公行天下,周览四海名山大川,与燕、赵间豪俊交游,故其文疏荡,颇有奇气。”(苏辙《上枢密韩太尉书》)李白一生常作名山之游,祖国山川的壮美,为他的诗歌创作增添了无穷无尽的灵气。王维笑傲林泉,寄情山水,从中获得了诗与画的灵感。石涛以造化为师,“搜尽奇峰打草稿”,是他获得成功的秘诀。郦道元的《水经注》、宋应星的《天工开物》、徐霞客的《徐霞客游记》……无一不是读“无字书”结出的丰硕果实。鲁迅主张“留心世事”,“用自己的眼睛去读世间这部活书”,“无字书”也就是鲁迅所说的“世间活书”。

读“无字书”,能丰富生活知识,增加社会经验,不仅有利于写作,也有利于阅读。叶梦得的《石林诗话》记载着这样一件轶事:黄庭坚有“马龅枯萁喧午枕,梦成风雨浪翻江”这两句诗,叶梦得不知道浪翻江是什么意思,读不懂这首诗。一次,他住在一家旅社,听见屋旁有澎湃瞠嗒之声,好像风浪拍打船舷一样。后来他看见一匹马正在旅社的食槽里吃食,草料与水相互触碰,正发出这种声来,这才弄懂了黄庭坚那句诗的意思,并进一步认识到体验生活的重要意义。

明人张潮说:“文章是案头之山水,山水是地上之文章。”对阅读欣赏来说,“案头山水”与“地上文章”之不可偏废,正和“读万卷书”与“行万里路”之不可偏废是同样的道理。我国近代作家沈从文有一篇题为《我读一本小书又读一本大书》的文章,记述他六岁入塾时,常常力图“逃避那些书本枯燥的文句,去同一切自然相接近”的往事。他所说的“大书”,其实就是“一切自然”。

不能只写不读

读对写明显而直接的作用，是谁都知道的。古今中外许多作家，都是先在读的方面下了很大功夫，然后才走上写作道路，才写出好的作品的。因为读是为写作必须做的准备，这准备工作，体现在提高审美能力、储备材料、借鉴方法、学习语言等方面。英国著名诗人、戏剧家莎士比亚的许多创作材料，大多来自阅读历史典籍和前人的著作。《罗密欧与朱丽叶》来源于英国诗人阿瑟·布卢克的长诗《罗密欧与朱丽叶的悲惨历史》，《哈姆雷特》的题材取自丹麦人沙克逊·格兰姆克在8世纪初期记录的古老传奇，《奥赛罗》总的轮廓是借用意大利作家杰拉尔地·琴奇奥的短篇小说《一个威尼斯的摩尔人》，《李尔王》的题材取自英国散文、诗歌和戏剧中关于李尔王的故事，《麦克白》的题材是他在英国历史学家格林先德的《苏格兰历史》中读到的，《威尼斯商人》来自意大利作家乔万的《蠢货》里的一篇故事。总之，莎士比亚的很多著名作品，都是从勤奋的阅读中获得素材之后经过关键性的加工改造创作出来的。俄国诗人普希金一生都在从前人的著作中汲取营养以丰富自己的创作，他的《鲍里斯·戈东诺夫》，是“研究莎士比亚、卡拉姆辛的结果”。他说：“我模仿莎士比亚的自由而广阔的性格描写，模仿他创造典型时的随意和朴素，在事件的明快的发展上我效法卡拉姆辛，我竭力从编年史上揣摸出当时的思想方式和语言，源泉是丰富的！”为了写作《上尉的女儿》，他悉心研究了普加乔夫暴动史的有关著作。普希金离开人世时，医生问他希望看到哪位朋友，普希金望着自己的书架说：“永别了，朋友们！”普希金这句最后告别人世的话，感动了他的所有读者和当时的许多作家。

我国的文章学家，曾将读与写的巨大作用概括为“劳于读书，逸于作文”八个字。这八个字概括得极其深刻、准确。写作是脑力劳动，阅读也是脑力劳动，但阅读这种脑力劳动却可以减轻写作劳动的艰苦性。法国作家福楼拜为了写长篇小说《萨朗宝》，曾用一百五十天时间读了九十八部书，记了约八寸厚的笔记。他这样刻苦读书，果然促进了自己极高的写作热情，使他的写作质量得到了很大提高。

多读多写是我国文章学家的一句老生常谈。这说法自然也在强调读的重要，但有人（尤其是作家）在实践中却容易只写不读，或者常在写不下去时才读。比如俄国作家列夫·托尔斯泰在写《安娜·卡列尼娜》时，多次开头，多次搁笔，整整一年无法顺利写作。在这种情况下，列夫·托尔斯泰读了普希金的《宾客聚集别墅》，这才找到了“一下子进入情节”的门径，因之仅仅用了五十天，就完成了这部巨著。这是一个在写不下去时不硬写而去读书以寻求启示的典型事例，对我们正确理解读与写的关系，具有启发意义。

一生视书为友、以书为伴的我国作家叶灵凤，阅读范围很广，有读“杂书”的嗜好。“杂”既包括内容，也包括数量。数量多而内容杂是统一的，只读几本书是够不上杂的。既多且杂又很容易茫无目的，缺乏计划。但叶灵凤却将读和写的关系处理得很好。1963 年他从自己的实际情况出发，曾说“今年要少写多读,或者多写多读,万万不能只写不读”。很明显,在具体时段,结合实际情况,多写多读是对的,少写多读也是对的,但“万万不能只写不读”。叶灵凤的这一做法,很值得我们学习。

“用耳朵阅读”

当代作家莫言，写过一篇《用耳朵阅读》的文章。这题目是借用他的。莫言说，他十岁的时候，就辍学回家当了农民，在农村度过了漫长的青少年时期，知识基本上都是用耳朵听来的。他说一般人都是用眼睛阅读的，而他用的却是耳朵。

用耳朵阅读主要是听故事。莫言说他的老祖母会讲故事，他的爷爷和大爷爷会讲故事，他们村里凡是上了点年纪的人都有满肚子的故事。他们讲的故事，就是他的“阅读”（用耳朵）对象。

下面转述莫言在文章中记述过的、他所“阅读”过的几个故事：

一户人家有个待字闺中的美丽姑娘。许多人给她说媒，但她死活不嫁，并说她已有了如意郎君。于是母亲便留意观察，果然发现每当夜深人静之时，女儿房中就传出一个男子的声音。母亲问女儿那男子是谁？女儿说：他每天夜里来，天亮前离去，穿的衣服很华丽。母亲叮咛女儿：那男子再来时，你就把他的衣服藏起来。果然，那男子夜里又来了，女儿就把他的衣服藏在柜里。天亮前，那男子要走，却找不到衣服，苦苦哀求姑娘将衣服还他，姑娘不肯。这时，村子里的鸡开始啼叫，那男子只好赤身离去。天亮后，母亲打开鸡窝，只见从鸡窝里钻出一只浑身赤裸的大公鸡。女儿打开柜子，柜子里全是鸡毛，哪里有什么华丽的衣服呢？

一个人力大无比。他一次能吃半头牛和五十张大饼。一天，这人把一辆马车连同拉车的马扛起来，一口气走了十多里路！

马戏团的狗熊对马戏团的猴子说：我要逃跑了。猴子问：这里很好，你为什么要逃跑呢？狗熊说：你当然觉得好，主人喜欢你，每天给你吃苹果、香蕉，而我每天吃糠咽菜，脖子上还拴着铁链子，动不动还要挨皮鞭。这日子我实在过不下去了，所以我要逃跑。后来狗熊没有跑成，因为猴子把狗熊要逃跑的事暗中告诉给了主人。

除了用耳朵"阅读"故事以外，莫言还聆听了各种各样的大自然的声音，譬如洪水泛滥的声音，植物生长的声音，动物鸣叫的声音……这是另一种用耳朵的"阅读"。通过这些"阅读"，莫言培养起了自己与大自然的亲密联系，形成了自己的历史观、道德观，尤其是童心和想象能力，对他从事写作起了很重要的作用。他认为想象力是贫穷生活和闭塞环境的产物。莫言后来成为作家，并且保持着持续不断的写作热情，与他用耳朵"阅读"和聆听，有极密切的关系。

思无辍时

《论语》中说:“学而不思则罔,思而不学则殆。”根据这个意思,朱熹把范围缩小到“思”与“读”两方面,并进一步指出:“读而未晓则思,思而未晓则读。”这就把“思”和“读”的关系,强调到了十分重要、十分密切的程度。朱熹对孔孟的书是读得很熟的,他这说法,自然继承着孔孟的教导。《孟子》中说:“心之官则思,思则得之,不思则不得也。”意思是说,“心”这个器官,就是用来思考的;读书学习,善于动脑筋的人,善于考虑问题的人,才会获得知识;不动脑筋、不思考问题的人,就不能获得知识。

清代学者焦循在这方面做得很好,应该称得上是个模范。他幼年时期,跟随哥哥焦征在郡城一个姓寿的人家读书,学得读书方法为“学贵善用思”。曾说:“吾生平最得力于‘好学深思,心知其意’八字。学有辍时,思无辍时也。食时、衣时、寝时、行路时、栉沐时、便溺时,凡不能学时,皆当即所学而思之。”后来,焦循可能是代替哥哥在寿家做了教书先生,有人送给他一部《梅氏丛书》,并告诉他:“君善苦思,可卒业于是也。”这是焦循用力于算学的开始。他通过“思无辍时”,大大地延长了实际学习时间,增强了读书效果,在天文、算学等方面,达到很深的造诣,研究群经也很有成就。

中年后治《易》，“尽屏他务，专理此经，日坐一室，终夜不寐。……有不达，则思，每夜三鼓后仍拥被寻思，某处当检某书，某处当考某书。天将明，少睡片刻，日上纸窗，即起盥漱，依夜来所寻思，一一检而考之”。焦循依此方法，治《易》三十年，著有《易章句》《易通释》《易话》，应该说是他“思无辍时”的结果。

事实上，在读书治学方面，我国古代重视不断思考的人很多，像南朝的陶弘景、元代的袁桷、宋代的王安石、清代的惠周惕都是很有名的。惠周惕说：“……唯读之熟，思之深，则古人之书，皆为我物，唯我所用矣。”袁桷反对“雅观而无择，滥阅而少思”，认为善于思考才能提出问题而不人云亦云，以讹传讹。王安石说：“其思之不深，则其取之不固；不专不固，而可以入者口耳而已矣。”陶弘景是一位医药学家。一次他读《诗经・小宛》，其中有“螟蛉有子，蜾蠃负之”句，并见旧注中说，蜾蠃有雄无雌，它偷螟蛉子幼虫衔到自己窝里，然后对它反复说“像我，像我”，不久螟蛉子就会变得和蜾蠃一模一样，成为蜾蠃的后代。陶弘景对这一说法有些怀疑，于是便去查其他书。其他书也是这么说的。他以为这些书互相抄袭，是查不出什么名堂的。于是便亲自到庭院中去观察。他用竹签挑开蜾蠃的窝，只见窝里不但有蜾蠃衔来的螟蛉，还有蜾蠃幼虫。第二天，他又去看，只见一条蜾蠃幼虫已将螟蛉吃咬到只剩下一半。第三天和此后几天，陶弘景继续观察，这才发现蜾蠃幼虫已由蛹变成了小蜾蠃。这一发现，陶弘景才知道书本中的记载并不准确可信，可信的只有独立思考所形成的调查研究及其结论。

定量与有恒

定量、有恒，是我国古今无数读书人长期总结出的一条苦读经验。定量指不要贪多求快，而要循序渐进。南宋著名哲学家、教育家朱熹，强调读书要量力而行，打好基础，逐渐深入，就有定量的意思。明清之际的顾炎武说，“人之为学，不日进则日退”，因之曾采取“自督读书”法，限定每日必须读完的卷数，并要抄写一遍。这既有量的规定，也要求要持之以恒。人们的经验是，量不必太大，贵在持之以恒，然后才能积少成多，由浅入深。

我国当代著名教育家徐特立，在这方面就做得很好。他认为，与其用读一本书的时间马马虎虎读十本书，不如用读十本书的时间，老老实实去读一本书。徐老早年曾苦读过《说文解字》。这是一部系统分析字形和考究字源的书，有九千多个字，字体均为篆籀古文，非常难读、难记。但徐老当年却采取了每天只学两个到三个字的办法，并于每晚睡觉时，用右手食指在左手掌心默写白天学过的字，直到熟练了再学下一个字。四十三岁那年，徐老开始学习外语，用的也是这种笨办法、苦办法。他每天学一个词，一年内就牢牢地记下了三百六十五个基本词汇。靠这样的学习方法，他终于掌握了法文、德文和俄文。后来他总结经验说：“我读书的办法总是以

'定量''有恒'为主。不切实际的贪多,既不能理解又不能记忆。要理解,必须记忆基本的东西,必须'经常''量力'才成。"

在定量与有恒之间,有恒似乎是最重要的,也是最难做得到的。近代高僧、佛学大师圆瑛,一生致力研究《楞严经》,常于"经中疑义深奥难解之处,遂一一书条,贴于壁上,逐条静坐参究,既明白一条,即扯一条,如是者八年之久,一房疑义,扯尽无余"。读圆瑛这段研究《楞严经》的轶事,我们岂不在他八年一贴一扯疑义纸条的过程中,看出了一个一般人难以做到的"恒"字!

清代学者程晋芳,一生读书孜孜不倦,持之以恒,著有《周易知旨编》三十卷,《尚书今文释义》四十卷,《蕺园诗》三十卷。他到了六十岁,每日还有读书的计划和规定。据说他每按规定完成计划之后,便给一个小陶盂里投下一颗红豆。到了晚上,还要把红豆倒出来验证、核实。从那红豆的投入、倒出声中,我们不是也听到了一般人难以做到的"恒"的声音?

绳锯木断,水滴石穿。这是人们常说的八个字。这八个字,生动形象地说明了有恒的可贵。对这八个字的后四个字的含义,德国著名作曲家贝多芬是这样表述的:"涓滴之水,终可磨损大石,不是由于它力量强大,而是由于昼夜不舍的滴坠!"我们所说的这八个字和贝多芬的说法,都是对自然界和现实生活中的真实现象的总结。这总结其实就揭示了一种真理!

“点睛”之笔与“识睛”之眼

诗有“诗眼”，文有“文眼”，词有“词眼”，曲有“曲眼”。什么是“眼”呢？对诗文词曲来说，“眼”就是一篇或一句之中，特别能够表现精神、揭示本质的精彩字、句或段落。

意大利文艺复兴时期的著名画家达·芬奇说，“眼睛”是“心灵的窗子”。“窗子”与客观世界相通，也与作者的主观世界相通。作者通过“窗子”向外看去，能摄取到窗外的形形色色、万事万物，然后才能逼真传神地写出惊世之作，为诗即有“诗眼”，为文即有“文眼”，为词即有“词眼”，为曲即有“曲眼”。读者通过“窗子”向作品中看，然后也才能窥视到作品的“精神”和作者的“心灵”，即发现诗眼、文眼、词眼、曲眼。

能不能看出去和能不能看进去，对作者和欣赏者来说都不是一件容易的事，而需要作者和读者具有一双能够发现艺术、创造艺术和识别艺术的眼睛。

“采菊东篱下，悠然见南山”，“春风又绿江南岸，明月何时照我还”，这个“见”字和“绿”字，分别为全句之眼，也是全诗之眼。陶渊明和王安石都是重视创造“诗眼”的诗人，他们靠观察的细致和体会的真切，悠然有感于心，自然流于笔端，着一“见”字或“绿”字，看似妙手偶得，实则境界全出。有的《陶渊明集》版本中，《饮酒·结庐在人境》一首，书“见”为“望”。苏东坡在评“见”“望”两个字的得失时说：“采菊之次，偶然见山，初不用意，而境与意会，故可喜也。”如作“望南山”，则“觉一篇神气索然也”。所以这个“见”字关系着“一篇之神”，为全诗之“眼”。至于对王安石的《泊船瓜洲》中的一个“绿”字，过去的诗评、诗话家说的话更多，这里只转抄宋人洪迈《容斋续笔》中的几句：

> 吴中士人家藏其草（指王安石的原稿——作者著），初云“又到江南岸”。圈去“到”字，注曰“不好”，改为“过”，复圈去，而改为“入”，旋改为“满”。凡如是十许字，始定为“绿”。

可见这个“绿”字，是经过精心筛选才定下来的极富表现力的“诗眼”。

很难说苏东坡和洪迈就是陶渊明和王安石上述两首诗的“诗眼”的最早发现者，但他们二人辨识“诗眼”的锐敏眼力，却是很值得我们学习的。

意多乱文

古代许多老先生，在家里写论述作文的书，相互间很少联系，对文章主题的称呼也极不统一。有人把主题称作“旨”，有人把主题称作“神”，而且这些称法，有时在一本书中，也常常变化，并不固定。那时对主题比较流行的称呼是“意”，如“意者一身之主”，意思是说主题是一篇文章之中最关键的、最主要的东西。再如“意似主人，辞如奴婢”，意思是说主题好比一个家庭中的主人，语言好比一个家庭中的奴婢。这些话都在强调主题的重要性，说的是很形象的。

古人谈作文的书中，还有“意多乱文”的说法，意思是说一篇文章只能有一个主题，不能有两个主题，如果主题不集中，“二意两出”，那就要“乱文”。这是一个很深刻的见解。写作中如果真正注意到这一点，作文质量肯定会提高的。

这现象很容易让我们想到蜂箱中只有一个蜂王的事。一箱蜂中如果有两个蜂王，据说蜂群就要大乱，因为他们不知该听从哪个的指挥，不仅不会有组织有纪律地好好采蜜、酿蜜，而且互相厮杀，互相争夺，直到分群分窝。

为什么一篇文章中出现两个主题，情况竟会这样严重呢？这是因为主题在一篇文章中，的确有着像蜂王那样的职权，它可以取舍材料，指挥结构，还可以调遣词句。总之，材料、结构、语言，都要服从主题的制约，听从主题的支配，为主题服务。主题的这种作用，不是和一窝蜂中的蜂王相似吗？

确立主题，是写文章的头等大事，但主题的重要性并不意味着主题越多越好。多主题等于无主题。无主题的文章怎么能不芜杂凌乱呢？

结构学－关系学

一篇文章就像一个家庭。一个家庭是由几辈人组成的，爷爷、奶奶、爸爸、妈妈、兄弟姐妹，有时候还有亲戚、朋友来访，甚至住上十天半月。这个家庭要和睦团结，亲亲密密，热热闹闹，每个成员都要注意和大家的关系。一篇文章是由各种因素构成的，如记叙文中的人物、事件、时间、地点、原因、结果，议论文中的论点、论据、论证等等。人物和事件、时间、地点、原因、结果的关系；事件和人物、时间、地点、原因、结果的关系，论点和论据、论证的关系；论据和论点、论证的关系，就像家庭中某个人和其他成员的关系。关系处理得好，文章就严密紧凑，连贯自然，气血相通，天衣无缝；关系处理得不好，像一家人中有个不安静的分子，整日挑拨离间，搬弄是非，使一家人不能安安生生过日子。

文章的结构，是一门学问，所以，有人根据这个比喻，把结构学称作关系学。

结构学既是关系学，那么，所谓安排好文章结构，就是要处理好文章各种因素间的关系，如人物怎样安排，事件怎样布局，环境怎样设置，论点在何处提出，论据在何处排列，都要像一个人在家里那样，必须处理好自己和上下左右的关系,使自己和长辈、平辈、晚辈,关系协调,和睦相处,不能闹一点别扭,有任何隔阂。文章中的某些因素,如果闹起别扭来,那情景并不比一个家庭中有人闹别扭所造成的麻烦简单省事。文章中的层次、段落、开头、结尾、过渡、照应等外在形式,是由文章内部的各种关系造成的,是文章内部结构关系的反映。这些内在关系和外在形式,都是为文章的思想内容服务的。这种服务,恰如一个人为一个家庭的尽心尽力。这个家庭的生活要过得好,事业兴旺、大小平安,它的每个成员都必须团结一致,同心同德,各尽其能,各尽其责,不允许任何人离心离德,独来独往,各走一条道,各唱一个调。

不能真个完了

著名作家、教育家叶圣陶说:“结尾是文章完了的地方,但结尾最忌的是真个完了。”这话说得有点怪,但也很耐人寻味。文章完了的地方,为什么不能真个“完了”呢?什么叫真个完了?什么叫不真个完了?怎样才能不真个完了?弄清这些问题,才能真正懂得叶老这句话的意思。

其实叶老说了这句话之后,紧接着就做过一番解释。他说:“要文章完了而意义还没有尽,使读者好像嚼橄榄,已经咽了下去而嘴里还有余味,又好像听音乐,已经到了末拍而耳里还有余音,那才是好的结尾。”由这一番解释,我们可以体会到文章完了的地方最忌真个完了,那就要言有尽而意无穷,有余味,有余音。而真个完了,就是言尽意尽,无余味,无余音。仍然拿嚼橄榄和听音乐来说,无余味和无余音,自然是很不好的。

至于怎样才能“不真个完了”,这中间的讲究很多,技法技巧很多,是写文章的人终生学不完的。叶老在讲这个问题时,曾经比过几个例子,但这些例子小朋友现在不好理解,因为两篇是他的小说的结尾,另两篇都是古文。这里我们试以契诃夫的《万卡》为例来说明这个问题。

万卡是个只有九岁的童工,在一个鞋匠家里当学徒。老板对他很苛刻,他饿得要命,常常挨打,“生活等于受罪,连狗都不如”。因此,他给爷爷写信,请求爷爷带他离开这儿,说“要不我就要死了”。这封信写得很顺利,没人来打搅,于是他便在信封上写了“乡下爷爷收”几个字,跑到街上,把信投入邮筒。文章最后这样结尾:过了一个钟头,万卡因为有了希望而定下心来,睡熟了;在梦中,他看见一个火炉,火炉旁坐着他的爷爷,耷拉着腿,光着脚,读着一封信。

很显然,这个结尾是很感人的,因为谁都知道爷爷不会收到万卡的信。这个结尾不把这一点说破,也不再叙述以后的任何事,便将许多余味留了下来,使读者产生无穷的想象和同情。这样的结尾是文章完了的地方,但却没有“真个完了”,效果自然是好的。

花开两朵，各表一枝

事物的复杂性，决定了叙述方法的多样性。古人研究写作，关于叙述方法，曾有人列出过几十种名目。现在我们在古人研究的基础上，简化合并，经常提到的只有顺叙、倒叙、补叙、插叙、分叙等种。这几种叙述方法，都和时间的推移、空间的转换有关。完全按照时间的推移、空间的转换顺序进行叙述的属顺叙，对时间空间稍有变更的，称倒叙、补叙或插叙。分叙是对发生在同一时间、不同空间的事的叙述。对这样的事之所以分开来叙述，是因为写文章的人手里没有两支笔，说书的人口里没有两张舌，所以说书人遇到这种情况，便预先向听众打招呼说：花开两朵、各表一枝。

在我们的日常生活中，有许多相互有关联的事都是发生在不同地点的。比如同一个学校有两个班级，同时进行打扫卫生比赛。它们分头研究计划，组织人力，然后都投入了紧张地扫除刷洗。对于这场比赛活动，你要条理清楚地记述出来，就得采用花开两朵，各表一枝的方法，先说一个班，再说一个班。可是在实际写作中，有些同学不懂得这个方法，一会儿说甲班正在擦地板，一会儿又写乙班正扫枯叶；一会儿说甲班有些同学不听班长指挥，偷偷溜出教室去打球，一会儿又说乙班在擦窗户时，把个女同学从窗台上碰掉下来，急得班长到处找老师……总之东一榔头，西一斧子，使人没法弄清楚。

花开两朵，各表一枝的叙述方法，最大的优点是容易做到条理清楚，头绪不繁。前面我们曾说，语文具有线性的特点。这个特点要求我们，抓住一个头，最好绕到底，直到一个线团绕成了，再去绕第二个线团，不能一会儿抓一个线头，只绕几下又摔开。这样三缠两绕，文章成了一团乱麻，谁还能理得清呢？

枯藤·老树·昏鸦

小朋友写文章总喜欢描写景物,山呀,水呀,花呀,鸟呀,红日呀,白云呀,一写起来,没完没了。他们以为多写景物,文章才会形象、生动、华丽。其实,形象、生动、华丽,并不是写景物的真正目的。写景物是为了什么呢?一是为了表达主题,二是为了抒发感情,三是为了替人物设置一个具体的活动场所。单单为了形象、生动、华丽,文章中的景物很容易驳杂零乱。驳杂零乱,主要是大红大绿,色彩不一,情调不一,其结果是满眼景物,目的极不明确,和人的思想感情毫无关系。

因此,写景物在明确目的的前提下,特别要注意景物色调的和谐统一。景物的色彩情调是否和谐统一,是衡量景物描写好坏的重要标尺,作品中许许多多成功的景物描写,应该说都是符合这个要求的。

我国古代有一位名叫马致远的散曲作家,他有一首很出名的"小令"是这样写的:

枯藤老树昏鸦,
小桥流水人家,
古道西风瘦马,

夕阳西下，

——断肠人在天涯。

这首“小令”主要是写景物的，作者借景言情，抒发了天涯漂泊人的悲伤心情。作者之所以把天涯漂泊人的悲伤心情，写得如此深刻感人，主要是由于他为这个漂泊者，设置了一个景色和谐统一的环境。大体说来，这是一幅由十种景物构成的图画，但这十种景物，由于其色调是一致的，因此，作者虽没有详尽地描写它们各自的神态、景况，然而这些色调和谐的景物，只需如此这般地搭配起来，便构成了一种特殊的环境氛围，天涯沦落人的心境，也就跃然纸上了。如果改“枯藤老树昏鸦”为“枯藤老树晓鸦”，或改“古道西风瘦马”为“古道西风壮马”，景物的色调稍一变样，都会破坏环境的气氛，影响人的心境，损坏人的形象。那么，这样的景物描写，怎能算作好的景物描写呢？

由此可见，景物描写得好坏，并不取决于所写景物的多少，也不取决于把景物写得多么形象逼真，而色彩、情调的和谐统一，却是很重要的；不然，将晓鸦与枯藤老树搭配，将壮马与古道西风搭配，犹如万里晴空突然飘来一片乌云，碧绿的草地无端地燃起一缕狼烟，该是多么大煞风景呢！

错话·傻话·疯话

写文章,要会说庄重正确的话、诙谐幽默的话,还要会说错话、傻话、疯话。

写文章是很严肃的事,作家、诗人又常常被称作语言大师。语言大师而说错话、傻话、疯话,这岂不是怪事吗?

为了表达感情的需要,写作中有一种人为地制造谬误的方法。作家、诗人有时故意说错话、傻话、疯话,其实就是一种别出心裁的修辞。

写文章,一般都要求简练准确,但有时作者也有意识地写一些看似累赘的文字。如《红楼梦》中写薛姨妈和宝钗为薛蟠送行:“至十四日一早,薛姨妈等直同薛蟠出了仪门,母女两个,四只眼睛看他出去了,方回来。”两个人四只眼睛,这是最明显不过的事,看来完全可以不必向读者特地说明,完全可以省略。但对于表现送别来说,对于表现在这种特定景况下人物的心情来说,这种“累赘”却是需要的。现代作家魏巍的文章中也有这种例子:“战士们手拉手,围着房子,围着这位朝鲜妈妈跳起舞来,朝鲜妈妈伏在战士身上,倾流着自己的眼泪。”眼泪,不用说都是自己的,谁眼里能流出别人的眼泪呢?所以用“自己的”三个字,好像是用错了,起码也是多余的，但如果删去这三个字，却会影响一种表情达意的效果。

有时候，作家、诗人还会说些傻话。苏轼的一首词中有这样两句："不应有恨，何事长向别时圆？"他责怪月亮，你本来没有什么怨恨，但你为什么偏偏在人们离别时才圆呢？月的圆缺是自然规律，何时圆，何时缺，谁也无法改变，连月亮自身也不能违背。但诗人却要这样责怪月亮，这岂不是很愚蠢吗？可是这种责怪，正很好地表达了人的一种情感。

还有些时候，作家和诗人还会说一种疯话。如李白写一个人在月光下饮酒，却说"举杯邀明月，对影成三人"。明明是一个人，怎么会成三个人呢？因为他把人、月和影子都算了进去。从表面看，诗人简直是疯子，但因为诗人这样说了，才很好地表达了饮酒人的十分寂寞孤独的感情。

错话、傻话、疯话，在一定程度上都违背于事理。但是写作中，有时却有"无理而妙"的讲究。鲁迅说，"诗歌不能凭仗了哲学和智力来认识"。凭哲学和智力说话，自然不会说出错话、傻话和疯话，但不说这种话，却写不出好文章，写不出好诗。这个道理，我们必须明白。

武松为何比李逵出名

《水浒传》中有两个打死老虎的英雄，一个是武松，一个是李逵。武松只打死了一只老虎，而李逵杀死了四只老虎，但武松的名气远比李逵大得多，这是为什么呢？

原因很明显，一是李逵杀的老虎不如景阳冈的老虎那么厉害凶猛，二是李逵身上带着朴刀和腰刀两种武器，老虎是他用刀杀死的。武松赤手空拳，那吊睛白额大虫是他用拳头打死的。

把这两个原因仔细加以研究，我们不难发现写作上的铺垫手法是多么重要。

铺垫是用非主要的写作对象烘托垫衬主要写作对象，以便使其得到加强、突出的一种写作方法。比如杨朔的《茶花赋》，用梅花铺垫茶花，结果很成功地突出了茶花。

《三国演义》里的“温酒斩华雄”，更是一个突出的例子。华雄是吕布手下的一位骁将，十八路诸侯与他交战，鲍信、祖茂、俞涉、潘凤先后被斩，袁绍惊惧，思念颜良、文丑。关羽自告奋勇，愿与华雄交锋。袁绍小看关羽，袁术以为关羽是个地位低微的弓手，“安敢乱言”，喝令“打出”。经曹操阻止，关羽才有了出战机会，果然在温酒未凉的片刻时间内斩了华雄。这段故事，写华雄连斩四将，众诸侯束手无策，以及关羽的地位低微，不被重视等情节，都是为了突出关羽的骁勇所做的铺垫。如果没有这些铺垫，文章一开始便让关羽出战，即使很快杀了华雄，也显不出他的英勇。

现在再回到武松为什么比李逵出名的问题上来。《水浒传》写武松景阳冈打虎一事，并不是教武松一露面就抡起拳头，一拳打死老虎，而是先充分写那老虎的厉害，如店家说那大虫一连伤了三二十条人命，官府命猎户擒捉，武松亲眼见到阳谷县的榜文，又将那"三碗不过冈"喝了十八碗，他只带哨棒，偏偏又打在松树上折成两截。这些描述，对武松打死老虎造成了不利因素。而文章如果没有这些描述做铺垫，武松也就显不出英雄气概，恐怕也就不会那样赫赫有名了，他那"打虎英雄"的声誉，恐怕不一定能超过李逵了！

关羽如何斩华雄

虚实结合、虚中有实、实中有虚，是写作的重要技法之一。小朋友们写文章，有时失之过实，有时失之过虚，都是没有处理好虚实结合问题的结果。

有的小朋友看了电视连续剧《三国演义》“关羽斩华雄”一集，问“关羽是如何斩华雄的?”因为屏幕上没有详尽反映关羽和华雄搏斗厮杀的具体情节，小朋友们提出这个问题，也是难免的。连续剧比较尊重原著演出了这场戏，着重表现了关羽出阵前各种人物的争论，曹操的敬酒，以及出阵后三军的呐喊，战鼓的轰鸣，然后，顷刻之间，便见关羽提了华雄之头，掷于帐下，把关羽和华雄的搏斗厮杀，完全虚掉了。古人称这种写法为“神龙见首不见尾”，只写龙头或一鳞半爪，而将其余部分隐于云雾之中，让读者从隐去的部分想象出“实”来，这叫作以虚代实，虚中含实。

写文章，何处该虚，何处宜实，应以表达主题、揭示人物性格的需要而定。关羽斩华雄，要突出的是关羽不图虚名、不图地位的英雄本色，并不着重介绍他的战法、战术，而以虚写实，恰恰最能取得好的效果。一般说来，作品反映具体的事物，大多不宜过实，实则容易烦琐冗长，限制读者的想象、联想;反映抽象事理,大多不宜过虚,虚则容易流于含混,使读者无法理解。如人的忧、愁、怨、恨等思想情绪,是抽象的、模糊的,不直接作用于视觉、听觉、嗅觉、味觉和触觉,比较难于表现,所以要化虚为实,运用种种"物化"手法,使无形变为有形,以便读者认识理解。如对一个"愁"字,很多人都将它物化成了可以用船装载的,有重量的物体,说什么"只恐双溪舴艋舟,载不动许多愁"(李清照《武陵春·春晚》),"明月扁舟去,和月载离愁"(辛弃疾《水调歌头》),"画船儿载不起离愁,人到西陵,恨满东州"(张可久《蟾宫曲》)。这种写法一直延续到朱自清的散文里,仍然十分生动:"在这薄霭和微漪里,听着那悠然的间歇的桨声,谁能不被引入他的美梦去呢?只愁梦太多了,这些大小船儿如何载得起呀?"

写文章,既要结实,又要空灵。如何才能达到这个水平呢?做到化实为虚,化虚为实,虚实结合,是个重要途径。愿小朋友们对关羽如何斩华雄的问题,认真加以思考,这对理解虚实结合问题,是有帮助的。

难点和特点

三国时代的董遇说过一句很有名的话:“书读百遍,其义自见。”唐代大诗人杜甫也有两句名诗:“读书破万卷,下笔如有神。”因此有人问文章怎样写,回答者常常把这两位古人请出来,用他们的话来回答问题,意思是说:书读得多了,自然会写出好文章来!读和写的关系确实十分密切,所以这样回答问题,也算不上不负责任。但是对董遇、杜甫的说法,我们却不能字字照办,只在卷数和遍数上用功夫。因为这样做,也不见得十分有效。作文要从阅读中得到效益,主要是从好的作文中取得经验,掌握窍门,知道作者为什么这么写而不那么写,也就是一篇文章的特点究竟在哪里?抓住了特点,学习才有方向、目的,阅读也才会真有收获,作文也才会有所长进。一篇文章的特点往往和它反映生活的难点是分不开的。文章反映生活的困难很多,或者材料复杂,需要剪裁省略;或事件错综,需要精心安排布局;或寓意深刻,需要深入浅出;或情节单纯,需要虚实结合,穿插点染——总之,写作中的难点是不可避免的。但有难点才有特点,特点是从克服难点中表现出来的。所以提高阅读效果的一个可靠方法,是发现难点,掌握特点,进而提高自己克服难点的本领,使自己的文章摆脱一般化的毛病,慢慢地写得有一定特色。

如魏巍的《我的老师》,其难点是写三个老师,并且通过对比,表达主题。一个老师值得写的事情本来就很多,何况三个老师。所以对作者来说,写作中面临的困难是如何选材,如何从太多的材料中突出一点而形成对比,从而生动地表达主题。认识到这个难点,我们便发现本文一开始所说的:"我想起了一同和我度过童年的几位老师。""我在想起他们的时候,也不免回想起我自己,当时一个孩子的一些甘苦",原是本文的选材标准。写三位老师,都围绕着自己的甘苦,和自己的甘苦有关的就写,和自己的甘苦无关的就不写。当然这样写出来,三位老师也就在"有没有个热爱儿童的心"的条件下形成了对比,文章也就既有感情,又能生动深刻地将主题表达出来。这个例子可以说明特点来自难点的道理,所以说"书读百遍"也好,"读书破万卷"也好,主要的是要发现难点,掌握特点,不要把读书变得如和尚念经那样!

排与扔

写文章,严格地挑选动词,积极地活用动词,能准确地叙事状物;描写环境、渲染气氛,反映人物的性格特征和神情气质,如鸟叫、猿啼、蝉鸣、狼嗥、虎啸、狮吼,早已有了固定的习惯用法,但随着作者感情的变化,动词也可以灵活变化。如对于蝉的鸣叫,有时可以把"蝉鸣"写作"蝉叫"(陆游:"蝉叫稻生芒")、"蝉啸"(李白:"槿荣芳园,蝉啸珍木")、"蝉响"(许浑:"蝉响螳螂急")、"蝉啼"(李世民:"蝉啼觉树冷")、"蝉嘶"(庾信:"惊懒妇而蝉嘶")、"蝉号"(杜甫:"玄蝉无停号,秋蕉已如客"),还可以写作:蝉吟、蝉唱、蝉躁、蝉咽等等。仔细品味:叫、啸、啼、嘶、号、吟、唱、躁、咽这些活用的动词,我们发现都与作者所描写的不同情景和当时所抒发的不同感情,有着密切的关系,同时也准确地表达了那种情景和情感。

准确选用动词,尤其能反映人物独特的性格和气质。如鲁迅小说中的孔乙己和阿Q,都在咸亨酒店买过酒喝,但这两人的买酒动作却截然不同。这里先看孔乙己买酒:

孔乙己一到店,所有喝酒的人便都看着他笑,有的叫道:"孔乙己,你脸上又添了新伤疤了?"他不回答,对柜里说,"温两碗酒，要一碟茴香豆。”便排出九文大钱。

鲁迅用一个“排”字，写孔乙己的付钱。这个“排”字，使人们看到孔乙己把钱一文一文在柜台上排成一排，以便看得准确，数得清楚。这个“排”字，生动地描绘出孔乙己的细心、谨慎、寒酸、贫穷，对反映这个旧知识分子斯文、纤弱的形象，起了很重要的作用。

阿Q却不同。“中兴”以后，他从城里回到未庄。

> 天色将黑，他睡眼朦胧的在酒店门前出现了，他走进柜台，从腰间伸出手来，满把是银的和铜的，在柜上一扔说：“现钱！打酒来！”

阿Q的付钱方式和孔乙己完全不同，他把满把银的和铜的，往柜上一“扔”，显得很大度，很神气，很豪爽。这个“扔”字，生动地展现了阿Q当时的心理：我阿Q一向被人瞧不起，今日有了钱，就要喝个痛快！

两个不同的动词——“排”和“扔”，把孔乙己和阿Q的不同性格，揭示得多么鲜明、生动、深刻！

3000字内做文章

我国的汉字,究竟有多少呢?有人统计,甲骨文(商周时代刻在龟甲兽骨上的文字)约3500个,《说文解字》(东汉许慎编著)收字9353个,《字林》(晋吕忱编著)收字12824个,《康熙字典》(清康熙年间出版)收字47035个,《中华大字典》(1915年中华书局出版)收字48000多个。真正会读会用四万多个字,是不容易的,也是不必要的,因为不少字早已被弃置不用了,成了"古字的尸骸"。现在流行的《新华字典》,收字8500多个,对写文章来说,掌握四五千字也就足够了。据有人统计,1968年出版的《农村医生手册》,是一本百万字的书,但只用了大约2700多个单字;《毛泽东选集》一至四卷,只用了3000多个单字;《毛泽东选集》第五卷,只用了2200多个单字。

"3000字内做文章",是抗日战争期间,《晋察冀日报》编辑部为记者、编辑提出的战斗口号。意思是说,在游击战争环境中,记者、编辑既是一支宣传队,又是一支战斗队,既要一手拿笔,又要一手拿枪;既要坚持出报,又要随时准备作战。在这种情况下,编辑部为了减轻装备,要求大家尽量在3000字内做文章,以便把铅字重量减轻到一半以上。

根据这一情况，小朋友们可能会提出这样的问题：为了减轻重量，铅字是不是可再减少呢？比如说1000字行不行呢？2000字行不行呢？

“3000字内做文章”，是人们在长期的写作实践中总结出的经验，用字数量再减下去，肯定是有困难的。因为客观事物丰富多彩，只有掌握一定的字词，才能把事物表达得具体、准确、生动。比如说鸟中有孔雀、画眉、鹦鹉、黄鹂，你不能只用一个“鸟”字来代替。描述动作，“割一斤肉”“打二两酒”“籴十斤米”“牵一头牛”，都有买的意思，但却不能只用一个“买”字。表示各种事物的单位称谓，如：“一匹马”“一尾鱼”“一口井”“一眼泉”“一朵花”“一泓清水”“一团乌云”“一抹斜阳”等等，差别十分细致，没有相应的字词，便显得笼统而欠准确。

“3000字内做文章”，对小朋友们来说，当前的重要任务是要加强识字，并准确理解各个字词的意义，不然随着文章内容的变化，就要受到识字不多的限制。

冷处理

修改是写作的一个重要环节,“文不厌改”,是古今中外文章大家普遍遵循的原则。“能改则瑕可为瑜,瓦砾可为珠玉”,这比喻说尽了修改的好处。但是不是文章写完以后,匆匆忙忙地趁热打铁,修改一遍就算完事了呢?趁热打铁地改一遍,并不见得就可以改得尽善尽美。修改文章中有一种把原稿放一段时间再拿出来阅读、检查、改动的方法,称作冷却法,又称冷处理。

不少作家为了对自己的作品精益求精,常常采用这个方法。如俄国诗人普希金的不少作品,都是在冷却了一段时间之后经过修改才发表的。据说他的《鲍里斯·戈东诺夫》完稿后整整放置了六年,他的《茨冈》冷却了三年,《晚风振动了夜空》冷却了将近四年,而《阿克维陀》一直到他逝世时还在冷却之中。不仅普希金是这样,歌德、托尔斯泰、福楼拜、莫泊桑、契诃夫、曹雪芹、老舍、巴金,都长短不同地冷却过自己的作品。

对这种冷处理的办法,中外作家都结合自己的体会,做过许多精辟的论述。俄国著名作家果戈理说,写出来以后,“就把这草稿搁起来,过一个月、两个月,有时也许还要久些,你再拿出来读一读,便会发现有很多不对的、很多多余的，和很多没有达到的地方。”鲁迅也说：“等到（初稿）成后，搁它几天，然后再来复看，删去若干，改换几字。”苏联作家富尔曼诺夫也说：“写一部短篇小说要快，而送出去付印要慢。短篇小说像酒一样，收藏得愈久愈好。”

为什么冷处理有很好的效果呢？我国清代的戏剧理论家李渔把这道理分析得比较透彻，他说：“文章出自己手，无一非佳，诗赋论其初成，无语不妙。迨易日经时之后，取而观之，则妍媸好丑之间，非特人能辨别，我亦自解雌黄矣。”意思很明显，文章是自己写出来的，总觉得一切都好，等经过一段时间，距离拉长了，拿来再看，就像读别人的文章一样，头脑冷静下来，有了生疏感，这里好那里不好，什么对什么不对，容易发现，知道什么需要改，怎么改。小朋友们写文章，不是不愿改，而是往往不知道该改什么，该怎样改，所以这冷却的办法是应该提倡的。

边读边改

修改文章的方法很多,古人所说的咏吟法便是其中之一。咏吟法也称读改法,就是文章写出之后,通过反复朗读,发现毛病,边读边改,把初写成的文章的毛病消灭到最少。

朗读最容易发现文章中的毛病。因为朗读可以诉诸自己的听觉。对修改文章来说,听觉是一种精密的检查仪、诊断仪,一路读下去,下一句跟上一句不接气,自己可以听出来;后一段跟前一段连得不紧密,自己可以听出来;这个词跟那个词配搭照应不对头,自己可以听出来;句子成分多点儿或者少点儿,自己可以听出来。听出来了,同时也就很容易发现该怎样写才接气,才紧密,才对头,才不多不少。这种发现很重要。因为不能发现,也就不知道什么该修改,该怎样修改。

由此可见朗读是使文章的缺点曝光的一种好办法。初学写作的人写出的文章,毛病肯定是不少的,特别是语言文字方面的毛病,如语句不完整、不通顺、词序不恰当、句子成分配搭不好、声调不和谐等等。这些毛病,只凭把文章比较快速地读一遍是不可能发现的。但经一字一句地读出声来,用自己的唇舌把每字每句掂量一遍,再用自己的耳朵把每字每句斟酌一遍，自己的语感便可发挥效能，觉得哪儿读起来不顺当，结结巴巴的；哪儿读起来音调喑哑，闷声闷气的；哪儿读起来不连贯，疙疙瘩瘩的；哪儿读起来上气不接下气，拗口拌舌的，你就要变着法加以改变。改过了，再读一遍，你觉得顺当了，响亮了，通畅了，文章自然也就改好了。

咏吟法对修改文章之所以可靠，是因为说和写本来是一回事，不同的是说话用嘴，写文章用笔。运用咏吟法，是用笔先写出来，再用嘴巴去述说一遍，同时请耳朵做参谋，这样口耳并用，双管齐下，效果怎能不好呢？

古代文章学家常常以文气论修改。文气是很玄妙的说法，不如清代有个叫许印芳的人说得通俗。许印芳说："平者易之以拗峭，板者易之以灵活，繁者易之以简约，疏者易之以缜密，哑者易之以铿锵，露者易之以浑融。"这些修改任务，只有用咏吟法是最靠得住的。

第五辑

渭北风情

老游戏

"补锅"

近年西方医学专家说,小孩玩沙子泥巴,可以增加身体免疫力。其实在我国古代,人们早就发现了小孩玩沙子泥巴的许多好处。

把黄土用水和了,孩子们就以泥为戏。如果是雨天,到处是泥,孩子们哪儿也不能去,就在房檐下、门洞里,用黏黏糊糊的泥捏泥人、泥马、泥猪、泥狗……也许很不像吧,他们说那是人、马、猪、狗,于是那捏出的也就成了真的、活的。

用泥还可以玩"补锅"。把"锅"先用泥捏成,然后托在手中,高高举起,接着用力扣摔下去,"啪"的一声,"锅"底便破成一个大洞。这时同玩者就必须用自己的泥补那大洞。玩"补锅"也有输赢。"锅"底破的洞越大,赢的泥越多;对方补洞的次数越多,输的泥越多。孩子们都很慷慨,补多少,算多少,赢多少,算多少,从不斤斤计较。

"补锅"这玩法虽很简单,但有的孩子捏的"锅"却总是不容易摔破,破了也听不到那"啪"的一响。这既与泥巴的软硬有关,也与捏"锅"的技巧有关。捏成的“锅”要浅于碗，深于碟，帮子厚，底儿薄，有一定的重量，才能一摔即破，破而噼啪作响。

“斗鸡”

“斗鸡”叫斗草。“鸡”并不是真的鸡，而是一种茅草穗子。茅草种类很多，穗子如小谷子的，称狼尾草，渭北孩子称它“咪咪猫”。“咪咪猫”未成熟前，半青半黄的，采了来可以编成小猫，有头有尾有爪，毛茸茸的，很是好看。不过这多是女孩的玩意儿。她们将编好的“小猫”举在手中，反复唱：“咪咪猫，上高窑；金蹄蹄，银爪爪；上树树，逮雀雀（qiǎo qiǎo）……”细声细气的，总引不起男孩的兴趣。男孩喜欢斗鸡。那种能做“鸡”的茅草穗子像笤帚，采下来，两边分开，二人先在地上钉两颗钉子，一颗距一颗二三尺远，拴上细线，绷紧，让分开的茅草穗子骑在线上，用手里的碎瓦片摩擦钉盖儿。钉因摩擦而震动细线，“鸡”就在线上缓缓前进，在线的中间相遇时，必有一“鸡”落下线来，其情景犹如武士的落马，显得悲壮而惨烈。不落线的一方为赢方，将落“鸡”捡去，再做第二次比试。

这样一次接一次地玩，不知不觉间，太阳老高了，大半天时间就要过去。现在觉得斗鸡原是一种相当单调的游戏，玩起来无须多少技术，用碎瓦摩擦钉盖，虽不花费太大力气，但是紧张时刻即两“鸡”相撞，两颗小脑袋仍会冒出小汗珠来。

顶　拐

顶拐是一种锻炼身体平稳及耐力的活动。顶时双方都得或左或右地蜷起一条腿,用手扳住脚面,让膝部成“拐”,并单腿直立,不住跳动,互相顶撞,直到顶倒对方,或使对方支撑不住。

农家孩子吃苦耐劳,身体健壮,往往是顶拐的常胜将军。记得我读初小时,常在课间与同学顶拐。有一富家子弟,身穿长袍,头戴遮耳帽,脚蹬厚底暖鞋,全身臃肿,行动不便,常常站在场外袖手旁观,眉眼间露出一副羡慕神情。我们邀他脱掉穿戴,也来顶一回。开始他有些怯场,不肯轻举妄动。后来竟脱掉袍子上场,但因初次尝试,缺乏锻炼,竟然很不经顶,三下两下,即被顶倒,而且因脱了袍子,患了伤风,好几天没有到校。说来也巧,这位同学姓易名顶,寓意将来要为易家顶门立户。谁知经过这次顶拐,这位同学却有了一个新绰号,叫作“一顶倒”。

翻　绞　绞

翻绞绞是训练女孩心灵手巧的一种游戏。玩时要找一条近一米细绳,先把两端结上,使之成为一个圆圈。然后奶奶、妈妈或姐姐,在自己的左右手上绷出绞绞架子,让小姑娘用手指将绞绞架翻拉到自己手里。小姑娘只要心灵手巧,依照大人的指点,必然会翻出一种新花样来。这时奶奶、妈妈或姐姐,再从小姑娘手指间翻接过去,自然又成一种形式。这样多次反复,翻出来的花样大体有炉齿、簸箕、筛子、斗,有的地方叫作旗花面、片片面、猪槽槽、牛槽槽。要翻出这些花样,必须根据绞的样式或走向,或上翻,或下翻，不可不讲究先后顺序、章法规矩而胡翻乱翻。胡翻乱翻，就会翻成“烂裆裤”！

小姑娘翻绞绞，最忌翻个“烂裆裤”，因为有个说法道：“翻个烂裆裤，大了没人要！”“烂裆裤”是每个绞都胡乱地纠结在一起，无头无绪，使对方无法再翻。其实“烂裆裤”比“精尻子”（或称“两条线”）还要好些，因为“精尻子”是细线全都靠了边儿，中间空空洞洞的，什么图形也没有，对方自然无法再翻下去，有道是：“翻个‘精尻子’，一生嫁不出！”

举 石 锁

旧时，关中农村多有练石锁者。练石锁家中必有石锁。石锁多用青石凿成，形似古锁，长立方形，中有握手。因长期受人抓摩，皆滑腻润亮，油光可鉴。

石锁按重量分有三个号。一号300斤，二号250斤，三号200斤。初练者先举三号，再举二号，后举一号。举法分抓举和摆举两种。抓举是将石锁放在偏前的位置，举者俯身伸手即可抓住握手。抓紧了，要猛地一下举起，使胳膊过头直立，不摇不晃。摆举是抓紧握手后，先前后摆动数次，然后凭借惯性力量，倏然举起。用这两种举法举起石锁之后，技巧熟练者还可玩几种“花子”，即将石锁正掷、反掷和胯掷。正掷是将石锁举过头顶之后，又猛然收回到膝部以下，然后又从身前用力掷向空中，待石锁自然垂落至肩部以下，再伺机抓住握手；有气力者还可再掷再抓。反掷是将收回的石锁，从身后掷向空中，并伺机抓住，也可反复多次。胯掷是收回石锁后，举者先或左或右抬起一腿，将石锁从胯下掷向高空，待石锁下落时伺机抓住,亦可多次反复。这些“花子”玩得干净利落,观众连声叫好,报以掌声,练石锁者自然也感到荣耀和骄傲。

揭 碌 碡

夏收秋收过后,地净场光,农活少了,青壮年便在空荡荡的麦场上比赛揭碌碡。揭碌碡分横揭竖揭两种。横揭是将碌碡顺势向前滚动,既讲速度又讲时间。力气大的人,掀动碌碡的速度快,时间长,尤其是在转弯处,能灵活掌握方向,不让碌碡靠惯性自然滑滚出场。力气小的人,掀动碌碡,后劲不足,缺乏耐性,速度也慢,揭着揭着,便没劲了,不得不主动认输。横揭还有上下坡之分。麦场一般虽较平整,但仍不免有一定斜度,由低处向高处揭自然费力一些;从高处向低处揭,虽如顺水行舟,但却要有一种控制力,不然碌碡便顺势向前滚去,以致在拐弯处使人无法左右。竖揭是将碌碡先直立起来,然后快速掀倒,再快速使之直立,如此不断反复。力气大的人可使碌碡这样快速翻转,与横揭无大差异,以致博得观众齐声喝彩,取得胜利。

所以说揭碌碡是比赛力气的活动。青年小伙,力气是引以为自豪的资本。但谁有力气,谁无力气,一上场便见分晓。这时,小伙子们脱光了上身,勒紧了腰带,赤膊上阵,上身前倾,两条似松木椽的胳膊伸出来,两只像芭蕉扇似的手掌搭在碌碡上,碌碡便骨骨碌碌转。这时你见了才知道什么叫力气!但是相反,没力气的就不敢上这个场子。这些年轻人,有的也想装得像有力气,可是躺在面前的却是死沉沉的碌碡,任你怎么流汗,怎么咋呼,怎么虚张声势,它却懒得动弹,让你在众目睽睽之下,大丢面子!

“狼吃娃”

“狼吃娃”是农村青年很喜欢的一种棋艺。无论农忙农闲,他们只要有一点休息时间,就捡几个土坷垃、小石子,或折几节草梗、树枝当棋子,在田畔、地边,划几道方格对弈。为“娃”的一方要备15个子儿,为“狼”的一方只备三个子儿。开始“狼”先走,“娃”再走,叫作“狼动弹,娃叫唤”。“狼”每走一格,只能前进,或左右摆动,不能后退,因为据说狼的脖颈是硬的,本来就不会急转弯。“狼”和“娃”就这样斗勇斗智。“娃”身后不能出现空格,若有空格,就失去了保护,“狼”会立即把“娃”衔去。“娃”如果把“狼”团团围住,使之动弹不得,“娃”就胜利了;“狼”如果把“娃”吃得所剩无几,再无势力围“狼”,“狼”即为胜。

“狼吃娃”的技术比较简单,容易掌握。和这种棋艺相比,较为复杂的是“盯方”。“盯方”分为四盯、五围、七方、九方、新媳妇跳井,各有规矩、讲究,而最后多以所赢子儿的多少,区分胜负。唯“新媳妇跳井”,是以将“新媳妇”逼得无路可走,只得跳“井”为胜。

抓 子 儿

抓子儿也叫抓蛋儿,是女孩子很喜欢的一种游戏。女孩子小时和大人一起翻绞绞,长大了就和同伴一起玩抓子儿。子儿是用瓦砾磨成的。家住河边的女孩,常从河滩拣些小石子做子儿。小石子五颜六色,抓得时间长了,颗颗晶莹,很是好看。另外,子儿也可用杏核、桃核代替。

玩抓子儿,二至三人都可。玩时每人依次将七个子儿一起抛向空中,然后用手背接住，以接的颗数多少决定比赛次序。接得多的是头家，其次为二家、三家。定出次序后，头家先将七个子儿撒在地上，然后任捡一个掷向空中，并趁这子儿下坠的刹那时机，立即抓起地上的一个子儿，并接住下坠的那个子儿。接着抓二、抓三，同样反复。最后还要将七个子儿一起抛向空中，并用手背接住，再用手背抛起，用手心在空中抓住。这个动作难度最大，一般女孩不免丢三落四，很难将七个子儿全部抓住。头家如此这般地抓一遍，接着便由二家、三家从头做起。玩抓子儿的输赢胜负，是按各家在这个高难度最大的动作中抓住子儿的多少判定的。

玩抓子儿虽是女孩的游戏活动，但偶尔也有男孩子参加。记得在我的伙伴中，有个叫王巧手的，就喜欢挤在女孩窝里，和她们一起玩抓子儿。他手大，指长而纤细，抓子儿动作灵敏，一子不漏，每每取胜，常令女孩子们惊羡不已。

“骑马马”

“冲啊！杀！”

“冲啊！杀！”

一阵阵喊声在空旷的田野上激荡。这时太阳快落山了，一群乡下孩子割足了柴草，便开始演练古代骑士对阵交战的武术。他们从山冈、丛林中聚集起来，三人一组，二人做“马”，一人扮为骑士，一会儿便三组五组地摆开了阵势。这种演练虽是一种模仿——“马”背“马”鞍是由两人手拉手构成的，但骑士却威风凛凛地上“马”了。为了不让骑士一不小心从“马”上摔下来，两个手拉手做“马”的人，还用另两只手臂紧紧地扶着骑士的背，并给他以精神上的鼓励。

“马”奔跑着，骑士扬起手臂，做挥鞭状，同时不住地呐喊助威。敌我双方很快地便遭遇在一起。两位骑士都伸出手撕拉对方，要把对方拉下“马”来。总有一方要落“马”或者扑个空而从“马”上闪下来。落“马”或从“马”上闪下来的都叫输，不落“马”而能持续战斗者叫胜。输了的就是战败将军。战败将军要将获胜者背在背上绕场一周。获胜的骑士趴在败将的背上，洋洋得意，享受着胜利的喜悦。这既是“骑马马”的最高潮，也是骑马马的最后结局。

绷 核 儿

绷核（hu）儿是五六岁女孩喜欢的一种游戏。核儿多是杏核或桃核，二三人一起玩。各人可以用自己的核儿，也可以共用一副核儿。核儿少或七八颗，多至十几颗。无论是自己的，或共用的，因玩的时间长了，核儿颗颗油光滑润，纹路清晰，简直就是艺术品。

玩时头家先将核儿双手掬住，在胸前边摇边唱：

点鼓点，
绣马眼。
马眼瞎，
种芝麻。
芝麻离，
胡桃皮。
张三，

李四，

绷核儿

——你去！

唱完了便立即将核儿撒在地上，以便在两个核儿间轻轻画条细线，然后用拇指绷这一颗，去碰另一颗。若碰着了，便可将被碰的那颗捡去，接着根据形势，再画线，再绷击，再捡去，直到将所有核儿捡完。要达到如此效果，技巧全在撒核儿要疏密有致，一颗与一颗既不能过于分散，相距太远，也不能没有间隔，挤成一堆。相距太远，会增加绷的难度，挤成一堆，则无法画线，也就不能绷击。头家这样玩时，如果绷出一颗而不能碰着另一颗，既为失败，于是由二家从头玩起。

绷核儿可使女孩心灵手巧。其唱词虽无多大意义，但唱起来顺口悦耳，对训练女孩子的说唱能力，使其发音准确，吐字清晰，是有很大好处的。

打　台

打台分两种，一为打木台，一为打瓦台。木台用一段树根或树枝做成，瓦台是随手捡一片薄点儿的砖块。打木台先要在地上画两条线，一条叫底线，一条叫顶线，两线相距约 10 米。玩时两人站在底线上，将手中的台向顶线掷去，要求不能出线，但又以最靠近顶线为好，并以此决定谁为主攻方，谁为被攻方。决出主攻、被攻之后，被攻方要再次回到底线处，将自己的木台向顶线抛去，待落地后即让主攻方用自己的木台，找寻最佳角度，设法将对方的木台击出底线。击过去了，主攻方获得胜利，可以把被攻方的木台缴获，归为己有；若击不出底线，被攻方可用自己的木台击主攻方的木台,若击出底线也算胜利。

打瓦台要在地上画7至9道线。两端也叫底线或顶线,两线相距约20至30米。两线间再画5至7道线,分别叫二、三、四、五……道线,从底线到顶线,这几道线的距离要逐次缩短。玩时也分主攻和被攻两方。被攻站在顶线上,用手抛掷瓦"台",若将对方的"台"击倒,便进一步站在二道线上,抬腿将"台"从胯下掷出,若击倒对方的"台",便依次再进一步,站在三、四、五……道线上,将"台"放在脚面上、顶在头顶上、夹在两膝间……向对方的"台"击去。如主攻方技艺高超,这几道线都能顺利通过,便获全胜,若在哪个关口出现差错,自己便由主攻变为被攻,将自己的"台"立在底线上,让对方一一从头抛掷撞击。这几道防线,似乎一道难于一道,能一次顺利通过者甚少。若不能通过,便再次轮换主攻与被攻,主攻可从出了差错的线上做起,直到大获全胜。获胜后也不赢什么,重在参与,以锻炼身体为目的。

与打台相近的还有打尜。《现代汉语词典》释"尜"为"一种儿童玩具",两头尖,中间大,也叫"尜儿"。打尜的方法相当复杂,技术性较高。我们家乡的孩子很少玩这种游戏,故不详述。

2003年刊于《西部大开发》第11期

2004年1月被《读者》(乡村版)转载

农家饭食

“老鸹𩠐”

“𩠐”是陕西方言中的一个俗字，音 sá，意为人或某些鸟类的头。“老鸹”即乌鸦。“老鸹𩠐”，拿普通话说就是“乌鸦头”，是渭北农家的一种饭食。老鸹𩠐做起来省事，吃起来热热乎乎，别有风味。做的功夫全要花在烩菜上。菜虽不是主体，但老鸹𩠐的质量、口味，却取决于烩菜。菜是大杂烩，可繁可简、可素可荤，既无定规，也无穷尽，可以简之又简，也可以锦上添花，好上加好。一般的烩菜，只有豆腐、肉片、粉丝和几样青菜；讲究的，要外加木耳、黄花、腐竹、海带……菜烩好了，便在小盆里和黏而稠的面糊。等面糊稍醒一醒，便用筷子一块一块地夹在沸水中。块的大小要宛如老鸹𩠐，而且必须匀称，不能大，不能小。大了或小了，便不像老鸹𩠐。有人性子急，嫌一块块夹费事，而是把小盆倾斜着，用筷子一条一条拨在水里。这样拨成的，有点像“拨鱼”，自然不是老鸹𩠐。

说烩菜重要，并不等于说和面可以马马虎虎，掉以轻心。和面的关键在于掌握软硬稀稠。面和软了，夹出的下在锅里，常常散架，成不了䭔的形状，甚至会变成一锅糊汤；面和硬了，既费火又很难煮透，勉强熟了，吃在口里，又硬又僵，菜是菜，䭔是䭔，吃起来没味。

前些年，有个陕西老汉被儿子接到上海去住。老汉住不惯，总闹着要回家。儿子和媳妇很孝顺，老人天天要走，年轻人天天挽留。老人无计可施，一天对媳妇提出要吃老鸹䭔。媳妇是上海人，怎么也听不懂，最后只得和丈夫商量，终于把老人送回了家。

“驴蹄子”

农家有些饭食，名称有些吓人，如“驴蹄子”“老鸹䭔”“猴上杆”“蛤蟆蝌蚪”等等。这里单说“驴蹄子”。

人们告别“驴蹄子”已有半个多世纪了。告别的原因不是因它不好吃，也不是因这名称粗俗吓人，而是由于“驴蹄子”是用荞麦面做的，而荞麦属于低产作物，半个世纪以来，无论山区平原，种植面积越来越小，荞麦面变得十分金贵。半个世纪前，人们看重荞麦，是因为它生长期短，又有肥田作用。那时的农家主妇，用荞麦面可做多种饭食，如荞面搅团、荞面锅沓、荞面煎饼、荞面花卷等等。其中工序最简便而又最好吃的，便是荞面驴蹄子。

做荞面驴蹄子，只需事前将面和好，然后用力揉搓，使之活泛而有劲，接着便用双手把面团扯压成二寸宽、半寸厚的长条。切时左手四指轻按面条，右手持刀将面条切成薄片，然后大火炖煮，煮熟后掺入调料、炒菜。

据说荞面驴蹄子这名称,最早出自一位农妇之口。开始,此种饭食只有做法,而无名目。一日,一位农妇将饭做好了,但却等不着老头回来食用。老婆子有些生气,心想死老汉今日哪儿去了?想着想着,见槽上的毛驴也不见了,这才记起夜里老汉曾说明日要到集上给毛驴钉掌。于是一路找去。到了钉掌作坊,老头牵了毛驴正要回家,见老婆子赶来催他回家吃饭,便问今日吃啥?老婆没好气,不想回答。谁知她一眼望去,但见钉掌作坊满地堆着铲下的蹄片,恰与她做的饭形色完全相似,因之随意说出"驴蹄子"三字。由此这名称便口耳相传,广泛推广,人人耳熟能详……

我以为这传说是可信的,因为农民最讲实际,又不愿在名称上大做文章,制作广告噱头。比如一些阔人吃的饭菜,名称虽很妖艳动听(如西施舌、水晶虾饼之类),但食之寡淡无味,名实极不相符。由此可见广告噱头,害人匪浅!

蘸 水 片 片

蘸水片片,既是这种饭食的吃法,又是这种饭食的形状。蘸水是吃法,片片是形状。陕西关中方言有一种奇特的名词重叠现象,如将"盆"重叠为"盆盆",将"刀"重叠为"刀刀",将"碗"重叠为"碗碗",都有使原事物变小并表亲昵的作用。"片"和"片片"在形状面积上是很不相同的。"蘸水片片"实际上就是"蘸水面片儿"。"面片儿"不同于"面片","片"是一大片,或很大的一片;"片片"'和"片儿"的面积要小得多。由这些区别我们可以体会到"蘸水片片"是一种蘸着水儿吃的只有半寸见方的面片儿。

先说面片儿的做法。

做面片儿和一般面条不同的地方在于和面要软,可以放少许盐,以加强韧性。“醒”面的时间可以稍长一些,“醒”到了,按自家喜好或擀得薄些,或擀得厚些,然后切成寸半见方的片儿,在沸水中煮熟。煮的时间长短,也和面的软硬有关。煮熟了,软硬适度,即可带汤捞出来,蘸着水儿吃。

水儿是用醋、盐、酱油、蒜泥调成的。蒜泥要事先捣好,加上辣面,泼以滚油。这样的水儿调好后,盛在小碗里,即可夹面片蘸而食之。食时,可以只夹一片,蘸少许水儿,也可以夹三五片浸入水儿中,使之入味,然后一片片吮食。这两种吃法,可根据各人口味轻重而定,没有一成不变的要求。

现在人吃的蘸水片片,多以清水煮成。早年间陕西关中常种大麦和青稞。大麦、青稞成熟以后,碾成麦仁,可以熬成又稠又黏的麦仁粥。在麦仁粥里煮面片儿,再蘸以水儿食之,称作麦仁片片,别有一番风味。

菜疙瘩

我估计菜疙瘩的历史已很悠久了。因为早年间,陕西农村经济落后,粮食产量低,苛捐杂税多如牛毛,劳苦农民十室九空。而人又是“张口货”,饥肠辘辘,总要想方设法填饱肚子。祖母说她小时吃过草根、树皮、观音土……所以我估计,菜疙瘩这种饭食必是人们在艰苦年月,出于无奈的一种创造发明。这种历史背景,决定现在的菜疙瘩,还以荠菜、小蒜、灰条、马齿苋等野菜为主要材料。没有野菜或野菜枯老之后,摘一篮榆树叶、枸杞叶、扫帚叶、洋槐花,也可蒸成疙瘩。

蒸疙瘩先要将菜(或树叶、树花)淘洗干净,晾在通风处使水分发散,然后撒上少许面粉,在案板上揉搓,让面粉均匀与菜混合,再上笼蒸熟。蒸熟的疙瘩不软不硬，若散若聚，成絮块状，故名疙瘩。陕西长安一带，称疙瘩为“麦饭”，不知由何而来，我至今以为这称呼不如疙瘩形象生动。

吃疙瘩调料很重要，最好拌少许大油，再佐以精盐、酱油、味精，吃起来既可当菜，又可当饭，当饭便可减少大半粮食。喜欢吃酸辣的，还可调些辣油、陈醋。疙瘩放凉了，用葱花菜油爆炒，别有风味。

菜疙瘩是人们在糠菜半年粮的艰苦年月发明创造的，但现代人的生活改善提高了，其饮食结构中仍有这种饭食。现在的菜疙瘩，菜都是从市上买的，如芹菜、茴香、莴苣叶、苜蓿、豇豆等。2000 年春，我应乡友刘新昌君之邀，返回故乡作春日游，住在县城颇有名气的天雄大厦。大厦每日以家乡饭菜招待，其中就有用大盘调好的菜疙瘩。据说这大厦每日来往旅客不绝，生意很好，原因之一就是饭食中有菜疙瘩和搅团之类农家饭。

吃着这样的家乡饭，能勾引起我对许多往事的回忆。

“南瓜盖被儿”

“南瓜盖被儿”是陕西人吃南瓜的一种方法儿。

“你家今日吃啥?”“南瓜盖被儿!”听着这样的一问一答，凡吃过南瓜盖被儿的人，莫不垂涎三尺!

南瓜必须又老又干。老是干的重要条件，但并不一定凡老透了的都干得够标准。标准是又干又面。陕西人把又干又面，称“干面干面”。干而面和干而不面是截然不同的。只干不面，含在口里没糖分，不绵软，不温润，不香甜。由此可以体会到又干又面是多么好的滋味，多么好的口感!

南瓜能长得又干又面，一是靠品种，二是靠水土。品种是主观条件，水土是客观条件。但有时主观条件并不起决定作用,即品种是好品种,而种在低洼潮湿之处,也会使品种发生变异。好品种必须种在干旱的沙土地里,而且地势要高,通风、透气,阳光充足,如田头、地坎、埂畔。这些地方土壤看似贫瘠,实则肥厚、松软,有底气。种在这种土地上的南瓜,可以扯蔓十多米。蔓条手指般粗。每一二米结一颗瓜,从根瓜到末瓜,少则三四颗,多则五六颗。根瓜较小,然后逐渐增大,由小到大,在阳光下一字而排开,闪着或黄或绿的瓜皮。这些瓜靠一条蔓供给营养,瓜叶反而又黄又小。所以有经验的种瓜人,仅凭瓜叶,也能断定瓜的干面程度。

吃"南瓜盖被儿",先要把摘下的老南瓜洗净,然后劈成两半,掏出瓜瓤,在案板上切成比麻将牌稍大的小块。这种小瓜块,淡黄的,像待刻的青田石;深黄的,像温润透明的蓝田玉,每个剖面上都渗着晶晶糖液,散发出一股股清香气息。

切罢瓜就要和面,接着再把面擀成筷子厚的饼——这就是要盖的被儿。被儿分死面和起面两种。起面搭酵面,死面不搭酵面。死面被儿,出锅后又筋又韧,有嚼头,最合年轻人胃口;起面被儿,出锅后软硬适度,瓜味全入在面里,老年人吃了容易消化,有滋有味。

做南瓜盖被的技术,归根结底是盖被儿的技术。被儿有单层和双层之别。家里人口少,一层被儿够吃,就盖个单被儿,人口多,一层被儿不够吃,就盖个双层被儿。盖双层被儿是把炒得只有三分熟的南瓜,留出一半,先盖一层被儿,再把舀出的一半覆在第一层被儿上,然后再盖第二层。两层被儿都盖好了,要用一个小盆,调好拌有大油、酱油、精盐、味精、大料的汤,从上层被儿浇下去,直达锅底。这时火要大,使那滚沸的汤,咕嘟咕嘟地响,形成即将把被儿掀起之势。这时,会做南瓜盖被儿的行家,要快速地取一根竹筷,从头层被儿直直地往下扎几个小洞。于是,滚沸的汤就从洞孔中冒出来,打几个气泡,又沉下去,以至淹没了被儿,浸泡了被儿,直到南瓜和被儿都熟透。

腊　八　面

早年间,渭北的乡下孩子,一到冬天就盼着吃腊八面了。

腊八面是由腊八粥演变来的。"腊八"(农历腊月初八)是佛教节日。据说释迦牟尼是这天成道的,所以佛寺常于此日诵经,并用香谷及果实造粥供佛,后来遂演变为民间习俗。据《武林旧事》和《燕京岁时记》记载,做腊八粥有用核桃、松子、乳蕈、柿、栗者,有用黄米、白米、小米、菱角米及栗子、红豆者。陕西渭北,盛产小麦而缺这些东西,所以,这个广大地域的腊八面,也就是腊八粥。

那时的乡下孩子之所以一到冬天就盼着吃腊八面,一是由于家穷,整年见不到油水,二是由于腊八面也确实有特点,很好吃。

做腊八面,须于先一日炒好菜。菜里有大肉、粉丝、豆腐及红白萝卜。然后主妇在次日黎明前便起床,先在锅里煮小米(或玉米糁)和黄豆,接着便和面、擀面。面比平时要和得硬些,也擀得厚些,但必须切得比韭叶还窄。面切好了就下在煮好的小米、黄豆汤里,并将先一日炒好的菜掺入,如果味还淡,则再加盐加酱。醋最好少调或不调,调多了,会影响黏度。谚云"腊八吃得早,地里不长草"。这时太阳冒尖,主妇便唤醒一家大小,准备开饭。

旧时,趁人们梳洗之际,主妇要为土地、天帝、龙王、牛王、灶王诸神各献一碗腊八面,同时还要盛一碗去祭院墙、树木。祭的方法是在院墙和树木上抹一些腊八面汤汁，然后将剩下的倒在院里，供鸡、麻雀及其他鸟类啄食。孩子们望着鸟们啄食，还会唱起“鸡儿鸡儿吃腊八，明天给娃下疙瘩（鸡蛋）”的歌。如此祭祀、施舍，说明腊八是对佛教节日的沿袭。

渭北农民一年难得吃一次腊八面，所以到了这天，一般的家庭都要做很多腊八面，一顿吃不完便多次热（多次加温）着吃。热着吃剩下的腊八面，更黏糊，更有味道，所以乡谚说：“腊八姓张，越热越香！”

搅　团

农历正月初五，俗称“破五”。“破”是一个很不吉利的字眼，如破败、破碎、破家、破产……所以“破五”又称“五穷节”。在漫长的艰苦岁月中，农民被“穷”吓怕了，所以视“五穷节”为全年最早的一个忌日。这一天，他们早饭吃搅团，据说是可以“缠穷气”，午饭吃饺子，据说是可以“填穷坑”。用饺子“填穷坑”，是因为饺子形似元宝。用搅团“缠穷气”，是因为“搅”有缠绕羁绊之意，可以把“穷”束缚捆绑起来，使之立地就擒，动弹不得。

人常说：“搅团要好，七十二搅。”其实七十二搅只是一个约数。这句话的准确含义是：搅团要好，功夫全在一个“搅”字上，搅得勤，搅得匀，稀稠软硬，一根擀杖是有感觉的。尤其是，搅动得法，有技术（顺时针搅动就一直顺时针搅动，反时针就一直反时针，不能一会儿顺时针，一会儿反针针。这样一会儿正，一会儿反，就叫胡搅乱缠！），锅底才不结巴，即使结了巴，也不至于被烤焦烧糊。做搅团，锅底焦了、糊了，吃起来有股窜炬味，这是最大的失败，最没技术的表现。

“五穷节”吃搅团，“缠穷气”，这说明了搅团的创始原因。后来搅团便推广了。“五穷节”尚在年节之初，这时吃搅团，因有大肉做臊子，穷搅团配上好佐料，吃起来自然丰腴不俗。所以渭北农村，至今仍有“五穷早上的搅团便饭，胜过三十初一的长面”之说。过罢“五穷节”再吃搅团，大肉臊子没有了，搅团才真正成为平民饭食。这犹如穷家女儿脱去浓妆艳服，终于显出了天然本色。这样的搅团，以红红的辣子醋水为汤，吃时把金黄色的搅团舀入汤里，红黄相间，色味俱佳，乡人谓之“水围城”。

“水围城”是吃热搅团的方法。搅团熟后，摊在案板上，用刀抹平，等冷却凝聚之后，切成条儿凉拌，和市上卖的凉粉可以媲美。年轻人最喜欢吃凉拌搅团，因此渭北农家多置有一种很特殊的灶具，叫作“漏鱼筛筛”。这种小筛用很薄的竹篾子编成，形似晴空满月，中间有很多小孔。用这种筛子漏鱼儿，必先在一个较大的盆里盛足了井水，然后将刚熟的搅团舀入筛内，悠悠腾挪转动，于是一条条鱼儿便游弋在水里，叫作“搅团鱼儿”。盛夏炎暑，年轻人吃凉拌搅团鱼儿，吸吸溜溜，一会儿一碗，一会儿一碗，其清凉爽利，不亚于城里的冰激凌。

烙　面

烙面是陕西咸阳北五县逢年过节的一种主要面食。以上地区的人把做这种面食叫摊烙面。摊的方法和平时摊煎饼相似，不同的是和面特别讲究，摊出的饼很薄、很筋，不像平时摊的煎饼，又厚又软，蘸了蒜水吃，扯一大片，又一大片，乡下人称作“狗拉裤子”。“裤子”是小孩用的尿布。用“狗拉裤子”形容吃煎饼，虽很不雅，却十分形象，也说明平时吃的煎饼和逢年过节为吃烙面而摊的煎饼很不相同。

摊烙面应于先天夜里将面和好。面要上等麦粉或荞麦粉。和面时先要稠,然后慢慢加水,由稠调稀,直到可以扯线拉丝。摊烙面的主要工具是一口鏊锅。这种鏊锅并非家家都有。每年春节前几日,这几口鏊锅天天不闲,用时需事先向主人家预约。

借来鏊锅,先用几块砖支起,以便在下面烧火。烧火的最好燃料是麦秸。麦秸火温和,既不暴烈,又不沤烟。鏊锅烧热了,将和好的面汁舀一勺上去,用刮子摊匀,"吱"的一声,便熟了一面,再翻转过来,又"吱"的一声,这张煎饼便熟了,摞在案板上,高高地一堆。然后折三折,八层,约一寸宽,再一层竖一层横地摞起来,上面压块石板,过两三小时,再一张张抖开,晾在绳子上,使水分散发,便切成又细又长的烙面。

切烙面最讲究技术。将晾过的烙面再三折,八层,用一把很长的摆刀在案上切。切时人必须站着,右手持刀,左手指压在烙面上,刀一下一下起落,左手指很有节奏地后退,一会儿一张烙面便切完了。技术高的人切烙面,悠然自得,游刃有余,看似毫不费力,并不需要什么技术。但是技术不佳的人,切一会儿便心慌,甚至累得满头大汗,把烙面切得宽的宽、窄的窄,爷爷孙子的,很不均匀整齐。

切好烙面,最好一把一把、一层一层地旋在陶罐里,罐口苫一块湿布,既防干又防潮。干了,汤浇不透;潮了,容易发霉。这样存放烙面的,自然是小户人家。大户人家遇有红白之事,据说摊的烙面多了,可用囤圈。摊这么多烙面,绝不是几个人干得来的,那摊、切场面之壮观,不难想见。

手 工 挂 面

手工挂面的最大特点是:比头发丝还细。这比拟虽有些夸张,但却夸张得很形象,很逼真。

手工挂面多是农民自己挂的。有些人技术特别突出,被称作“挂匠”。挂匠并不以挂面为职业。农民只在逢年过节那几天吃挂面,挂匠也只在那些天替不会挂面的乡邻帮忙。帮这种忙,全是一种义务劳动。从先天夜里和面到次日傍晚收面,整整要忙活二十多个小时。忙完了,主人送给挂匠的,只不过一瓶酒或几盒香烟。

挂面是一种很费力气的劳动。年轻的挂匠和面时,常常脱了棉衣,只穿一件衬衫。他把衣袖挽到肘弯以上,和好一盆面,常常满头大汗。面和好了,又柔又韧。和面的主要功夫是揉面。揉时双手又搓又捅,直到面团可以拉长而不断。接着的工序就是盘面。盘面是将面团扯成长条,一边扯一边一圈一圈地盘在另一个盆里,直到将盆盘满。然后挂匠休息片刻,吸一支烟,再从这个盆里盘到另一个盆里。如此盘几回,面条便由井绳那么粗扯拉到只有筷子那么粗。这时已是凌晨三四点钟,主家为挂匠做一顿夜饭。挂匠吃完夜饭,吸一支烟,天亮了,便准备出面。

出面前先要将挂面架子竖起,约与房檐相齐。这时挂匠就将盘细了的面条绕在轴棍上,悠悠地闪一闪,面条就会更细,于是上架,使面条慢慢下垂,越垂越细,直达地面。这时,太阳出来了。面挂齐了,一排一排,密密麻麻的,悠悠颤抖,使人很容易地产生了进入龙宫之感。午后,细若游丝的面条干透了,挂面的全过程便进入最后阶段——收面。收面是将面条从轴棍上退下来,摆在案板上,用刀切成七八寸长的节儿,一把一把用马兰叶子捆住两端。马兰叶用水浸泡了,显出淡淡的绿,使挂面把儿又整齐又美观。

劙 面

劙(读 lí,用刀切割)面是陕西关中妇女的一种绝活。方法是将面条擀薄之后,一折再折,成四层,呈扇形。劙时左手指按住擀杖,从扇面上端,徐徐滚动后退;右手持刀,速进速退,往返切割,使长如线、细如丝的面条,整齐地排在刀下,也称“刀劙面”。

劙面后下锅煮熟,有猴儿上杆和浇酸汤两种吃法,猴儿上杆是一种干吃法。吃前先溇臊子。臊子用葱花、姜粉、味精等佐料拌肉末炒成。吃时因臊子肉末都附着在面条上面,味极鲜美,故称“猴儿上杆”。

浇酸汤面,也称“浇汤面”。这种吃法不同于陕西宝鸡地区的岐山面,也不同于陕西周至县的摆汤面。它的特点是每碗只放一筷头面,而汤却必须盛满;吃时只捞面,不喝汤。但在席间,劝人多吃、吃好,却说:请慢点喝!好好喝!使从未经历过这种吃法的人很容易产生误解,以为吃这种饭,主要是为了喝汤,吃面只是意思意思而已。

浇汤面要吃得可口,称心如意,汤的好坏最为关键。汤调好,别有风味。汤以鸡汤、肉汤为基础,加水佐以油盐酱醋、大料、味精。有的地方还放很多很多辣椒。辣椒是事前捣碎了的,用大油或菜油泼过,调在汤里,厚厚的一层,红汪汪地浮在面上,用口吹也吹不透。据说某家为儿子结婚,客人很多,吃浇汤面,光辣面子就用了一麻袋。汤必须烧得滚烫,面只有一筷头,浇以沸汤,用嘴吸食,汤味好坏,立即就会品尝出来。这种吃法,入味、利落、爽口,食量大的年轻人,一顿可以吃二十多碗!

煎　饼

农家饭食多与时令节日有关，因之有极深厚的文化蕴涵。大年初一，早饭或吃饺子、臊子面，午饭或吃“八跨五”“十三花”酒席，都取长年平安之意。正月初五为“五穷节”，所以打搅团，“缠穷气”。正月初七为“拉魂日”。据说此日人的魂灵都要到阎王爷那儿去应卯，所以这日全家在黎明前要吃“拉魂面”。吃时只许吸溜，不许咬断，以为咬断了就起不到拉魂作用。有的地方，下午饭时主妇要一边盛饭，一边呼唤家庭成员名字，被唤者闻声要回答“回来了”，谓之“回魂”。

以上节日饭食，后来虽大都日常化了，但其起根发苗，都有明显的庆祝时令节日的痕迹。而有些饭食的创始缘由，直到现在，却让人很不明白，很难做出准确解释。如正月二十日摊煎饼，据说是为了纪念女娲补天之功。

在神话传说中，女娲为人类始祖。《太平御览》引《风俗通义》云：“俗说天地开辟，未有人民，女娲抟黄土作人。”《淮南子·览冥训》言：“女娲炼五色石以补苍天……积芦灰以止淫水（淫水：横流之水）。”可见女娲神力很大，她不仅“抟土作人”“补苍天，止淫水”，还“与共工氏较，灭共工氏而迁之”，是个全才人物，尤其“不张其功，不扬其声”，只知默不作声地做事，很值得纪念。但纪念日为什么要定在正月二十日呢？又为什么要以摊煎饼、吃煎饼为方式呢？我以为这就很值得研究。

摊煎饼的方法很简单。一般要事先和好面，搅拌均匀，不稀不稠，达到可以挂丝吊线的程度。然后用麦秸火烧鏊子或铁锅，一勺一张、一勺一张摊熟，让家人趁热现吃。吃有两种方法，一是调好以辣椒、蒜泥为主要佐料的醋水，扯开煎饼，蘸而食之，俗称“狗拉裤子”。一是拌好以青菜、粉丝、豆芽为主的凉菜，再以整块煎饼卷而食之，近似山东的煎饼卷大葱。这两种吃法，风味不同，各有千秋。但千百年来，人们只知这样做，这样吃，到底与女娲炼石补天有何关系，却不得而知。

近日在一种刊物上偶然读到一篇文章，题为《〈鲁迅作品木刻插图选〉编选前言》，文内附有《补天》插图一帧，为一位叫俞启慧的作者所制。这幅插图所刻的女娲为裸体，身姿矫健，她双手擎起一张白色天幕，做补天之状，看了使人很受感动。由此我想，想象丰富的农民，是不是将煎饼夸张了，放大了，把它想象成女娲用手擎起的那张白色天幕？受这帧《补天》插图的启示，我以为用摊、吃煎饼纪念女娲，既是很艺术的、很美的，也是很现实的。

糊　　笃

糊笃是陕西关中最流行的一种家常便饭，有的地方叫"面水"，有的地方叫"面糊"，而渭北广大地区，则称"糊笃"。我以为这叫法很古雅。"笃"有结实、深厚、诚恳之意，"糊"而"笃"，就是糊得黏，糊得很实在，很到家，很够成色。

名称的不同，也与做法上的差异有一定关系。称"面水"或"面糊"的地方，大多事先将面粉盛在碗里，用凉水拌成糊状，然后掺入沸水，稍加搅拌，烧开即成；称糊笃的地方，做时则一手持筷，一手撒面粉于沸水之中，边撒边搅。搅要顺时针旋转就要一直顺时针旋转，反时针就要一直反时针；不能一会儿顺，一会儿反，毫无规矩地胡乱搅动。搅匀后要盖严锅盖，再用麦秸火烧开。开后既不能揭锅用勺搅动，也不能用大火接连着烧，而要等待五七分钟，再向火膛里轻轻撒一把麦秸，用文火悠悠焖煮。焖后再停五七分钟，然后再焖。如此反复二三次，始能成功。

这样做出的糊笃，如果是新磨的面粉，色淡黄而泛微绿，黏糊而清香，与事先用凉水拌成糊状掺入沸水的“面水”或“面糊”，大不相同。据说有位农村老妪，患老年白内障，目不能视。她的年轻媳妇贪图简便，常以“面水”或“面糊”诓骗婆婆，婆婆只喝一口，即可辨别得出，并说：“你又拿面水涮我肠子！”

糊笃好消化而有一定营养。早年间，不少农村妇女奶水不足，常以此饭食喂养婴儿。有些老人患严重胃病，每日三餐只吃烤馍，喝糊笃，坚持数年，不服任何药物，胃病痊愈，且个个活到八九十岁！

茄　夹

每年春天，农民常在自家的田坎地畔，栽几棵茄苗。茄子无诳花。只要水肥充足，茄苗长至初夏，每开一朵花，就结一颗茄。初如一颗小扣，然后天天见长，像鸽蛋了，像鸡蛋了，最后个个硕大丰腴。茄子的这种特点，和从不说谎的人一样，一句顶一句，非常可靠实在。

茄子的吃法较多，最常见的是烧茄子、凉拌茄子、蒜蘸茄子和茄夹。茄子烧得好，往往可以上席。烧的方法是先将茄子切成一寸长的块儿，再用刀轻轻浅浅地划几道口，然后入锅油炸，使微黄微焦，加精盐、酱油、蒜末，味极佳美。凉拌是将茄子从头至尾劈成长条，上笼蒸熟，放凉，调香油、蒜泥各种调料。蒜蘸茄子做法与凉拌茄子基本相同，不同处只在吃时要调好酱醋辣子蒜水，以蒸熟放凉的茄条蘸而食之，味极浓郁。

比较复杂的是做茄夹。

做茄夹须先将猪肉剁碎，并加酱油、作料拌成馅子，再将茄子切成两两相连的薄片，然后夹猪肉馅于两片之中，裹以面糊，入锅油炸。做茄夹油要多，肉要有肥有瘦。我吃茄夹是在20世纪70年代初。那时我们学校在宝鸡地区开门办学，培训中学教师。校后勤部门给我们十多位教师派了一位姓董的厨师。做茄夹是董师傅的绝活。宝鸡地区，茄子价廉而质地肥厚，董师傅因之常为我们做茄夹吃。后来教学转入正轨，开门办学结束，董师傅与我们返校途中，突然患中风而死。前几年，我在校园遇到他的女儿，谈到她父亲，这女孩一时竟然落泪，使我甚为不安。接着，我便将话题转到他父亲所做的茄夹上去，这女孩的情绪才慢慢转变过来。由此我想，一个人一生，若能为世人留下一点值得纪念的东西，大到一种贡献，小到一种技能、技巧，不仅他自己会无怨无悔，就连他的后世子女，也会感到欣慰。

浆水和浆水菜

陕西渭北农村，把制作浆水叫渥浆水。

渥浆水要有引子。引子就是别人家早已渥好的浆水。要先舀一碗来倒在事先洗净的盆里，然后将煮过面条的汤澄清，和引子倒在一起，泡少许药芹菜在里边，于大太阳下暴晒。因此渥浆水，选择时间很重要，如果连日阴雨，初渥的浆水必然霉臭、混浊，而无那种特殊的酸味。

晒浆水盆口最好苫一块干净纱布。这样既不遮阳，又可防蝇防尘，使浆水清澈透亮，味酸而鲜。浆水性凉，可清热解暑。渭北农家，一年四季，以面食为主，但在炎夏，干面、汤面均不相宜，只有浆水面清凉爽口，是这个季节最佳的面食。

吃浆水面，最好是自擀的切得较窄的韭叶面。未煮面前，先要把浆水炝好。炝浆水必先把油烧开，然后爆炒葱花和椒粒，并趁锅热油燥之际，把浆水猛然倒入，接着用大火烧开。这时，滚沸的浆水里浮着焦黄的葱花，黑红的椒粒，亮亮的油点，整个厨房便散发着浓郁的浆水味。炝好的浆水就是浆水汤。这时要把汤盛在另一盆里放凉，然后煮熟面条，或直接捞入，或过冷水后捞入。经过冷水浸泡过的面条，浇上放凉的浆水，汤清面细，别有风味。

药芹菜在浆水里浸泡两三日，便由碧绿变为黄绿，既保留着原来的芹菜味，又饱含着微酸的浆水味。把具备着这些特点的浆水菜捞出来，切成一公分长的节儿，佐以精盐、料面、辣面，沸油泼之，色味俱佳，是一种特殊的下饭小菜。现在药芹菜因产量低已很少有人种，但渥浆水却少不了它。因此捞出泡好的芹菜，便要以新买的替补，不可一日短缺。近年有人以产量极高、又粗又大的新品种代替药芹菜，无形中影响了浆水的质量，此中的微妙差别，是没有品尝过药芹菜渥出的浆水的人所不知道的。

枣　山

枣山是陕西渭北农村半个世纪前每逢春节祭祀神灵的一种面食供品。那时的农民，迷信思想严重，过春节时不仅要供奉祖先，还要祭祀家里的各种神灵，如土地爷、天帝爷、龙王爷（井王爷）、牛（马）王爷、灶王爷。祭祀的方法是从除夕直至元宵节，早晚都给以上诸神点一炷香，同时献上一座枣山。枣山也叫枣山馍，是农家在除夕前蒸年馍时蒸的。蒸年馍先要在前一天晚上发面，次日全家动员，烧火的烧火，揉面的揉面，传馍的传馍，常常要忙整整一天。

蒸这么多馍,全是为了整个春节期间再不蒸馍,而安安心心地过年。年馍分自己吃的,走亲访友送的,和祭祀神灵用的。这最后一种就叫枣山。蒸枣山面要上等精粉。蒸时先将发好的面揉成条形,约一指厚,二指宽,然后卷成一个个云朵,再将每个云朵由下至上按七、六、五、四、三、二、一之数,摞成七层,最后再用一个整条围绕,使之成为上小下大的三角形,再把事前洗净的红枣镶在每个云朵间,让其形同于“山”。

除夕夜开始祭祀时,先给土地、天帝、龙王、牛王、灶王诸神上香,然后供枣山。土地、天帝、龙王诸神位都在露天,那枣山供在小小的神龛里,整整一月,风吹日晒,变得又干又脆,叫作“风干”。

牙齿好的人都很喜欢吃这种风干枣山。这是过完春节的最后一次享受,含有乞求神灵保护之意。所以在不少家庭,风干的枣山,必由老少分而食之。谁也不能独吞,谁也不能不吃,更含有有福同享、皆大欢喜的意思。

炒 面 豆

陕西关中农村,过去和现在,全年有两个吃炒面豆的节日,一个是农历二月二日的“龙头节”(又称龙抬头节),一个是农历六月六日的“暴晒节”。到了这两天,家家都炒面豆。炒好了,盛在小竹箩里,让大人小孩抓食。

面豆的炒法很简单,先发面,后按面的多少,打二至三个鸡蛋,撒盐和大料粉,搅匀和入面中,反复揉搓,擀成筷子厚的饼,入锅烙至半熟。烙完后切成色子颗儿,再入锅炒,直至黄亮酥脆。

二月初二,孩子们一边吃炒面豆,一边唱道:

二月二，
吃豆豆，
人不害病地丰收。

二月二，
龙抬头，
大仓满，
小仓流……

六月初六，人们晒书籍字画、皮毛绸缎、棉衣棉裤。这天，太阳总是很好，孩子们一边吃着炒面豆，一边在阳光下，衣物间，穿来跑去，并大声歌唱：

六月六，
天上日头光光，
百虫晒得惶惶。

六月六，
天上日头红红，
晒得百虫咯嘣嘣！

大人望着孩子奔跑歌唱，张开大嘴，将一颗颗面豆掷进嘴里，嚼得“嘣嘣”作响，似乎又回到了童年。

𰻝 𰻝 面

由于气候、地貌、经济、文化等条件的不同，我国各地都有自己的“八大怪”或“十大怪”。“怪”就是特点、特色，就是反映在衣食住行等方面的不同于其他地方的事事物物。物以稀为贵，事以怪称奇。陕西的“十大怪”，表现在饮食方面的“面条像裤带”“锅盔像锅盖”“辣子是道菜”“泡馍大碗卖”……每一种都很有特色，值得珍贵。

居“十大怪”之首的“面条像裤带”，其确切名称叫𰻝𰻝面（biǎng biǎng），“𰻝”字有七八种写法，字书均查不出，但其结构由十多个偏旁部首组成，大同小异。现在西安街头专卖𰻝𰻝面的饭铺、摊点，按一种最流行的字谜写这个字，写出来密密麻麻，斗大一堆。谜曰：“一点飞上天，黄河两道弯，八字大张口，言字往进走；你一扭，我一扭，一下扭了六点点；你一长，我一长，当中夹个马大王；心字底，月字旁，坐个车车逛咸阳。”按这个字谜顺口溜的先后顺序，将这些偏旁部首组装起来，一个臃肿庞大的“𰻝”字就写了出来。

正宗的𰻝𰻝面，一般宽一寸，长一尺，可薄可厚，薄厚随意。年轻人胃口好，吃硬不吃软，厚可超过铜钱；人老了，消化功能差，对厚的不敢问津，擀面行家可将面擀得薄如蝉翼，使老年人不仅好嚼，而且十分留恋，一直吃到七老八十。

平常，人们把𰻝𰻝面也叫黏面。吃黏面须将面先下锅煮熟，不带汤捞在碗里，然后拌葱花、油泼辣子、盐和醋，使之越搅越黏。年轻人吃黏面多用耀州老碗。这种老碗，白瓷、青花、长把，碗口约七八寸，常常大于小盆。用这种碗盆难分的老碗吃黏面，一碗即饱，无须再次添盛，所以大家可以蹲在庄前、树下、村头，海阔天空，边吃边聊，称作“老碗会”。老碗会也有比赛谁家的面擀得好、谁吃得多、吃得快的意思，所以也是𰻝𰻝面的展览会。

石　头　馍

石头馍又称石鏊饼、干干馍。有些烹饪学家认为，这种食品起源于远古石器时代。他们说，那时先民们尚未发明铁器，而又尝到了熟食的好处，因之便在河边捡一堆光溜溜的小石，将面粉制成薄饼，将小石在火里爆炒，使之如同火球，然后在地上挖一小坑，把热得烫手的石子倒一半在坑里，铺薄饼于“石鏊”之上，再用另一半石子盖在薄饼上面。如此上下烘焙，面饼不仅熟得又干又脆，而且不焦不糊，色如白云，形如明镜，两面留下自然天成的凹凸馍痕，吃起来酥脆爽口。这种制作方法，传至后世，人们便把炒石子的工序，由地上搬至锅内，而且还要淋一些大油或菜油。这道工序完了，便用搅匀了的鸡蛋和面，佐以各种调料，然后依照古法炮制，使味道更加油酥咸香。

贾平凹在《贾平凹陕西小吃小识录・石子饼》中写道：“20 世纪 70 年代，关中一农民有冤，地方不能申，携此饼一袋，步行赴京告状。正值暑天，行路人干粮皆坏，见其饼不馊不腐，以为奇。到京，坐街食之，市民不识何物，农民便售饼雇人写状，终于冤案大白……”我不知平凹这段记述，是否依据的是李济翁（生平不详）在《资暇录》中所做的记载。《资暇录》中说，同州（今陕西大荔县）人常因语言冲撞，失掉和气，相持不下，便到衙门去打官司，但又往往担心败诉入狱，“必怀此饼而去，用备狴牢之粮”。若果真如此，平凹的记述则更显幽默风趣，内容也变得更为丰富，尤其是说同州人做石头馍，“家家都有专用石子，长年使用，石头油黑铮亮。据传，一家有三十多年的油石子，到 60 年代，遭灾，无面作饼，无油炒菜，每次熬萝卜，将石子先煮水中便有油花，以此煮过两年”，真是极尽夸张渲染之能事，同时也把石头馍衬托得更加独具风味。

糜　面　馍

在苦难年月，凡是有点甜味的东西，人们都是向往的、追求的。那时人只要能吃饱肚子，就心满意足了。因之对有甜味的食物的向往和追求，几乎成了一种幻想和奢望。也许由于日子太苦了，那时有的人，对不太苦的食物也觉得是甜的，至于甜的则显得更甜，甚至连晋公子重耳，汉光武帝刘秀，西太后叶赫那拉氏在流亡逃难途中，饿极了，从很简单的农家饭食中也吃出了无上美味！由于想起半个多世纪前吃过的糜面馍，我不由得先写出这几句感想文字。

糜原称穄(jì)，为黍的一种。穄之所以又称糜，是因为它极容易煮得糜烂。以穄煮粥，估计是一种很古老、很传统的北方饭食。《礼记·月令》云："仲秋之月，行糜粥饭食。"这说明穄成熟于仲秋，糜粥也流行于此时。《吕氏春秋》云："穄，饭之美者。"《后汉书·乌桓传》云："其土地宜穄及东墙，东墙似蓬草。"乌桓是我国古代少数民族东胡的一支，秦汉时期分布在我国西北地区。蓬草即沙蓬，和穄相同，多生于干旱贫瘠的沙丘地带。

很早很早以前，人们大约只知道用穄煮粥，后来才知道把它磨成粉，也可蒸烙成馍或饼。用穄面蒸馍烙饼，都要经过发酵、加热，并在这过程中起复杂的化学变化，使淀粉糖化，生出近似饴糖一类东西。饴糖在医药中，有缓中、补气、润肺、止咳作用，这是很早很早以前，人们把穄粥看作"饭之美者"的根本原因。

半个多世纪以前，我吃过的糜面馍是蒸出来的。蒸前先发面，然后反复揉搓，抟成像小孩胳膊那么粗的长条，盘在笼里，用大火蒸熟。熟后再整条倒在案板上，就比大人胳膊还粗了。这样又粗又长，自然不便于吃，所以要等凉透了，再切成薄片，存于陶盆瓦罐之内，使之既不干裂，又不疲软，并一直保持着那种天然的红褐色，当点心吃，味极甜柔爽口，且有饴糖的那种药用价值，是现在的多种“绿色食品”比不上的。

豆　糕

和一般点心一样，农家点心也有咸味与甜味之分。糜面馍属甜味一类，豆糕属咸味一类，且都是两类中的佼佼者。

豆糕以扁豆为主，有时也搭配豌豆、绿豆或红小豆。如何搭配？各种豆的比例怎样？似乎没有死的规定，可以全是扁豆，可以只搭配一半豌豆、绿豆或一半红小豆，也可以把几种豆子胡乱地搅在一起，全不讲究什么比例。这种无一定比例的搭配方法，说明无论哪种豆都可以做糕，比例并不重要。重要的只是煮豆的技术。

煮豆必须把握好水的多少、火的大小及调料的轻重。水的多少决定着糕的软硬。水多了，糕必然过于松软，甚至凝结不到一起；水少了，豆煮不烂，必然影响糕的黏度和质量。如何把握水的多少？农村人不太讲究比例，凭的全是经验，谁也不能说个准数。火要先大后小，从大火猛烧到悠悠焖煮，直到每粒豆都皮开肉绽，让水全浸在豆里。水不能中途再加，更不能水已干了，豆却没有煮烂。烂与不烂，标准是每颗豆全都脱皮开裂。可恨的是扁豆、豌豆、绿豆、红小豆中，总有那么一些很难煮烂的豆，称作“铜豆”“铁豆”或“贼豆”。这种豆，据说是上茬地里落在土中的豆粒，这一茬又发芽扯蔓结的。我不知这说法是否确切，但有经验的人却掌握着一种使“铜豆”“铁豆”，或“贼豆”都“皮开肉绽”的技术，你问他窍门何在？他笑而不答，不是保密，不是保守，而是他也说不清楚。但这技术却很重要，因为豆糕要好吃，绝不能夹杂了这样的豆。偶有夹杂，嘎嘣一声，虽不至将牙齿磕坏，却会败了人的吃兴，就像人们平时嗑瓜子，满口香味，满口舒服，磕着磕着，偶尔咬破一个发霉变苦的瓜子，必然扫兴！至于调料的轻重，却好把握，盐多少，料面多少，全依自己口味而定，只要不忘了撒一把葱花就行。

如此这般把豆糕煮好了，要及时从锅里舀出，摊在案板上，用刀拍平，约二指厚。等凉透了，再切成 1 寸至 3 寸见方的块儿。块儿要大小一律，一寸见方，就全一寸见方，两寸见方，就全两寸见方……和糕点铺子用模具磕出的绿豆糕一模一样，这样才便于存放。

地软包子

地软学名地衣，农村人称其为“地软软”。用地软、粉丝、豆腐、韭菜（或其他青菜）做馅，蒸包子，称地软包子，味极鲜美。

在陕西农村，地软多生长在荒草丛中，如山坡、岩畔、沟岸。这些地方，环境恶劣，气候干旱，庄稼不能种，常年荒芜着，只有杂树野草自生自灭。地软的最大特点是耐干旱，易于在这些地方生长繁殖，尤其是赤日炎夏，久旱不雨，它像是死了，其实活着，死只是一种假象。突然，一场连阴雨，它又蓬蓬勃勃起来，和生长在枯死的树干上的黑木耳十分相似。这时候，农村妇女就到野外去捡拾地软。不到半天，她们捡满一篮，便颤颤地提回家来。

用地软包包子，最要紧的是必须耐心地淘洗。刚捡回的地软，绵绵的、软软的，不晒干就经不起淘洗。地软是从腐草败叶中滋生的，常年又匍匐在泥沙里，不洗干净就有一股土腥味、腐草味，甚至还会将泥沙裹在里面，吃起来使人牙碜。

淘洗地软最好在没有污染的河边。河水潺潺，清澈见底，蹲在河边的石岸上，抓一把带去的地软在小竹篮里，用水浸湿，干地软很快就变得膨胀鲜嫩。河水从篮下流过，混杂在地软中的枯枝败叶，很快就浮出水面，向下流漂去，泥沙也从篮底沉了下去。这时要用手不住地轻轻翻搅，直把地软淘洗得干干净净。河边的景色很美，远山白云、绿树红花，一个妇人在河边淘洗地软，河水不断地泛着涟漪，这就很有诗意。但农村妇女，人在画图中，她并不知道自己就在诗里，就在画里。如果村旁并没有一条河，那就得在井边淘洗。在井边淘洗地软，更要认真仔细，洗一遍再洗一遍。为了使地软包子没一点土腥味、腐草味，既不能浪费水，也不能吝惜水。近几年城里偶尔也有卖地软包子的，但因在淘洗方面下的功夫不够，吃起来味道总差一些。

油 包 子

油包子是秦地农民逢年过节赠送亲友的一种礼品。尤其是春节期间，亲朋相互走动，油包子是不能缺的，而且讲究送双不送单。双，少则 10 个，多则 12 至 14 个，每个大如碗，可装满满一篮，重约 5 至 6 斤。

蒸油包子先要发好面，再调好馅子。馅子的调法是先将面粉盛在一个大碗或小盆里，加盐末、味精、大料、葱花，然后泼以滚油，及时搅拌均匀。这时将发好的面像蒸馒头一样，剁成一块一块，用手捏成厚饼，托在左掌心，使其成为凹形，再将调好的油馅，撮一块放入凹内，并用右手大拇指和食指，打折封口，满一笼后，上锅蒸熟。

油包子的做法很简单，但收礼者仅凭包子面色的黑白、皱折的粗细、馅子的多少，也能辨出送家是谁，并从中看出家境如何，以及主人的脾气性格。前边说，逢年过节，以油包子为礼品，讲究送双不送单，但收礼这方，并不是将人家送来的全部收下，而是只收单，不收双。所谓单，即少则留一个，多则 3 至 5 个。这样，节日过完，亲朋关系多的人家，会收到各种各样的油包子一大筐。这么多的包子，大小不同、面色不同、花纹皱折不同、馅子多少不同，年老的家长，对以上问题，仍能很有把握地辨认得到。记得小时候，我就在这方面，见识过我的祖母的这种能力。我从箩筐里随意取出一个皱折粗深且在收口处绾着一个大结的包子，祖母一口便说出那是泔河吴家送的。我又随意捡起一个又白又大的包子，祖母也认出那是西王村送的。西王村有我一位姑姑，她从年轻时寡居，个性刚强，儿女虽多，家境困难，但宁苛求自己，事事不落人后。祖母还从那一筐包子中翻检她要寻找的一种包子，谁知终于没有找到，于是叹着气说："桥北村今年没人来了！"说罢老泪纵横。后来我才知道，桥北村有我一位族姐的丈夫；族姐早年去世，姐夫年前也走了。他们夫妇无儿无女，这门亲戚至此断绝，怪不得祖母十分伤悲！

我吃馉饳活下来

“十年九旱”是我们家乡的一句谚语。最近翻阅新编《礼泉县志》，把“自然灾害”一编从周秦汉唐一直读下来，才知道这句谚语是对我们家乡物候气象的总结。县志中不断地写着“黄金一斤，换豆五升”“连岁饥馑，白骨蔽野”“人兽相食、村舍为墟”一类字句。这些字句虽极概括抽象，却也勾画出了一幅幅惨不忍睹的荒年图景。

我乃 1928 年生人，当时正是在历史上出了名的民国十八年关中连续三年大旱时期。县志在记述 1928 至 1931 年间的事时，还连续写着以下文字：

> 春秋干旱，井泉涸竭，泾渭断流，树木枯死，田无收，二麦失种……
>
> 夏无麦，秋无收。赤野千里，饿殍遍野，百姓鬻儿卖女，四野逃荒，日毙者累百盈千……全县民人共十二万九千，死者逃者逾六万六个。
>
> 自冬至春，无雨无雪，麦苗枯槁，旱灾持续，霍乱流行。
>
> ……

听祖母说我是吃馎饳活下来的。《辞海》中说,“馎饳”为古时的一种面食。根据我的记忆,馎饳的做法是将少许面用水和了,团成一小块,再在案板上揉搓几下,压成条形,做饭时放在灶膛里烧烤,饭熟了,馎饳也就熟了。烧烤熟的馎饳焦黄酥脆,犹如江苏泰兴的“黄桥烧饼”,有的地方叫“狗舌头”,既好吃又容易消化。容易消化,自然宜于幼儿食用。但为什么要用少许面做呢? 我想,这是因为面少才便于做馎饳。面多不如烙饼、蒸馍,而在“连年饥馑”“黄金一斤,换豆五升”的灾荒年月,哪个家庭会有多的面呢?

没有面,锅里蒸的、煮的只能是野菜、树皮。这些东西幼儿不能吃,便只好用少许面凑合着做个馎饳,在灶膛里烤熟,用以喂养孩子。所以这做法,也是人们在饥荒年代的一种创造,是没办法的办法。那少得可怜的一点面,是从大人口中抠出来的,其中蕴涵着长辈对下一代的爱护和关心!

关于这一层意义,祖母以前不曾向我说明。但我想事情一定是这样的。因为那时我家很穷,母亲身体又不好,自然奶水不足,要养活我,就只有靠这种馎饳了。

家乡还有一句谚语,叫作“记三不记四”。意思是说,人的记忆很奇怪,往往可以记得三岁时的事情,却记不得四岁时的事情。1931 年,我刚满三岁。这年“自冬至春,无雨无雪,麦苗枯槁,旱灾持续,霍乱流行”。家乡人把霍乱称作“虎列拉”。我记得那时我家的大门总是整日关闭着,外人不能进入,一家人也不出去。一次我从门缝里朝外张望,只见大门外撒着一层白灰,好像刚落了一层雪似的,白茫茫一片。后来人们说那层白灰是我的九哥撒的。

九哥名景超,字志霄(后以字行),是我们家族唯一的新型知识分子。他知道白灰可以杀菌,可以把“虎列拉”堵在门外。九哥还用几种中草药熬了汤，让一家人喝，据说也可以起到防病作用。

我正傻傻地向外望着，忽然看见几个人用耱（耱是一种使土地平展的农具，我知道它叫耱是后来的事），抬着一个已经病死的人，正从我家门口走过。这时有个抬耱的人突然走不动了，接着便跌倒了，被“虎列拉”拉了去。这情景使我知道霍乱在当时传染得多么快，流行得多么快！

就在那时，我也受到了霍乱传染。

一个夏日的午后，我躺在二门道里的一张床上。祖母从邻居请来一位比她小几岁的奶奶，说是要为我扎针。我有些害怕，但祖母却硬是一把我双手揽在怀里，要那位老奶奶在我的每个指尖上用针扎刺。那老奶奶每刺一下都对祖母说：“亏你抓得紧，血还是鲜红鲜红的！”

后来我可能还服了一些药。总之这次“虎列拉”并没有将我拉去，我活了下来，以一副瘦弱多病的身躯，经受着巨大的贫困和人世间许许多多苦难与折磨！

除了霍乱流行以外，那时蝗灾也很严重，县志上就有“蝗食禾稼，草木俱尽，所至蔽日，碍人马行……”的记载。这些景象自然是一个幼小的孩童无法见到的，但在我的记忆里不知为什么却有一个这样的印象：我家二门外，傍水井处有一棵大槐树。一天傍晚，一群蝗虫不知从哪儿飞来，突然降落在大槐树上，只听“喳喳喳”一阵响，一会儿，一树的叶子就被吃光了。这时，这群蝗虫不知又要向哪儿飞去，可能是领头的领错了路，不少碰在我家二门外与郭家为界的高墙上。这道墙是砖砌的，蝗虫们碰上去，一个个立即毙命，黄黄绿绿地落了一大片。我认识蝗虫，就是从这时开始的。那群蝗虫触墙而死的景象，留给我的印象很深。

以上是我对历史上出了名的民国十八年大灾荒（1927—1930 年）最直接的记忆。有时候，我怀疑这些记忆是否掺杂了后来所听到的人们的述说。但是我无法把自己的记忆和人们的述说区分开来，而只能让人们的述说附着在我的最初的记忆之中。这是没办法的，就像人们无法把已经交融了的水和乳分离开来。

后来，当我长到六七岁的时候，我才进一步清楚地见到那些年间，留在我们街巷及街巷以外的满目疮痍：

因剥光皮而死的老树，尸骨累累的乱葬坟，全家冻饿而死，绝了后代的人们的荒芜家园……

我和几个童年伙伴，整日在我们的街巷和街巷以外嬉戏；而那些荒园，则是我们的乐园。

如果不是老人们说，那个荒园是某某人曾住过的地方，我们真以为那些荒园原来就是这样的。那时，这些荒园长满了蒿草，蒿草中偶尔还有断砖碎瓦和主人用过的破盆烂罐残片，或一个玲珑的捣蒜石臼。当然，令我们感兴趣的只是那里春夏都开着的好看的花，以及野花丛中的蟋蟀、蚂蚱，和夜里发光的萤火虫。我们就在那里逮蟋蟀，逮蚂蚱，逮萤火虫，或者捉迷藏。这样玩过了，回到家里，祖母就叹息着说："这家人都在大灾之年死绝了，至今空留下这座荒园子，无人住，谁想买，也找不到卖主！"

祖母一说起这些空园子的故事，总要流泪。使她最感痛心的是一位姓董的老奶奶。她说董奶奶有三个儿子。大儿子在大灾荒的头一年就去了西口，一去两年没有消息。二儿子在第二年也去了，说是要把大哥找回来，谁知他一离家，也没了踪影。第三年，"虎列拉"就流传开了，三儿子一天突然喊头疼，接着上吐下泻，不出两天便没了人。一家四口只剩下六十多岁的董奶奶，家里吃没得吃，烧没得烧，一次煮粥，锅总不开，连把扫炕的笤帚疙瘩也烧了。董奶奶躺在炕上，浑身浮肿，怎么也下不了床。

祖母和董奶奶是几十年的邻居，有几十年的姐妹情谊。一天她给董奶奶端去一碗野菜汤,刚一进门,便见董奶奶头歪在枕边咽了气。祖母伤心地哭了一场,招呼街巷里的人将董奶奶埋了,锁了董家大门。后来,那大门和临街的土墙在风雨中坍塌了,门上的铁锁锈坏了,院里的几间草棚也垮了,蒿草长得半人深。从此董家院子成了一座荒园,使我们街巷,像一排牙齿缺了一颗门齿。

我是吃馏饳活下来的。多少年来,我虽知道家乡有这种吃食,有这个名词,却不知道这两个字如何写。20 世纪的最后一年,我帮一位发明了一种快速识字法的人审阅一部字典,才认识了这两个字,才懂得了这个词的意义。当时真是感慨万千,同时也觉得,馏饳这种食品,原是很古老的,是我们的祖先在远去的苦难年代创造出的。这种食品哺养了多少可怜的生命,以至于使他们勉勉强强地、挣挣扎扎地顽抗着,一直活到了现在……

农事

耙地·耱地

地耕过了，要把地里的大土块弄碎，把地平整好，就要套耙耙地。在我国笨重的古农具中，耙是最笨重的。笨了，重了，才能达到弄碎土块、平整土地的目的。耙多用榆木制成，呈长梯形，叫"耙床"。前梁装九个棱锥形耙齿，后梁装十个棱锥形耙齿，前后交错着，使之疏密有度，既不让土块堵塞，又不让土块漏掉，这是不是神农氏的发明创造？

单这十九个耙齿，就有几十斤重。为了更重，耙地的人还可站在耙床上，一边指挥牲畜，一边"压耙"。"压耙"要两腿分开，挺胸，收腹，目不斜视。不会"压耙"的人，自己站在"耙床"上，牲畜猛一鼓劲，自己先后倾了，摔个跟头。但为了"压耙"，此人只能在"耙床"上放一个装着石块或沙土的箩筐。筐子里装着石块或沙土，说明这人不会"压耙"，这是个不光彩的标签。

耱地看似比耙地简单，其实并不简单。耱地必须会"压耱"，不然轻飘飘的耱，让牲畜拉着，弄不碎土块，耱个什么地呢？耱地还要会"提耱"。

提耱是耱到了地头,既“吁——吁——”地吆喝着牲畜掉头转弯,又将耱轻轻提起。提耱有一种微妙的力学原理,非语言所能形容。

种　麦

千百年前,广袤、寂静的田野,“咣当咣当”地飘散着摇耧播种的声音。渭北种麦,多用耧播。耧是最复杂、最精制的一种农具,由耧架、耧杆、漏斗、耧腿和耧铧组成。分两腿耧和三腿耧两种,渭北多用三腿耧。三腿耧稳当,种子也下得快。

一般用牲畜拉耧。牲畜要有人牵着,称“帮耧的”。扶耧的人是主角,像驾驶机动车的司机,要会定“仓眼”。麦种通过“仓眼”,穿越“耧铧”,撒播在泥土里去。墒情要好,“种在泥窝窝,狗吃白馍馍”,说明来年收成不错。

但是最重要的还是要会“扶耧”,尤其是定仓眼。定仓眼犹如司机踩油门。仓眼定得大了,下子快,苗便稠了,仓眼定得小了,下子慢,苗便太稀。所以扶耧把式,要做到:一平(耧身平稳),二净(种子下地速度适中,稀稠均匀),眼观三,紧三慢三猛一掂(何时该紧,何时该慢,何时该掂)。其中奥妙,不可言传。

复杂、精致的耧,现在已无人再会打造,耧便失传了。现在种麦,多是撒播。撒播要均匀,稀稠适中,也不容易。

锄　　地

小时以为锄地只是为了锄草。后来见地里并没有草,只是下过雨了,或浇过水了,也要锄地,就感到奇怪,感到无事找事,甚至埋怨大人多此一举,故意整人!

再后来,读了“锄禾日当午”的诗句,以为锄地就是锄“禾”。禾苗长得正好,不稀不稠,何必要锄呢?再再后来,才知道锄地是为了松土保墒。但对这个说法,仍有个很长的认识过程,理解过程。刚刚锄过的地,经大阳一晒,反而很快干了,保啥墒嘛?大人说,表面上干了,下边却一直湿着,这就保了墒了!一拨拉,果真如此,这才信了,这才不再埋怨大人故意整治孩子了,这才知道“锄禾日当午”,就是锄地日当午,这才知道“杈头下有火,锄头下有水”的道理。

锄地好像是最简单的活路,其实却有技术。表面上轻轻刮一下,那叫猫儿盖屎。猫儿盖屎,是态度问题,也是技术问题。深浅适度,左右开弓,不乱脚步,锄过的地像画好的一幅画,那是地道的老农的作品!

收　　麦

收麦也叫“割麦”,用的工具是镰刀。割麦的镰刀不同于割草的镰刀,把儿细长,刀刃锋利,有两种使用方式:一叫“走镰”,一叫“亹镰”。走镰是弯腰抓住一撮麦秆,一镰割断,用脚拖带着,不断向前走去,边走边割。走镰割得快,麦茬高,人半直着腰,比较舒展。亹镰是双腿蹲着,艰难地向前移动;每移动一次,用力拉镰一次,割麦一簇。亹镰割得慢,麦茬低,麦粒也不易碰落，人虽双折子叠着，要受很大委屈，但多为吃苦耐劳的庄稼人采用。

割亹镰，只盼着割到地头上。地头上也许有一棵大树，树下放着茶水，磨刀石。人到了地头，一边歇息，一边喝水，一边磨镰。歇息的时间以将镰刃磨锋利为限。但渭北农村，天阔地广，地畛子很长。割亹镰，亹呀亹呀，总亹不到地头！直起身看看，呀！地头还远着哩，只好再鼓一把劲，坚信总有到达的时刻！

出门割麦的人叫“麦客”。麦客是一帮一帮的；小帮五六人，大帮十多人。每一帮中必有一个账算清楚的人，会丈量地亩，会加减乘除。太阳落山时，麦割完了，大家都歇着，他将镰刀别在腰间，跨开步子“步地”！“步地”就是丈量这块地长多少步，宽多少步；长乘宽，共几亩几分。然后再算：割一亩地多少钱（称“镰钱”），共几亩，共多钱，几个人割的，每人该分多钱……这人必须精明能干！精明能干了，才能当好麦客头儿。

光　　场

过了小满，麦子便一天天黄了，熟了。

千千万万年以前，是先有小满呢，还是忽有一天，一些籽粒突然感到怪怪的，腹内神不知鬼不觉地有了浆；还在流动，肚子便不由得慢慢鼓起，于是这就有了“小满”。“小满”只是小满，不是大满——肚子微微鼓起。然而时间飞快，“蚕老一时，麦熟一晌”，不出半个月，芒种便来了。麦是有“芒”的，“芒”又和“忙”音近。庄稼人真聪明，知道要夏收了！

光场是繁忙紧张的夏收的序幕。

场就是碾打麦子的场地，有大有小。在个体农业时代，场的大小根据自家种植麦子的多少而定。农业大户，种麦百十亩，就要有个近三四亩大的场。一般人家，种麦二三十亩，只要有个一亩大的场就行。小户人家，只种了三五亩麦，划不来专门光个碾麦场，向有大场的人家说几句好话，请人家允许把自己那点麦子垛在大场的任何一个角落，等人家碾完场了，捎带着把自家那点麦给碾一碾，也就算把夏收大忙季节过了。

场有新有旧。新场是新光的场，旧场是多年连用的场，也称“老场”。土地广阔的地方，夏收过了，场用过了，并不耕翻再种，一直把那块地撂着，这块场地就成了“老场”。有的农业大户，一块场地可以老到三年五年，十年八年；有的甚至在场边盖几间房，住人，拴牲口，放农具，叫作“场院”。住在这场院的人，多是这家的老长工；老得胡子白了，干不动活了，还住在这里，主人称其为“看场的”。看场的什么也不干，唯一的任务就是看场。不管新场、老场，夏收前都是要光的。不同的是新场光起来难度较大，老场光起来比较容易。因为新场在上一年的夏收之后，都曾耕了（也叫破了）种过苞谷、荞麦、豆子；苞谷、荞麦、豆子收获之后，又种了油菜。油菜越冬在小满前后成熟。这时距芒种只有十多天时间。“四月芒种正搭镰，五月芒种不见田”，在这十多天内，必须抢时间把场光好！光不好场，收了麦子无处堆放，无处碾打，那就问题大了。试想，收了麦子无处堆放、碾打，天不作美，一场阵雨或连阴雨，麦子发了芽，这一年的收成岂不毁了？所以这时，活路再多，时间再紧，都要将光场当作首要任务，不能马虎！这段时间，若有一场及时雨，那就省事一些，若天不作美，偏不下雨，那就麻烦多了。因为要光场，必先耕地，耕了地才能趁一定湿度把土拖平，并碾轧平坦。如果天不下雨，场地板结、坚硬，很难耕翻；即使翻开，疙疙瘩瘩的，也很难拖平、碾光。遇到这情况，有渠水可浇的就要引水灌溉，不然则要一担一担地挑水，使土壤既有湿度而又松软，不然则无法光场。场光不好，麦熟了，不收不行，收了无处堆放、碾打，你急得火烧眉毛，也没办法！

老场光起来比较容易，并不等于不费一点力气。有些老场，平时住有看场的，这样的场地，并不坑坑洼洼，也非荒草丛生（有几棵草早被看场人铲了），临到用时，修修补补就行，当然省事。但大多数老场并非如此，荒草长得比指头还粗，到处都是鼠洞蛇窟，坑坑洼洼。这样的场，就必须重光一次，不然是不能用的！

光场最重要的工具是那种光溜溜的青石碌碡。把碌碡用一种叫“笸架”的特制工具套了，由牛马一类牲畜拉着，从里向外旋转碾轧，由外向里旋转碾轧，接着再横碾多次，纵碾多次，直到平平展展，经风吹日晒一二日，看有没有裂缝。若有裂缝，则用细若粉尘的土填充，再用碌碡碾轧一遍，直到让人夸赞——“哟，你看这场光得能晾凉粉”为止。

中国的农业有多么古老，光场的历史就有多么悠久。一代代孩子在打麦场上玩耍，一代代青壮年在打麦场上劳动，一代代老人在打麦场上老去。

摊　场

很早很早以前，人们只知道麦子熟了，在手掌里将那穗儿搓搓，吹去麦衣，将麦粒在嘴里嚼碎，快速地或慢慢地吞咽下去。这是一顿美餐。这顿美餐，像一桌丰盛的宴席，人们享受了多少年呢！

后来才发明了碾场。碾场将农业向前推进了大大一步！

碾场必先摊场。摊场是将收割麦子时捆成的麦捆子散开，摊在场上。这看似一个很简单的活路，其实讲究很多。不按讲究，场就摊不好，也碾不好。同样的天气，有的人家一天可以碾两场，有的人家却只能碾一场。这一场两场之差，差在时间上，也差在摊场的技术上。夏收大忙季节，龙口夺食，时间就是粮食，时间就是收成。所以摊场这个环节，万万不可忽视。

摊场有薄厚之分。有的人心重，总喜欢把场摊得很厚；本来可分两场碾的麦子，他却想一场碾完，一蹴而就，谁知欲速不达，恰恰落个相反的结果。因为场摊得厚了，潮湿的麦子晒不干，晒不透，碌碡碾过去，像碾在棉花包上，麦粒不脱落；任你把碌碡滚轧多少遍，那疲软的麦子还是毫无动静。

摊场要不薄不厚恰到好处。凡事做到恰到好处，需要掌握分寸。不多不少，不偏不倚，不大不小，不上不下……提高到哲学高度，就是中庸之道。拿摊场说，不薄不厚就要把麦捆子抖散乱了，使一根根麦子都疏疏朗朗站起来，而不是一束一把地挤压着，重叠着。挤压、重叠着的，不叫摊开，而叫堆积。堆积起来的场，必然很难碾透！即使让碌碡反复地、多次地碾轧，那麦粒还是不能脱落。把场摊得薄厚适中，必须把捆麦捆的"麦腰子"解开，再把麦子抖散了摊在场上。这样摊的场，看起来很厚，其实不厚。这样摊场，要把每根麦子都扶起来，使一根靠一根，一根与一根又保持着一定距离，疏疏朗朗，不遮阳光不挡风。这样摊的场，太阳晒一会儿，热风吹一会儿，暖烘烘的场地再烤一会儿，原本潮湿的麦子，便很快地干到了八九成。这时候，勤快的摊场人，还要把摊好的场再翻一次。再翻一次，可以使风没吹到、太阳没晒到的再经过一阵风吹日晒。这才吆喝着牲畜把碌碡拉进场去，只听见麦秆"吧吧"响，麦粒"哗哗"落，就像白居易在《琵琶行》里描写的"嘈嘈切切错杂弹，大珠小珠落玉盘"。白居易描写的是弹琵琶，而这时的碾麦场，却也有点像弹琵琶。

这样摊场、碾场，一天便不难碾到两场。夏日昼长夜短，天亮得早，夜来得晚。第一场，天麻麻亮时摊好，经风吹日晒，十时许再翻一次，再经风吹日晒一个时辰，直到正午时分，便真真正正干透了。碌碡进去，转过几个圈儿，便可起场了。《现代汉语词典》解释，“起场”是“把摊晒在场上经过碾轧的谷物收拢起来”，也就是碾场的结束。第一场结束了，约于午后一时再摊第二场，照样不能太厚，照样使摊开的麦子疏疏朗朗，通风透气，能够充分地接受阳光的暴晒，约于午后三时再翻场一次，半小时后开碾，下午准五时起场。这一天不就轻轻松松碾了两场麦吗！

碾场·翻场

场摊好了就要碾场。碾场是一件大喜事，碾场的日子也是一个大喜日子。和果农采摘果子（桃、杏、梨、苹果等等）一样，和瓜农摘瓜（甜瓜、西瓜、南瓜等等）一样，一年的劳动果实就要到手了，这天碾场，谁不高兴？

碾场的主要工具是碌碡。这碌碡不同于光场的碌碡。光场的碌碡是青石或白石打造的，石质细腻、光滑；碾场的碌碡石是颗粒结构，石质坚硬，是一种砺石，叫黄麻石或红麻石，周身凿满着云鳞纹、鸟羽纹或水波纹，滚动起来有阻力，便于碾轧脱粒。

碾场人必须有一定经验。他一手牵着牲口的缰绳，一手拿着长柄笊篱（《现代汉语词典》解释：“笊篱”是“用金属丝、竹篾或柳条等制成的能漏水的用具，有长柄，用来捞东西”），慢慢悠悠地从场中央把碾场碌碡旋转到场的周围。旋转碾轧时要后一圈压着前一圈外沿的二分之一，如此将圈儿慢慢扩大，像水池中荡开的波浪。这样碾场，有经验还要有耐性。没耐性，急急忙忙，后一圈轧不上前一圈外沿的二分之一，那就等于只碾轧了一遍；后圈儿压上了前圈儿外沿的一半，那两圈儿一重复，实际上就等于轧了两遍，脱粒效果自然不同。但急性子的人做不到这样，而有耐性的人，却能这样慢慢悠悠、不慌不忙，以慢为快，慢中求快！这样慢慢地旋转、旋转，有的人便昏昏欲睡，打不起精神。于是，会唱乱弹的就唱起了乱弹，“为王的坐金殿脊背朝后，没料想把肚子放在了前头。他大舅他二舅都是他舅，高桌子低板凳都是木头……”没啥意思，但抑扬顿挫，能提神醒脑，唱得满场人都来了劲头。

曳碌碡可以套骡马，也可以套老牛。骡马快，老牛慢，但从脱粒效果说，好像以老牛为好。无论老牛骡马，套上了都要防大便。吆碌碡者手里拿把笊篱，就是为了接大便的。牲畜的大便叫粪，是好肥料，但不能让它搅和在麦子里。所以要用笊篱接了倒在场外去。这活多是小孩干的。吆碌碡的接了牲畜粪，扯开嗓门喊:狗娃子，倒粪！狗娃把粪倒了，把笊篱再交到吆碌碡的人手中去，他为碾场完成了一项光荣任务！这光荣他一生也忘不了。

碾场过程中还要翻场。这时的翻场不同于碾场前摊场中的翻场。那时的翻场，是为了使麦子疏散，通风透气，干得快，干得匀，便于脱粒。碾场中的翻场，是在碌碡把场碾轧了一遍以后，为了再碾第二遍而必须再翻一遍。翻这一遍的目的是为了让没有受到碾轧的麦穗受到碾轧，没有脱掉的麦粒脱落下来。当然，这是主要目的。次要的目的，一是为了把已脱落的麦粒抖落下去，不使裹在麦秸里；裹在麦秸里，那比较潮湿的麦粒继续受轧，容易变扁或破碎；二是为了使麦秸疏松，让风再吹一吹，让日头再晒一晒；三是为了让曳碌碡的牲口歇一歇，让吆碌碡的人喝口水。其实这些次要目的还是为主要目的服务的。为了达到这些目的，碾场中的翻场，要一边翻，一边抖，把脱掉了的麦粒抖掉了再翻过去，不能不抖只翻，或只抖不翻。因为这样翻场，麦粒仍会裹在麦秸里，说不定直到垛秸子都出不来。

如此翻场之后，还有一件小事叫“撩边子”。撩边子是把散落在场周围的麦秸、麦穗,用扫帚扫到场内去,不然,再碾时就会遗漏,造成浪费。碾场是件喜庆事,因之这天的饭食也吃得好,尤其是午饭。为了不使碾场人来回走动,浪费时间,饭是在家里做好了挑到场上的。炒鸡蛋、炒蒜薹、油泼辣子过水面,有时还有一壶酒……

扬场·晒麦

这是麦子脱粒的最后两道工序。先说扬场,后说晒麦。

根据老天的刮风下雨,扬场可分散进行,也可集中进行。分散进行就是随碾随扬,当天碾一场,当天扬一场,当天碾两场,当天扬两场,叫作"天天清"。集中进行是整个碾轧完了,集中几日专门扬场。分散、集中,各有优劣。采取哪种方式,主要由天气决定,并非谁愿意怎样就怎样。你要"天天清",但老天总不刮风,刮了,风力太小,只有一级、二级,或者风力太大,七八级,场边树木全身摇动,人走在路上也感到不大方便;甚或是旋涡风、龙卷风,或者刮着刮着,又下起雨了,风雨交加,你想扬场也扬不了,更别"天天清"了。不能"天天清",就只能天天堆了。于是越堆越大,越堆越高,像高大的坟墓,雄伟的古冢,但是仍然没有合适的风,人们只有干着急而毫无办法。

突然,适合扬场的风刮起来了,只要天朗气清,只要不会突降阵雨,不管白天黑夜,人们都会抓紧时间,赶快扬场!这时,只见扬场把式,按风速风向,决定了位置、角度、高低,一杈一杈扬上去,只见那麦糠(也叫"麦衣子")和麦粒分离了,随风而去。扬场把式之所以是把式,就因为他能准确地掌握风力风速,决定每一杈挑多少,扬多高。挑得少了,等于没扬,挑得多了,会一股脑儿塌落下来,反而把扬出的麦子弄脏。扬得太高,风把麦粒麦糠全刮跑了,这哪里叫扬场?扬场把式,根据风力风速,每一杈挑得不多不少,恰到好处,每一杈扬得不低不高,恰到好处,麦衣子随风走了,麦粒不偏不斜,恰好落在脚下,而且“红白二项”分明。何谓“红项”?何谓“白项”?“红项”以内全是麦子,极少麦衣;“白项”以外全是麦衣,极少麦粒。“红白二项”,界限分明,清清楚楚,这是扬场把式技术技巧的明显标志。

扬场既靠风力、风速,也靠扬场把式的经验技巧。有经验有技巧的扬场把式,白天可以扬场,晚上也可以扬场;晚上有月亮也行,没月亮也行。因为他凭的全是经验和技巧。比如说,他是个把式,无论白天晚上,头上总戴顶草帽。戴这草帽就有很多文章。没有月光的晚上,麦场上又不能点灯(为了防火),夜漆黑漆黑的,这草帽就是眼睛。风力风速稍稍地减了,扬场把式扬一杈上去,便急速地将头伸向“白项”一边,仔细听辨草帽上的声响。如果草帽上没有嘣嘣之声,说明风力风速虽稍减了,而这一扬却恰到好处;如果草帽上有嘣嘣之声,说明需要再扬高些,因为风力风速减了,高了才能增加张力,让麦衣飘得远些,让麦粒全都落在“红项”。这草帽上的锦绣文章,非扬场把式,谁能做到?

扬场需用三种工具。开始用四股杈,最后“清项”时用六股杈和木锨。

“清项”就是把落在“红白二项”之间的落物再扬一次,因为“红白二项”之间,多多少少总会混进去少许麦粒。“项”清了,一边全是红红黄黄的麦粒,一边全是灰灰白白的麦衣,互不混淆,扬场全过程就算完了。

配合扬场的人叫“掠场的”,或叫“掠圪渣的”。“掠场”“掠圪渣”,是用一把新扫帚,不住地在落下的麦堆上轻轻掠拂,直到把没有碾轧到的麦穗扫出来,以便将来再碾轧。这再碾轧叫轧圪渣。由于“圪渣”里主要是成熟得不很饱满的麦粒,所以“轧圪渣”还是能碾轧出不少麦粒的,不过这麦粒质量稍差,就叫“圪渣麦”。

扬场把式还有这样一种秘不告人的本领,他进到麦场,一眼看见那高大的“麦堆子”(未扬的麦堆叫“麦堆子”),就能八九不离十地估出这堆子能扬出多少斤、多少石净麦子。他估出了,但他只把这数字藏在心里,绝不说出。这好像是一种忌讳。旧时,我曾见一位年轻的母亲怀里抱个胖大小子,接着别人抱过去了,这人觉得这小子足有三十多斤,好重好重!但他绝不对那年轻母亲说:你这孩子好重好重,足有三十多斤!他只说:你看这小子长得多好,多乖,多结实!这也是一种忌讳。这样的忌讳,和在扬场前估出能扬出多少斤麦子,是同样的道理,都是我国传统文化的一种习俗。

晒麦是紧接着扬场的活路。场扬完了,麦子要入仓,要用囤圈起来储存,必须晒得干干的;干到一咬嘎巴响,才不会发霉。

晒麦的日子也是个大喜日子。这天晴空万里,阳光灿烂。人们一大早就把场打扫得干干净净,然后把麦子倒在场上,用木锨摊平、搅匀,让太阳照晒。这看似一个很简单的活路,其实却要专门安排一个看场的人。这人的任务有二:一是看着鸟儿们不要把麦子吃了;二是把麦子隔会儿搂一遍,隔会儿搂一遍。搂时要用木制的筢子,轻轻地、慢慢地,一筢接一筢,不能快不能重,快了重了会把地皮蹭破,把土混在麦里。这时的看场人,赤着脚板搂麦,脚踩在温热的麦粒上,像踩在初夏的大戈壁,说不出有多舒服!

麦子在大毒日头下晒一整天,满场散发着浓浓的麦香味儿!

掂 桩 子

《现代汉语词典》这样解释“桩子”:一端或全部埋在土中的柱形物,多用于建筑或做分界的标志。

这样的“桩子”,和我们这里要说的“桩子”完全是两码事。我们要说的是口袋里装了粮食(麦子、玉米等)的“桩子”。“口袋”在未装粮食前是一种“用布、皮等做成的装东西的用具”或者“衣兜”(《现代汉语词典》),但装了麦子、玉米等之后,就不叫“口袋”了,而叫“桩子”。这种桩子笨重的外形,高大的体态,和“埋在土中的柱形物”有点相似。所以在渭北农村,人们有时形容某些外形笨拙、高大,头脑不大灵活的人,常说那人像“一桩子粮食”,或说某人是一个“粮食桩子”,都有很明显的贬义。但如果不是对人,而说的就是粮食桩子,那也就是一口袋粮食,无所谓褒贬。

装粮食的口袋,有大有小。一般的口袋,可以装五斗粮食。一斗三十斤,一桩子粮食一百五十斤,相当于后来的三袋标准面粉。蹲在那儿,约一人高。一个年轻小伙,扛一袋五十斤的标准粉,没什么了不得,但要扛三袋,那就比较困难!

这里只想把掂桩子局限在夏收碾场、扬场、晒麦之后的掂桩子方面,因为这也是一种既要费力气,又要有一定技术的活路。

一桩子麦子一百五十斤,掂起来费一定力气是不用说的,问题是要掂得很轻巧,很自如,好像不费力气,那就要有技术。比如说扬场晒麦之后,把麦子要储存在囤里,而囤又在楼上,这就要人把麦桩子扛上楼去,倒进囤里。这时会掂桩子的人,站在桩子一侧,一弯腰,一伸手,那桩子就自自然然地倒在他的肩上,像人们常在电影里看到的一个镜头:一个很温顺的人,常常不知何缘何故,依偎在另一人的肩头。掂桩人一手叉腰,一手握着桩子的一端,碎步走在楼下。楼下斜搭着梯子。他要一格一格地上了梯子,把麦子倒进囤里。有技巧没技巧,在这过程中立见分晓。有技巧的,碎步走着,优哉游哉,好像肩上并没扛着什么。到了楼下,稍稍地调整一下姿势，仍然一手叉腰，一手握着桩子的一端，一步一格地踏上梯子，如履平地。到了楼上，侧身站在席囤旁边，身子稍稍一斜，把握着桩子一端的大手松开，满桩子的麦子便哗地一下，瀑布似的泻进囤里，轻而易举，淋漓尽致。没技巧的，站在楼下，只瞧一眼那梯子，心就胆怯。然后用手扶着梯子，小心翼翼，一格一格，登上梯子。接着将桩子放下，解开捆扎桩子的绳子，再将桩子抱起，一颠一颠地倒进囤里。你看，多费事儿！

两种不同的掮法，最微妙的区别在于扎不扎桩子口儿。没技巧的（其实是没那能力），必须把桩子口儿扎得结结实实，到了要倒出麦子的时候，先把桩子放下来，再解开扎着的绳子，这自然费时费事。有技巧的，只把桩子口儿折叠好，并不捆扎，用手攥着，到了要倒的时候，手一松，桩子口儿张开了，麦子便“哗哗”地倾泻出来。这当然是一种能力，一种技巧，但归根结底还在于有没有那么大的手劲。没那么大手劲的人，自然不敢随便尝试。另有人则是把桩子口儿扎住，但不打死结，只打活结，到了要倒麦子的时候，松手时把那活结随手解开，也会干得潇洒麻利。

垛麦秸·装车

经过碾轧，麦粒、麦衣、麦秆分离后，麦粒称麦子，麦衣（紧贴在麦粒外面的皮儿）称麦糠，麦秆称麦秸。麦秸比麦秆光滑、柔软、短小，是喂牲畜的高级饲料，也是造纸的原料，有时也供农家烧锅烧炕使用。

碾场过后，要把麦秸整齐地堆成堆，叫垛麦秸。垛麦秸是难度很大、技术要求很高的活路。因为麦秸光滑、柔软、短小，尤其光滑，很难像垛砖、垛土坯那样，垛得整整齐齐。

但是垛得好的麦秸垛，圆的、方的、长方的，像亭台楼阁、高屋大厦，有棱有角，有顶有盖；经风吹雨淋，三年五年、十年八年，不歪不斜，不塌不倒。那麦秸被撕扯出来，仍然金黄金黄，和当年一样，散发着香味。

说到撕扯麦秸，突然觉得单从撕扯的窍门，也可看出垛麦秸怎么能垛得那么好的窍门。撕扯麦秸，不能这儿撕一下，那儿扯一下。这样撕扯，怎么也撕扯不出。你必须先选定一个部位，打开一个缺口——一个较长的约有半尺宽的像一层合阶的缺口，然后再一层层撕扯，一层层剥离。因为垛麦秸，一开始就是这么一层压一层垛起来的，又经过了多少年的自然挤压，那简直就像凝固了的一块石头、一道砖墙，这儿撕一下，那儿扯一下，是绝对撕扯不下的！

问题在于那么光滑的麦秸，一开始怎么能一层一层、纵横交错、整整齐齐、薄厚均匀地垛起来？要说技术，技术就在这儿。垛麦秸，无论圆的、方的、长方的，先要把底子打好。底子就是基础。垛麦秸像盖房一样，也要先把地基打好。为了打好底子，垛麦秸的把式，当麦秸刚刚堆到一二尺厚的时候，就要把中间和四周一脚挨一脚地踩踏一遍。踩踏时要凭感觉，发现那儿薄了，那儿厚了。薄了的地方要立即补一杈两杈麦秸上去，使之平实，厚了的地方，必然堆积着一个疙瘩，要立即把这疙瘩拨拉开，使之平坦。这样做，看似很麻烦，但必须受这麻烦。不然，得过且过，敷衍了事，就会因小失大，留下后患，打不好基础。《韩非子》说："千丈之堤，以蝼蚁之穴溃；百尺之室，以突隙之烟焚。"说的就是这个道理。

垛麦秸打好底子之后，四周的人要在地上先把麦秸捋顺平整，然后再慢慢地投递上去，不能贪多求快。多了快了，必然将一些不平整的投递上去，增加上边的工作量。上边的若发现了，倒还好说，拨拉平就是了；若发现不了，埋藏起来，就埋下了祸根，甚至前功尽弃！所以上边的人，要拿把长柄木杈，不时地拨拉，不时地走动、踩踏，把角角落落都踩踏实在。如果老是待在一个地方，就很容易留下一个“水瓮”。“水瓮”是什么？“水瓮”就是下雨之时，雨水最易积存的地方。“水瓮”多隐藏在麦垛中间偏上的部位，平时谁也看不见。个别“水瓮”，多是多少年后剖开麦秸垛才发现的。这时，“水瓮”里的麦秸，乌黑乌黑的，已腐烂发霉。

把麦秸垛得像亭台楼阁、高屋大厦，最后一个工序十分重要。这个工序就是必须把刚垛起的垛子，狠狠地撕扯一遍。刚垛起的垛子周围，有很多很长的“虚梢”。把这“虚梢”要下狠心撕扯掉。不能舍不得。舍不得就显得毛毛糙糙，蓬蓬松松，无法见棱见角。棱角是撕扯出来的。就像一件雕塑，是将多余的部分舍弃后才成为艺术品的一样。

很早以前，人们常见一个麦秸垛，像神话里的一座房子，在云里雾里，缓缓移动，缓缓行进，像有鬼使神差似的。走近了，才发现是一辆拉着麦秸的大车，套着或牛或马。牛马被麦秸掩盖了，只见那像一座房子的麦秸垛，在移动，在前进，看不见牛马，也看不见吆车的把式，使人感到奇怪！

这是庄稼人要把麦秸运到集市上去卖，或是送到造纸厂去。这车麦秸足有千斤重吧？路程足有百十里吧？车不装好怎么行呢？半路上麦秸散了，怎么办呢？光光滑滑的麦秸必须在车上装好。装车的把式必须是垛麦秸垛的把式，或者是比垛麦秸垛的把式还要高明一些的把式。

铡　草

搬上戏曲舞台的“虎头铡子”，对农家用的铡草铡子，并没有过分夸张。

铡子是最让人心惊胆战的农具。尤其是用铡子铡麦秸。麦秸光滑、柔软。要用铡子铡得只有一寸长,据说铡断过不少人的手指。那手指(食指、中指或无名指)在铡刀下带着血跳动,再高明的接指大夫也无法接上。这不是故事,这是血淋淋的事实。我有几个农民朋友,都是在铡麦秸时丢了手指的。但是为了喂养牲畜——牲畜吃的麦秸,只能有一寸长。长了,不好拌料,牲畜不好好吃。牲畜不好好吃草料,身不强,体不壮,干活没劲!

初冬,要为牲畜备好一个冬天的草料。整整一个冬天,一头牛、一匹马、一只小毛驴……要吃多少麦秸呢?冬闲了,农家人要腾出两三天时间,专门为牲畜铡草。

铡墩摆在麦秸垛子旁边。一尺宽、三尺长的铡刀片子,锃亮锃亮,在阳光下闪着锋利。把麦秸从麦秸垛上撕扯下来,最少要有三个人配合着工作:一人把散乱的麦秸打成“铺子”(人半跪着,双手将麦秸向膝下刨去,使之成为枕状,一块一块的,称作“铺子”),递给入麦秸者。入麦秸的人是主角,将“铺子”接了,双手握紧,又用膝盖顶住,置于铡口,像块木头。握铡把者要胆大心细,英明果断,敢于“嚓”的一声,沿着入麦秸者的手指,把铡刀直压下去!非机械而机械地重复又重复。

谁也不说一句话,只有“嚓——嚓——”的声响。这是神经高度集中的场所,神经高度集中的劳动。

过去,能不能铡草入麦秸,是农业大户雇用长工的第一要求。

晒土·垫圈·起圈

土还要晒吗?要晒!农家牲畜,无论牛马骡驴,都是很爱干净的,很讲卫生的。垫圈没有干土，牲畜只能老站在圈里，得不到充分的休息，吃也吃不好，喝也喝不好，时间长了，干活没劲，还会生病！

垫圈要用干土，没有干土，圈里和了泥，牲畜便得不到安宁。

干土是晒出来的。将土从壕里拉回来，看着是干的，其实不干！

把似干非干的土摊在平平坦坦的场地上，薄薄的一层，不时地搅动，太阳好了，整整晒一天；太阳不好，要晒两天、三天，直晒得干干的，堆在牲畜圈旁备用，牲畜看着高兴，人也安心。要不然，下了连阴雨，垫圈没有干土，圈里便和了泥。

圈垫得时间长了，也就是牲畜在圈里生活得时间长了，便要起圈。起圈是将积攒多日的圈粪挖掘起来，堆在大门之外，高高的像座小山。庄稼要得好，粪足水要饱。晒土—垫圈—起圈，是一环套一环的活儿。

2015 年 2 月 6 日—20 日于师大楼谷

老土布

植物中的羔羊

陕西渭河流域,从什么时候有了棉花?我查了不少资料,也没有得到确切的答案,反而被一些名称——棉花的名称迷住了,以至于把棉花传入陕西的具体时间问题,抛在了脑后。这些名称,有的好像是音译的,如什么"吉贝""古贝""织贝"等等,有的好像是根据其某种特点,由我们的祖先命名的,如"白叠""吊叠""白蝶"等等。

《辞源》中有关于"吉贝"的解释:"吉贝是马来语 kabok 的音译,亦称'美洲木棉''爪哇木棉'。木棉科,落叶大乔木,高达 30 米,大枝轮生,幼枝有刺,掌状复叶,有长柄,小叶 5 至 8 片。春季开花,花多数发生于上部叶腋间,或单生,白色或淡红色。朔果木质,长圆状椭圆形。五裂,果瓣内密生丝状棉毛……棉毛可为纺织原料或床垫、枕芯、救生具的垫料,种子油可供食用或工业用……"这个介绍很详细,但因介绍的是木棉,对我们还是很陌生。

而有个说法却使我很感兴趣。这说法是由一个叫希罗多德的人在印度旅行时记述的。他说:“公元前1000年左右,印度人对种植棉花,就已有了很大的劲头。”他说那种棉花“是一种长在树上的毛,这种毛比羊身上的毛还要美丽,质量也比羊毛好得多。印度人穿的衣服,便是从这种树上得来的”。希罗多德这番形象化的描述,给那些长期穿着羊毛织物和兽皮、从未见过棉花的人以十分奇特的联想,他们便称棉花为“植物中的羔羊”了。

据说在6世纪至12世纪,我国中原地区,仍将棉花看作很奇特的珍宝。那时人们还没有认识到它的经济价值,只觉得它很好看,很美丽,像花一样,就以为它是一种观赏物了。具体到了公元851年,有个叫苏莱曼的阿拉伯旅行家,在其游记文章中曾说:(我)在今北京地区见到的棉花,还是在花园里被看作“花”的观赏物。可见那时,“植物中的羔羊”虽已到了中国,而我们的祖先却没有将它当羔羊一样看待。

其实国人早就认识到棉花的经济价值并给它起了好听的名字。比如有一篇叫《梁书·高昌传》的文章中就记载说:“其地(高昌即吐鲁番)有草,实如茧,茧中丝如纩(‘纩’即丝绵),名为白叠子。”“白叠子”是不是当地人对棉花的称呼呢?我敢断定事情确实是这样的。因为这本书中,还有一篇叫《西北诸戎传》的文章,也说出了同样的话:“高昌国,多草木,草实如茧,茧中丝如纩,名曰白叠子,国人多取织以为布。布甚软白,交市用焉。”这两篇文章都出自《梁书》。《梁书》为唐代姚思廉在其父姚察撰写的旧稿基础上,于唐贞观三年(629年)补充完成的一部纪传体南朝梁代史。作者为父子,估计他们的话不会说错。这也就是说,“白叠子”是当时的吐鲁番人对棉花的称呼。这称呼多好啊!

比这更早二三百年以前,《后汉书·西南夷传·京牢夷》中,记述了哀牢夷“有梧桐木华,绩以为布,幅广五尺”的史实。西晋作家左思在《蜀都赋》中说:“布有橦华”。李善注:“橦华者,树名橦,其花柔毳,可绩为布也,出永昌。”哀牢、永吕均指滇南地区,而“梧桐木华”“橦华”就指的是棉花。这更说明我们为棉花起的名字,都很好听!

但比来比去,我还以为“植物中的羔羊”这名字更形象、更生动。

水陆两路而来

被古印度人昵称为“植物中的羔羊”的棉花,到底是何时传入我国,传入陕西,传入渭北地区的?

要说明这几个问题,先要知道棉花原产于何地。

印度和南美,是棉花的老家。据说早在 4500 多年以前,那里就有 20 几个品种,后来才慢慢地培育为亚洲棉、非洲棉、陆地棉、海岛棉四个品种。这说明棉花的老祖宗,原是一种野生的长在荒野里的植物,与一些杂树野草没有多大差别。

专家指出:在全世界,植棉最早的国家是印度,时间大约在 4500 年以前。大约在我国的秦汉时期,印度的亚洲棉,经缅甸,传入云南。然后,非洲棉经西亚传入新疆和河西走廊一带,直到宋元之际,棉花才传播到长江和黄河流域的广大地区。

美洲是陆地棉和海岛棉的起源地。据说哥伦布 1492 年发现新大陆后,就知道了印第安人种植棉花的悠久历史。这历史可以追溯到 5000 年以前。

近年来的不少考古发现,为棉花的流传和推广,提供了一些鲜为人知的实例:埃及在距今 2100 年前的一所古墓中出土了木乃伊身上缠绕的棉布彩带。俄国的考古学家在当地的古墓中也发现了公元前10世纪左右的草棉种。

近年来人们根据植物区系和史料分析,认为我国古代大面积栽培的草棉和亚洲棉,是由南北两路向中原传播的。南路也就是水路,最早传入的是印度的亚洲棉,它走的路线是由印度的阿萨姆—缅甸—泰国—越南,最后到中国的海南岛、闽广、珠江流域,再传到长江、黄河流域。然后大约到了秦汉时期,又由印度经缅甸,传入云南、福建、广东、四川等地。

由北路传入中国的是非洲棉,也就是草棉。它走的路线是,阿拉伯—伊朗—巴基斯坦—吐鲁番—甘肃—陕西。公元13世纪,才到了陕西的渭水流域。

从这个路线图看,我们知道这匹"植物中的羔羊",是既走着陆路,又蹚着水路才到了陕西和渭河流域的。

"植物中的羔羊"啊,你辛苦了!

古人穿什么

棉花没有传入我国以前,我国广大人民——穷人和富人,是怎样穿衣的?怎样御寒的?历史学家认为,我国自夏商周以来的4000年中,约有3000年是以丝、麻为衣料的。我国最早的诗歌总集《诗经》,收集了西周初年到春秋中叶约500年间的作品。据说这集子编定之后,孔子刚刚8岁,正是开始上学的年龄。所以他对这部诗是很熟悉、很重视,也很有感情的,曾说"不学诗无以言"(《论语·季氏》)。现在我们读这部书,常常容易发现一些有关人们穿衣情景的描写。比如:

岂曰无衣？与子同袍。王于兴师，修我戈矛，与子同仇。

岂曰无衣？与子同泽。王于兴师，修我矛戟，与子偕作。

岂曰无衣？与子同裳。王于兴师，修我甲兵，与子偕行。

（《秦风·无衣》）

这是一支慷慨激昂的军歌，豪气夺人地唱出了无衣则同袍、同泽、同裳地为报国而奋不顾身的豪迈气概。什么是“袍”呢？“袍”是战士们穿的外衣，也许就像秦始皇兵马俑坑出土的兵俑们穿的战袍。无袍则同泽。泽即袶，也就是内衣或汗衣。无泽则同裳，裳是下衣。全诗表明：为了战胜敌人，没有袍只要有内衣，没有内衣只要有下衣，都要赤膊上阵、英勇杀敌！

另如：

绿兮衣兮，绿衣黄里。心之忧矣，曷维其已！

绿兮衣兮，绿衣黄裳。心之优矣，曷维其亡！

绿兮丝兮，女所治兮。我思古人，俾无就兮。

絺兮绤兮，凄其以风。我思古人，实获我心。

（《邶风·绿衣》）

这是一首悼亡诗。反复咏唱亡妻所织所缝的衣裳，表达一种犹如唐人元稹“衣裳已施行看尽，针线犹存未忍开”的睹物思人、悲从中来的思想感情。诗中的“衣”，就是人们穿在外面的上衣，“里”就是内衣。好处是这首诗还说明了亡妻治衣所用的材料：丝和絺绤（chī xì）。丝就是蚕丝；絺绤是粗葛布和细葛布，都是做夏衣用的。葛即葛麻，用葛的纤维织成的布叫葛布，也就是粗或细的絺或绤。

其他的例子还很多，如杜甫的《北征》中有这么几句：

床前两小女，补绽才过膝。

海图坼波涛，旧绣移曲折。

天吴及紫凤，颠倒在裋褐。

安史之乱使诗人生计窘迫，儿女衣着破破烂烂，不得不缝缝补补。杜甫也做过小官，穿过小官穿的衣服。但后来他把官丢了，那官服没用了，女儿的短褐破了，就把官服上的海图、天吴、紫凤从刺绣图案上拆下来，补衲到女儿已经穿破了的麻布短褐上去。诗中所说的“天吴”，是神话中所说的虎身人面、八首八足八尾的水神；紫凤也是一种神鸟。

由此可见，一般老百姓和有钱人以及官员的穿着是不一样的，用丝用麻也有很大的区别。除丝麻之外，皇室贵族还可以穿裘。裘是动物的皮毛。但动物的皮毛也有高档、低档之别。羔羊皮、狐白裘是高档的，只能由王室贵族们服用，一般老百姓只能穿劣质的羊皮或狗皮。这在阶级社会，是很自然的现象，即使皇室贵族，也有很大不同。如《周礼》中就对天子、诸侯之服有很多规定，单单裘的穿法，就要既有内衣，又有外衣。外衣叫裼衣或袭衣，材质也因地位财富而有所区别，只有仔细研究，才能说得清楚。

怎样种棉

渭北有句农谚：椿骨朵儿绽，种棉蛋。意思是说：时令到了椿树芽儿绽放的时候，也就是棉花播种的季节。在我国，从宋元到距今 100 多年以前，渭北农民从未使用过温度计、雨量计这些新玩意儿，他们种植棉花，就是靠着这句农谚。所以说，这说法也是他们经验的总结。这经验说明棉花这“植物的羔羊”，对自然环境的适应性是很强的，它“比之蚕桑，无采养之劳，有必收之效，埒之枲苎，免绩缉之工，得御寒之益，可谓不麻而布，不茧而絮”（元王祯《农书》卷二十五）。

但相对于其他农作物如小麦、苞谷、豆类而言，棉花在种植方面，还是要讲究一些的。比如椿骨朵儿绽了，地里的墒情也适宜，农民首先要将选好的棉种，用滚烫的水激一下。经这一激，棉种就被激醒了，像蛰伏在地下的青蛙呀、蚯蚓呀，被一声春雷惊醒了，这才知道春天来了，应该发芽了，不应该再睡大觉了，这就容易发芽了。当然这水激棉种的方法，有很微妙的技术，不是谁都能掌握的。比如那水不能太热，超过度数，太热了，会把棉籽烫死。棉籽被烫了，不能再发芽了，那就糟了，等于毁了一料耕稼！

水激棉籽之后，还要用草木灰搅拌种子。这好像是为棉籽施些肥料，其实却是为了使棉种不再相互纠缠，而要零零散散，便于播种，不要一疙瘩一疙瘩地投入土中，爷爷孙孙地一堆一堆聚在一起，或过于稠密，或过于疏远，没个讲究，影响出苗。

棉花出苗后的首要工作是选苗定植。选苗是先留下生长力旺盛而茁壮的苗子，然后过几天再定株。棉株不能过稠过密，一般是株距二尺，行距三尺。这个规定也不是一成不变的，最后怎样要根据地力、墒情而定。肥沃的土地，墒情好，行距、株距自然要宽些，让棉花疏疏朗朗地长，既容易接受阳光的照晒，又能通风透气。土地瘠贫，又在必要时浇不上水，行距、株距则可以适当缩小。

棉花是很容易生长的。正像有些棉农说的：这东西既尊贵又卑贱；有时候，不知什么原因，它总是出苗不齐，或出苗了，却又黄又瘦，很不壮实，总长不高，总长不大，一直病恹恹的，直到老死。有时候，不知什么原因，有的棉田却长得十分繁茂泼辣，十分精神，一直碧绿绿的，更容易疯长。

对疯长的棉花，有经验的棉农就要不失时机地拦顶、打杈、“脱裤子”，控制其疯长。棉花疯长了,一株可以长到比人还高,枝叶茂密,像棵小树,但却只长个子不结桃。拦顶是在棉花疯长的时候,把顶尖掐掉,不让它长。打杈是把多余的枝条(也叫“担子”)打掉。疯长了的棉花不光个子高,躯体也庞大,它可以长出十多个枝条。每个枝条一尺长,生满了手掌般大的叶子,叫“油条子”,像人群里的二流子。“脱裤子”是把棉株根部发出的嫩芽齐齐抹掉。像给人脱裤子一样,也是为了防止耗费精力,不走正道。

棉·绵

大家知道,《说文解字》是东汉许慎所撰的我国第一部系统分析字形和考究字源的书,成书于公元100年。从时间说,那时棉花早已传入我国,但这部字书里却没有“棉”字,是撰者以为“绵”与“棉”无大差别,“绵”可以代替“棉”呢,还是这位老先生故意疏忽,而制造了多少年“绵”与“棉”的混乱现象呢?在漫长的历史中,这虽然没有构成什么大的麻烦,但却长期地使人把“木棉”与“木绵”无法区别开来,以为丝绵与木本草本之绵毫无区别,麻布与棉布也常混称为布,而草本之棉又常被称为木棉,甚至“今世俗所谓布者,乃用木绵、细葛、麻苎、花卉等物为之”(南宋谢维新语),成了多种植物纤维的混合品。

只有到了隋代的《广韵》出版之后,这才给了“棉”一个应有的合法地位和名分。释义为棉者“棉也,又木棉名。”把蚕产的丝绵和植物所产的棉,明确地区分了开来。但在宋、元、明三代,当棉花作为取代丝麻的时期,“棉”“绵”使用混乱的现象,或在日常生活中,或在文人的诗文作品中,都依然表现得十分明显,此处恕不举例。直到清代,“棉”才成为一个广泛的常用字。

再面对这种现象,我们真不由得要为“植物中的羔羊”,感到痛惜了!人家能从植物中看见羔羊,我们为什么就不能从植物中看见“棉”呢? 或者说我们为什么硬要把“棉”混在蚕茧里呢?

农妇的劳绩

“男耕女织天下平,千古万古无战争。”是元代一个不太有名的诗人写的《过居庸关》中的句子。说明吃饭穿衣,是对中国的自给经济最具体的表现,老百姓只要有吃有穿了,天下就太平了。古代神话说,发明耒耜、教民稼穑的是神农,育蚕治丝、创造衣裳的是黄帝的后妃嫘祖。所以男耕女织这种劳动观念的形成,实际上是最原始的家务分工;神话实际上也就是现实生活的真实反映。

这就要说到我国妇女的辛劳了。有个叫明恩溥的美国人,在一本《中国乡村生活》(1998 年时事出版社)中曾说:“‘女人的活计永远也做不完’,这句话在中国尤其确当。在中国,机器还没有取代原始的生产过程,一切都依靠手工,如养蚕、抽丝、织丝、纺绵都靠妇女的劳动,女孩从很小起就干这种活了。缝纫对一个中国家庭,特别是一个人口众多的大家庭来说是很繁重的工作……中国的女孩要想被未来的婆婆所接纳,必须是缝纫能手。”(《乡村女孩和成年妇女》)在同一篇文章中作者还说:中国的乡村妇女,有着永远干不完的家庭活计,“所有的衣服、鞋子都靠手工缝制,褥子、被子和棉袄要不时拆开清洗,然后再重缝上”。“种棉花时,她们大部分时间都花在地里,有时还靠帮别人收棉花挣一小点钱。”“为了制作那些必不可少的备用棉织物，中国妇女的手总也不得闲，从采摘棉花——这是一种极费力的工作，因为棉秆长得很低——到制成布料，最后变成了做鞋底的材料，轧棉、清棉、分离纤维、纺线、缠线、上浆，特别是织布都是极费力且乏味的活计。可只要人活着，这些劳作就不会休止。有些地区每一户都有一架织布机，通常丈夫和妻子轮流使用，丈夫织到半夜，妻子接手织到天明。”

明恩溥先生虽不是棉纺织研究专家，但他这段记述却相当生动详尽，能引起现在还活着的曾在20世纪生活过的人的很多记忆。另外，这也与英国植物学家复庆1944年在上海近郊所见到的情况很接近。复庆说：上海近郊“各小农户，各乡屋人家，都保留自家棉田所产的棉花，以备家用，妇女居家，清（轧）之纺之，织之成布……纺车和小手织机，遍布此地各乡村，随处可见。此等织机，都由妻女操作”。因为不这样干，那就要像古人说的，“一夫不耕，或受之饥；一女不织，或受之寒”了。

因此在我国的广大农村，多少年便形成了这样一种风俗：村民娶妇，入门即给棉花斤许（山西寿阳地区，新妇入门，给棉10斤），令其纺织，好像是对新妇的一种考验，看她会不会纺线织布，纺得好还是不好，织得好还是不好；会而好，才有做一个未来的家庭主妇的资格，才能得到一家人的喜欢。其实中国的女孩子，从小生活在纺织的环境中，耳濡目染，早就将这些技术掌握了，有哪个新娘子会被斤许或10斤棉花难倒呢。她们没有一个在这种考试面前，不会取得优秀的成绩！

在我国，不知有多少生动形象地描述中国妇女绩麻、养蚕、缫丝、织锦、纺纱、制衣的文学作品，如李白的《子夜吴歌》：“明朝驿使发，一夜絮征袍。素手抽针冷，那堪把剪刀。裁缝寄远道，几日到临洮？”就把一个女子为征夫赶制冬袍的情景写活了。除此之外，像南宋诗人范成大的《田园杂兴》

“小妇连宵上绢机”“缫姑盆手交相贺”“昼出耘田夜绩麻”等等,谁要认真辑录出来,真不知会有多少。这些作品,都有一个突出的主题,那就是对我国妇女辛勤织纺的歌颂,像“慈母手中线,临行密密缝”一样,成为千古绝唱。

拾　　花

在一个外国人眼里,由于棉秆低矮,采摘棉花便成了一种很费力的劳动。其实艰苦惯了的中国人,对于采摘棉花,却没有这样的感觉。因为凡收获,都是伴着喜悦的;那是劳动结出的果实,那是希望的实现。尤其是棉花,在天高气爽的初秋绽放,天那么蓝,云那么白,空气那么清新,人们采摘棉花,将一朵一朵雪白的丝绒握在手里,像握着婴儿软软的手,谁不喜悦呢,谁不高兴呢?

因此在渭北,采摘棉花,多半是妇女或老年人的活计。妇女眼尖心细,手脚麻利,干这种活一个赛过两个精壮小伙。她们在身前系一个大布袋,把棉花从裂开的棉桃里轻轻撕出来,装在袋里,一会儿袋子就鼓囊了,人就变成了袋鼠。

老年人或男或女,也是采摘棉花的好手。他们不慌不忙,在棉花地里穿行,一行一行地采摘,绝不像年轻人那样在满地里乱跑。年轻人性子急,看见这儿开了一朵花便去采摘,看见那儿开了一朵花又去采摘,结果却遗东掉西,该采摘的反而没有采摘到,造成了一定的损失。

采摘棉花也要掌握天气的变化,按气候决定棉花绽开到什么程度该采,什么程度不该采。比如明天就要下雨了,而且会接连着下几天,这就要求将开得不很大的花骨朵提前摘掉,免得它在雨天遭到雨淋,使花色发霉变质。老年人对这情况掌握得很有分寸,那经验是长期积累的,不是三言两语能说得清的。

遇到将要下雨的天气,老年人拾棉花,大都连棉桃一起摘下来。这样速度快,不致影响雨前把应采摘的采摘不回来。如此这般地采摘回很多棉桃,一家人往往在晚上聚在一起,再把绽开的花絮从棉桃里剥离出来,渭北人把这叫剥棉花。这时候老年人坐在炕上,年轻人坐在脚地,一家人便说东道西,等于在开一个家庭故事会。故事不一定都由老年人讲,年轻人在外边听到这消息、那掌故,也可以在这时讲出来,往往逗得全家人大笑。

晒　　花

把棉花采摘回来,如果天气好,就要及时晾晒。

晒棉花是个不太费力气的活路。一大早要把几条凳子,摆在院子里,摆在大门外,摆在村边的打麦场里,在凳子上再架几根椽,然后再把苇箔子搭上去。苇箔子多半是用自产的苇子编的,已经用了好多年了,一般都光光滑滑,顺顺溜溜,很好使。这时候,太阳出来了,人们把剥离出壳的棉花倒在苇箔子上,摊平搅匀,村里村外,便这儿一片白,那儿一片白,全村一片白,像落了一阵冬雪,要多好看有多好看,像诗人说的,全村开遍了梨花,还散发着香味。

在大太阳光毫不吝啬地暴晒着棉花的时候,老人要及时地多次翻搅,使每朵棉絮都晒个透。对这朵棉絮来说,这是它们一生中唯一的一次日光浴!善良的老人,绝不轻率地剥夺它们这一生中唯一的一次阳光的洗礼。

轧车去籽

植棉成功,有了收获之后,要纺线织布,还有很多麻烦的、艰巨的事要做,其中主要的是对原棉的去籽和弹松。

掘历史记载,元朝初年我国开始植棉的时候,“初无踏车椎弓之制,率用手剖去子,线弦竹弧置按间,振掉成剂,厥功甚艰”(元末明初陶宗仪《辍耕录》)。就是说那时还没有将踏车椎弓发明出来,去籽的方法只能用手去剥,自然十分落后,十分艰难。只有到了至元十年(1273 年),才有人创造出一种比较先进的去籽方法。据说那方法是:“用铁杖一条,长二尺,粗如指,两端渐细,如擀饼杖杆;用梨木板,长三尺,阔五寸,厚二寸,做成床子。逐旋取棉籽置于板上,用铁杖旋旋,赶出籽粒,即为净棉。”(《农桑辑要》)这种铁杖赶搓法,比手搓法虽有很大进步,但和后来的元朝元贞年间(1295—1297 年)黄道婆传授的去籽搅车(也称轧车)比较起来,还是很落后的。

黄道婆所制轧车是怎样的构造呢?我们因无资料,只能引用严中平先生的大著《中国棉纺织史稿》中,曾引用过元人王祯的《王祯农书》中的一种说法:“昔用辗轴,今用搅车,尤便。夫搅车,用四木作框,上立二小柱,高约尺五,上以方木管之;立柱各通一轴,轴端俱作掉拐,轴末柱窍不透。二人掉轴,一人喂上棉英。二轴相轧,则子落于内,棉出于外,比用辗轴,功利数倍。”严中平先生认为《农书》成书于元皇庆二年(1314 年),距黄道婆传授新法只有八九年,因而断定这里所描写的搅车,就是黄道婆所传授的轧车。

再后来,直到明末,才有个叫徐光启的人,在一本《农政全书》中说:“今之搅车,以一人当三人矣。所见句容式,一人可当四人;太仓式,两人可当八人。”可见这种单人搅车，都把轧车去籽向前大大地推进了一步。“句容式”“太仓式”，各是怎样的构造？据一本叫《图书集成》的书引《太仓州志》的描述，好像把“太仓式”轧车的构造介绍得很详细，但我们却越读越糊涂，总想象不出那“太仓式”单人轧车，究竟是一种什么模样，所以此处也就不再用语言文字画图了。因为语言文字，究竟不是摄像机，不是绘图仪，有时候它的模糊性、抽象性，是我们无法克服的。

总之，棉花去籽是一种很复杂的技术。而我们的轧车却在不断地改进着，前进着，这总是好事。笔者小时曾在家乡见过一种锯齿式铁质轧车，只听说它叫轧车，对其构造和用法，都未留意，现在也无法写得出来，可惜！可惜！

原棉的弹松

渭北把去籽之后的棉花叫“皮棉”。皮棉要进入纺线阶段，还有一个必做的工作就是弹松。据说我国最原始的弹松方法是用手指拨弹一种小型竹弓的，后来这方法就被黄道婆所传的大弓椎击法代替了。元初王祯说：“木棉弹弓，以竹为主，长可四尺许，上一截颇长而弯，下一截稍短而劲，控以绳弦，用弹棉英，如弹毡毛法。”（《农书》卷二十五）

到了明末，徐光启在《农政全书》中对弹弓的改进又有了如下的说明，“以木为弓，蜡丝为弦”。可见原来的弹弓是用竹子做的，这时把竹改成了木；原来的弓弦只是一般的绳子，现在给那绳上打了蜡，可能就显得光滑而耐用了。这改进虽然不大，但毕竟是一种改进，因而也引起了徐光启的注意。

直到清道光年间，有个叫张春华的人在一本《沪城岁事衢歌》中说："弹花必坐，其座如椅而矮，几及地，名弹花凳。凳之背贯以竹竿如钓鱼者而曲，竿之极处悬绳，绳下著弓，以左手执弓，右手持槌击之，棉着弓而起，轻如柳絮。其弓弦以羊肠为之。"这就改进得多了！

笔者小时在家乡见到的弹花，就是这样的情景。那时觉得那弹花弓很好看，很灵活，弹花人的动作很优美。渭北人把那弹花人称"弹匠"或"弹花师傅"，对他很器重，吃呀喝呀，都照顾得非常周到，因为他干的既是技术活，又是力气活。弹花师傅在正式工作之前，先要把他的弓弦用木槌轻轻地敲击几下，让其发出"嗡嗡嘤嘤"的声响。他从那声响中听出了自己的弓弦恰恰符合工作要求，这才左手执弓，右手持槌，像古代长于鼓琴的伯牙似的弹奏起来，从早到晚把那"嘤嘤淙淙"的乐章，弹奏得很响亮，很悦耳，也传播得很远很远。笔者在写此文时，似乎还能听到那种声音。

搓捻子和纺线

用经过弹松、轻如柳絮的棉绒纺线，先要把棉绒制成管状棉条，称为"拼条"，渭北农村叫"搓捻子"。这工作很简单，工具也只是一根粗细适宜的小竹竿儿或高粱秆子。渭北人将高粱秆叫高粱脖项，也就是高粱穗子之下的那细细长长的一段。这一段本来就光滑明亮，用得时间长了，更会变得温润柔和，好像高粱脖项就是专为"搓捻子"而生长的，是被哪家主妇专门在高粱地里定做订购的。

但就是这么一个简单的工具，也许正因为它太简单了，太微不足道了，在渭北农家，有的人家有，有的人家却没有。没有的人家，总有要纺线织布的时候，但没这么个工具，就得满村子去告借。她必先想好谁家有这样的工具，不能漫无目的地向人乱借。因为一个小小的、只有尺许长的高粱脖项，还需要向人告借，这真有点不好开口！邻家人也心细，把这重要工具，正好藏在人不常去的一间黑房子里的小架板上，这才摸着黑去取出来。不然那没有这么个小棍棍的人家，该怎么搓捻子呢，不搓捻子该怎么纺线呢，不纺线该怎么织布呢？这说明最小的往往最大，最次要的也往往很重要！

渭北农村最常见、最简单的纺车为手摇一锭纺车。有人统计，这种纺车每十小时仅能出纱四两。这四两纱都是紧紧地缠绕在锭子上的。若从锭子上退下来，那真是一颗雪白的胖胖大大的棉桃。一个勤快的纺手，每天能纺出 4 两重的“穗子”（渭北将缠绕在锭子上的棉纱叫“穗子”），那真是最好不过的事！

据说有人嫌这种手摇一锭纺车工作效率太低，曾模仿过去的多锭麻纺车，制作了一种三锭、四锭棉纺车，但这样的改进由于始终没有将手工操作改为机械运转，三锭、四锭纺车，便一直没有进入渭北地区。

当代著名作家吴伯箫的散文《记一辆纺车》，在 20 世纪五六十年代，我国大中学生人人皆能熟读成诵。全文写抗日战争时期，延安军民自己动手，丰衣足食，和纺车结下了深厚的友谊。作者说自己用过的那辆纺车，是一辆普通的纺车，“车架、轮子、锭子，跟一般农村用的手摇纺车没有什么两样”，“是延安上千上万辆纺车中的一辆”，“和战斗用的枪，学习用的书和笔一样，成为大家亲密的伙伴”。全文感情充沛，说“同志们亲手纺的线织的布做成衣服，穿着格外舒服，也格外爱惜……衣服旧了破了，也‘敝帚自珍’，舍不得丢掉，总是脏了洗洗，破了补补，穿了一水又一水，一年又一年”。

文章还说：“纺线，劳动量并不大，纺久了会腰酸胳膊疼。”不过“也是一种很有趣的活动。纺线的时候,眼看着白净的毛卷或者棉纱从拇指和食指之间的毛卷里或者棉条里往外抽线。线是现成的,早就藏在毛卷里或者棉条里了”。

作者还写到了开展纺线竞赛的场面:“三五十辆或者百几十辆纺车摆在一起,在同一段时间里比纺线的数量和质量。……在坪坝上竞赛的场面最壮阔,‘沙场秋点兵’或者能有那种气派。”

由此我想到家乡的年轻女孩子,也常有将十多辆纺车集中在某家的一棵大树下集体纺线的情景。她们一边摇动车轮,一边唱歌谈笑,你想想那该是一幅怎样的图画?

有人喜欢在月亮底下纺线。月光把人影和纺车影子都印在地上,那人就对着自己的影子纺线。她说那样纺出的线,最细最匀最有劲,因为纺手要心静,心静了才能纺出好线。

有人白天的事情太多,没时间静静地坐下来纺线,就在夜深人静之后才纺线。她在自己那小屋里,也不点灯,只靠着从窗口泻进来的一缕月光,就可抽线、上线,第二天见那穗子,仍是圆圆滚滚的。有人问她晚上纺线,为什么不点灯呢?她说,现在灯里烧的不是桐油,就是柴油,桐油柴油的烟气都很大,点着灯纺线,会把烟气拧在线里!

拐线·浆线·透筒子

要织布了,拐线、浆线、透筒子,是三件紧紧连着的事。

拐线是将从纺车锭子上取下的线穗再拐成一圈一圈的线团儿,用的工具很简单,名叫“拐子”。拐子很好制作,只需把两根长五六寸,比大拇指稍粗些的竹筒，和两根同粗同长的细竹子，凑成一个像大写的“X”就行了。拐时将线穗固定在近处，有的妇女就将那穗子插在自己的小脚上，右手持拐，悠悠转动，让细长的线缠绕在拐子上，成为一圈一圈的线团，以便浆线。

浆线先要用面粉打好糨糊，然后将糨糊搅拌均匀，使稀稠软硬合适，再将拐好的线团一起投入，浸泡约一个时辰。此后便要在阳光充足的地方，支撑起浆线椽，以备将浸泡过的线团，搭上去一边晾晒，一边吊坠揉搓。浆线椽是一般的椽，也是专门用来浆线用的。它的特点是光滑、挺直、端庄，做了浆线椽就一辈子做了浆线椽。在渭北农村，并不是家家都有“浆线椽”的，估计一个有百户人家的村子，有浆线椽的，绝不会超过十分之一。因此没有这种椽子的人家要浆线了，就只得向别人借用。

线团经过糨糊浸泡之后，便可一圈一圈地套在浆线椽上了。这时还需要有一种叫作“浆线榹子”的工具。其实这工具也就是一般的石头榹子，本来是用来榹平地面的，现在用作浆线了，也就有了专门的职责，它的最大好处是那块石头大约恰好有二三十斤重，刚刚符合吊坠线团的要求，所以也就和浆线椽一样地做了浆线榹子。

浆线榹子被线团吊着，榹子的重量将线团向下坠，线就挺直了，糨糊也被挤压了出来。这时浆线人要一会儿用左手将榹子向右拐，一会儿用右手将榹子向左拐，同时用腾出的另一只手，将挤压出的糨糊，在线团的上下、左右，不住地揉搓、揉搓，使糨糊更深深地渗透在每一根棉线里，像铁匠锻铁一样，不能有任何的马虎和大意，不能少了哪一根，空了哪一段。好像不这样，那线就担负不起全幅布匹经线的任务似的。

透筒子是浆线和经布之间的工作。筒子都是用竹子截成的约有五六寸长的截儿。工作起来先要把晾晒干了的线团套在一个小小的像纺车轮子的“线轮”上。这线轮的周围长度必须是我们前边所说的拐线“拐子”的高度的两倍。这样,线团才能套上去,不然,“线轮”大了一点,也就是纬度长了一点点,线团套不上去,“线轮子”则无法转动,筒子则无法透,也就是说这工作无法进行。

透筒子的具体方法是先对原有的纺车换一种有一定弹性的双翼锭子,再把竹筒套上去,接着便将“线轮”上的线头找到,接到纺车上的双翼锭子上,再接着便可不住地搅动纺车,将“线轮”上的线团倒在了筒子上,以备经布时使用。这里需要提前说明白的是:织布时也有一种透筒子的手续。那种透筒子是为纬线透筒子。一个筒子只二寸长点,是装在织布梭子里用的。

经布·卷布

经布多在有宽阔平整的院子进行。当然这天还应该天朗气清,惠风和畅。一大早就有人把院子扫干净了。接着就摆经板,楔大木橛子和小木橛子。经板其实也是一根椽,只是上面却每隔四五寸许,就钉有一根约半尺长的钢钉,使这根椽成为一种很特殊的工具,在渭北被称作“经板”。

摆好了“经板”,就要把事前透好了的筒子插在那每根钢钉上去,并用手指握紧线头,悠悠迈步,缓缓牵引,使那筒子因牵引而“哗哗”转动,线就会越扯越长。接着便要“拾绞”。“拾绞”是经线人的一种绝活,她以右手食指和中指巧妙转动,像戏曲舞台上的小花旦舞弄莲花指。于是线就有了“绞”,像要魔术似的。我小时对这种魔术总是看不懂,大了因是男孩,也无心细看,至今说不清“拾绞”是怎么一回事。但我觉得“拾绞”是很重要的事,关系着织布,关系着经线的上下交错,关系着织布梭子的通过,关系着把纬线揄上去，是经布的最最重要技术，渭北人也叫“做绞”，是经布老手必须掌握的手艺。

做好“绞”便要将“绞”绕在事前楔好的大木橛子之上，最后再来来回回、反反复复地缠绕在也是事前楔好的小木橛子之上。这样走动完几个来回，根据那大木橛与小木橛之间的距离，就可计算得出这次经的布，大约会有多长。据我所知，渭北农村的土织布分为“穿布”和“卖布”两种。穿布供自家使用，口面宽，可长可短，有七八丈的，也有十多丈的。卖布是以布换钱的，一般规定为五丈二尺。经布的前一过程是这样，后一过程就是卷布。

卷布是把已经经好了的布先要卷起来，以便上机。步骤是先要把布团起来，放在一个事前准备好了的“拖把”上。“拖把”上要压一块石头，让其静静地待在院子的一头。然后两位卷布人便在院子的另一头，一边穿柽，一边绕缯（那是和“拾绞”同样重要同样复杂细致的活儿），再把布头儿缠绕在一个有着长长的木扳手的“縢子”上，接着一人搬动“縢子”，一人用长长的细竹眉子作的刷子刷布，使布舒舒展展地卷在“縢子”之上。“縢”（音shèng），是织布机最后的一个木制器具，两端有柽，用以缠绕纱线。整个的经布、卷布过程就是如此，这好像让人感到很枯燥，很乏味，其实这些时候，那站在经板上的、“哗哗”转动着的线筒子，却很容易让人想到很整齐地站在雪地里的企鹅。有时候甚至会有一个小孩坐在卷布用的拖把上，用自己的体重压住拖把，让妈妈或婶婶，把自己缓缓地向前拖去。

织 布

纯棉土织布的织造工艺十分复杂，从植棉、采棉到上机织布，不但全为手工操作，而且有晒花、轧花、弹花、纺线、拐线、浆线、经线、透筒子等大大小小二十七道工序。现在我们要说的就是最后一道工序——织布。

织布必须用梭子。梭子多为枣木所制，两头尖中间大，像一条活鱼。经多年使用，光光的、滑滑的、红红的，很是好看。梭子的肚子是空的，是深凹下去的一个槽子，是专门装织布筒子的纬线的。关于这小筒子，我们在前边已经说过了，这里不再重复。从我国长期的纺织史上留下来的丝麻投梭织机，改作织棉以后，仍然发挥着巨大的作用。这种织机的构造缺点虽然很多，但一个熟练的织手每日仍可织出七八尺直到一丈的布来。当然这只能是纯白的土布，或者只有一些简单图案的黑白、红黄格子布或条纹布，距“中国古代伟大的纺织家黄道婆”织出的有鸡花纹、马尾纹、青蛙纹等图案艳丽的“黎锦”，还差得很远很远。但这种土织布，却是渭北世代沿用的一种纯棉手工纺织品，具有浓郁的乡土气息和鲜明的地域特色，在我国的纺织史上占有举足轻重的地位，是渭北广大人民勤劳灵巧能干的象征。如有的家庭，为了以布换食，用家庭纺织维持生计，常常全家动员，做到了人停机不停，妈妈累了，女儿上机，女儿累了，嫂嫂上机，如此夜以继日，日以继夜，那“啪啪”的声音，总是不绝于耳，令人感动。

自己织出的土织布自己穿着总觉得舒服和自豪。陆游在其《老学庵笔记》中，曾记述过这么一件事：“亳州出轻纱，举之若无，裁以为衣，真若烟霞。一州惟两家能织，相与世世为婚姻，惧他人家得其法也。”这种保守的作法，在渭北是绝不会有的。渭北人织土布，都是互相帮忙、互通有无的，包括工具的借用，甚至哪家的纬线不够用了，另一家也帮着纺，等把这机布织完了，再纺再还。

一机子布织完了，卷在卷榎上，一家人都很高兴。卷榎是织布机卷布用的轴。织布时要织一会卷一卷，织一会儿卷一卷，使卷榎慢慢地增大增粗。这就是成绩，是长度的复叠，是福的积累，所以也叫“卷福”，关系着一家人的吃饭穿衣。

难忘老土布

凡在渭北生活过的人，凡穿过渭北老土布的人，终生不忘老土布，不仅因为那棉花是爷爷和爸爸种的，花是奶奶掐尖、打杈、“脱裤子”一手养大的，也不仅仅因为那线是妈妈纺的，姑姑浆的，布是由嫂嫂织的，她浑身上下都带着一家人的温馨和感情，而是因为她也是从渭北的泥土中起根发苗的，是在渭北的阳光照射下、风沙吹拂下长大的。她和渭北的儿女，是同根同系的孪生兄妹！

其次就是由于渭北的老土布，是世代沿用的一种纯棉手工织品，她纯棉含量百分之一百，是一种天然绿色环保产品，对皮肤无任何刺激，抗静电，不起球，透气性强，还具有独特的自然按摩特点，能增加人体的微循环，调节神经，改善睡眠质量。在人们生活水平逐日追求高档，追求潮流，逐步走向“崇尚自然，回归自然”的时代，渭北老土布自身的这些特点，尤其是她的厚重耐穿，它织进去的棉花，比洋布至少要重三倍，所以她受到了广大群众的欢迎。

马克思为了论述由农业与制造业直接结合引起的巨大经济和时间节省，曾对“大工业的生产物，提出了顽强的反抗”这一问题，在《资本论》中引 1852 年《米切尔报告书》中的两段话，很值得我们阅读：

> 当 1842 年新贸易开始的时候，我们应该牢记在心的头一件事是，我们即将和世界上从事最大的制造的民族开始竞争了。远在西方各国还披着羊皮的时代，这个民族已经自行织造布匹了……（中国）每消费我们的棉布四十码……这个国家十分之九的人都穿这种自织的布匹，其品质从最粗到最细的，通通都是农舍里生产出来的，其成本真正地并不在原料价值以上。
>
> 中国每个小康之家都有织布机，这或许要算是世界各国中独一无二地特殊国家了。别的国家里，人们只是清棉纺纱，而把纱送到职业织工那儿去织成布匹，中国则自清、自纺、自织，并且很少光是为自己家庭需要而生产的。而且还把这项生产当作季节活动的主要劳作，为供给邻近城市与水上船户而生产一定量的布匹。就这样，福建的农民不独是一个农民，而且还是农艺家、制造家合而为一的人物。在庄稼收割以后，在下雨天，在田地无可工作的时候，总之，在全年中一切可以利用的空闲时间里，这些农夫就动员自己的妻子儿女乃至雇工在家从事纺织。一位曼彻斯特制造家看到农舍里那种原始的布机及其笨重的零件是会发笑的，可是这种布机完成了工作。而这个民族之不息的劳动则代替了蒸汽动力，他们人数庞大，因而他们就胜过蒸汽动力。（转引自严中平《中国棉纺织史稿》）

《米切尔报告书》对中国人的高度评价，尤其对中国的土布精神的赞扬，令人感动。“这个民族之不息的劳动代替了蒸汽动力”“胜过蒸汽动力”，这是多么热情的赞扬！

1886年,英国外交部曾通令驻在中国口岸的领事收集土布样品,调查洋布竞销情况。厦门代理领事霍布金斯在报告中就说:如果问一个中国人何以他不穿洋布而穿土布,那么他们的回答就会说是因为土布“比洋布耐穿三倍、四倍或五倍”,因为土布“在冬天暖和得多”。至于土布何以比洋布暖和,则是因为土布所用的纱“和洋布大为不同,天性就暖和”。

这不是一语道明了问题的实质吗?什么是“天性”?一个最简单的解释是,“事物先天就具有的品质和性情。”我们就要有这种品质和性情,我们就要发扬这种品质和性情!渭北老土布和渭北人一样,具备着这种品质和性情,我们怎能忘记老土布呢?

后记

这大约或许是我的最后一本小书了。文学这个女神,我爱了她一辈子,痴心不改,无怨无悔。如今我站到生和死的边界,力不从心,来日无多,剩下的唯有一腔不舍和牵挂了。

这个集子,实在是个意外。

喜讯是在我九十二周岁刚满的这个春天,一个叫新冠病毒的瘟疫席卷全球,张宗涛告诉我,说文学院要全额资助出版一本我的散文选。我很感谢陕西师大文学院这个集体,我曾经是她的一员,在这里度过了我大半生的苦乐时光,现在她仍然把我当成她的一员,这让我在这个有点儿凉薄的人世上,感到格外欣慰和温暖。感谢文学院,感谢张新科院长,感谢为了这个集子付出诸多辛劳的庆生、明琪、宗涛、晓立。当然更应当感谢只比我小了四岁的我的堂侄阎纲先生,他是我们阎家永远的骄傲。

阎纲的眼光总是这么毒,艺术感觉总是那么准。他的序言以“淡淡的,浓浓的”为题,是颇有深意的。中国散文,有浓艳一格,也有简淡一路,我是钟情于简淡的。这大约更符合我的经历、情趣、心性和态度吧。

用淡淡的笔墨,表达浓浓的深情,在我,是一种不由自主的选择。我的作品都是从现实的、浑朴的日常生活入手，写着写着便进入一种悲剧的氛围，带着悲情和忧伤，反省着流逝的过往，思考着这个现实。

比如《新书》，比如《逢》，比如《那花那草》和《娟姐》……我只把深情埋进文中，而以简淡的笔墨，写生活、生命、生存烙在我记忆深处的那些印痕。每一篇写完，我都会陷于一种难以诉说的心痛中，泪眼婆娑。

文章千古事，得失寸心知。现在，我就把这本小书，算作最后一次献给文学女神的花瓣吧，若她觉着我没有虚度光阴、满怀虔诚，那么我就心满意足，可以含笑了。

侯雁北

2020 年 9 月 25 日